나민채 판타지 장편 소설

하

THE HARC

크

1

하크 1
나민채 판타지 장편 소설

초판 1쇄 찍은 날 § 2001년 10월 25일
초판 1쇄 펴낸 날 § 2001년 10월 30일

지은이 § 나민채
펴낸이 § 서경석
펴낸곳 § 도서출판 청어람
편집 § 문혜영 · 허경란 · 박영주 · 김회정 · 권민정 · 장상수
마케팅 § 정필 · 강양원 · 김규진

등록번호 § 제1081-1-89호
등록일자 § 1999. 5. 31
어람번호 § 제1-159호

주소 § 경기도 부천시 원미구 심곡1동 350-1 남성B/D 3F (우) 420-011
전화 § 032-656-4452 팩스 § 032-656-4453
e-mail § eoram99@chollian.net

값 7,500원

ISBN 89-5505-193-X (SET) / ISBN 89-5505-194-8 04810

나민채 판타지 장편 소설

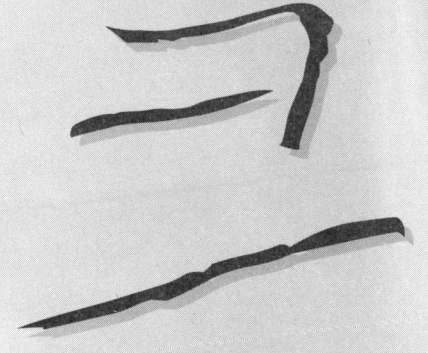

하크

THE HARC

1

오크로 변해버린 나는

도서출판 청어람

C O N T E N T S

6 작가의 말

9 제1장 오크로 변해 버린 나

25 제2장 오크들만의 국가를 만들겠다

49 제3장 인간 마을을 약탈하자

81 제4장 오크! 마법을 배우겠는가?

107 제5장 나의 스승, 나의 친구 클레이스

131 제6장 오크! 인간에게 복수하라

155 제7장 오크! 마을에서 날뛰다

217 제8장 오크! 형제들을 구출하자!

241 제9장 오크! 추적 기사단과의 전투

291 제10장 오크! 마을을 복원시켜라!

안녕하세요? 하크 글쓴이 민채라고 합니다. 뜻하지 못하게 하크가 인기를 끌고 또 많은 분들께서 칭찬과 비평 등 많은 의견을 보내주셔서 참으로 고맙게 생각합니다.

정말 고맙습니다. 제 소설 하크는 요즘 유행하는 바 퓨전 환타지 소설입니다.

전 단순히 인간이 오크로 변했다를 말하려는 게 아닙니다. 제가 말하려는 것은 '인간이 오크로 변해 오크의 성격과 본능으로 완전 변해 버렸다!' 가 아니라 단지 오크의 모습을 하고 있는 인간을 표현하고자 한 것일 뿐입니다. 인간의 본능을 억제할 수 없는 하크.

저는 제 소설에서 본래의 인간을 그리고 싶었습니다. 남보다 월등하면 자만해지고 이기적으로 바뀌며, 남보다 약하면 움츠려들고 도망가는 그런 나약한 인간 말입니다.

이 세상에서 가장 잔인한 동물을 뽑으라 하면 전 생각할 것도 없이 '인간' 이라고 말하겠습니다. 저는 잔인한 인간, 이기적인 인간, 나약한 인간을 쓰려고 노력했습니다. 오크로 변해 버린 나약한 도시 인간을 통해서 말입니다. 뭔가 있어보이나요? 말을 좀 진지하게 했나요?

사회학 박사로서 일류급 인생을 살고 있던 주인공. 갑자기 오크로 변해 버린 주인공.

주인공 인간이 과연 오크로 변해서 어떻게 살아갈런지…….

여러분이라면 주인공 하크 같은 인생을 사시겠습니까?

＊Thanks to.

Best of Best Friend   훤칠한 깔끔보이 호영 군.

세련된 핸섬보이 기영 군.

키 크고 잘생긴 캡짱 우철 군.

든든하고 바다같이 넓은 진욱 군에게 사랑을.

깜찍 뷰티플걸 마지 양.

남자이면서도 귀여운 동환 군.

프리스타일 남자 청수 군에게 우정을.

And   특공무술 불꽃남자 태환 군, 미소천사 훈재 군, 잘생긴 복서 상오 군, 언제나 따뜻한 남자 우영 군, 그네들의 보스 근호 군, 표정이 살아 있는 치산 군, 분위기 세현 군, 멋쟁이 영생 군, 포근한 동찬 군, 멋진웃음 경민, 언제나 활기 찬 임동현, 비호 기수, 인간다운 허용, 깔끔멋 충만, 우리 익수 형, 만능 기철 군, 핸섬 나정민, 멋진 조정민, 열혈 용호 군, 남자다운 현웅, 활발 종덕, 부드러운 동준, 시원스런 현성, 파워 희준, 근육 현우, 이쁜 일구, 듬직 고동현, 아기피부 창훈, 옷맵시 도형, 힘찬 원일.
프리티걸 진미 양, 큐티걸 현정 양, 명랑한걸 나영 양, 귀여운걸 지은 양에게 평화를.

Relatives   우리 터프핸섬가이 순채 형, 이쁜 라영 누나, 귀여운 동생 경채,

깨물어주고 싶은 하경이, 눈에 넣어도 안 아플 지연이에게 따뜻
함을.

Family 언제나 신경을 많이 써주시는 신세대 부모님, 사랑스러운 아버지
와 어머니, 그리고 이쁘고 사랑스러운 재영이에게 행복을.

제 **1** 장

우크루 편에 버린 나

제 **1** 장

오크로 변해 버린 나

"억, 이게 도대체 어떻게 된 일인가? 아, 도대체 여기가 어디란 말인가?"

매끈매끈한 피부에 숭숭 나 있는 혐오스럽도록 더러운 털을 보자마자 태어나서 처음으로 내가 언제 이런 고함을 질러보았나 싶도록 소리를 내질렀다. 주위를 둘러싼 더러운 냄새와 이질적인 분위기가 불안하고 저주스런 기분을 더욱 부추겼다. 이런 어이없는 상황에서는 누구라도 어딘가의 누군가를 향해 끓어오르는 저주를 퍼부어댈 수밖에 없는 것이다.

괴물 같은 나의 몸을 향해 저주를 퍼부은 지 한 달이 지나가 버린 것 같다. 나와 같은 모양의 이상한 종족은 엄청난 몸집에 푹 들어간 코와 눈을 소유하고 있는 돼지 얼굴의 유사 인간이었다. 이 돼지인간들의 모습에 놀란 적이 한두 번이 아니었고 그때마다 도망친 일 때문에 돼지인간들의 수군거림을 들어야 했다. 하지만 처음엔 무슨 말인지를 알아들을 수 없었다.

아무것도 알 수 없다는 무지에 대한 두려움과 공포에 미친 듯이 이들의 언어를 익혔다. 이들의 언어는 무척 단순하여 채 한 달도 안 되어 그들의 대화를 알아들을 수 있을 정도가 되었다.

무지의 공포를 극복한 뒤, 이제는 절망이 엄습해 왔다. 어떻게 된 일인지 알 수 없는 이유로 이제 나는 더 이상 인간이 아니게 된 것이다.

절망은 살아갈 의욕을 상실케 했다. 이 몸의 집이라 생각되는 쓰러져 갈 듯한 더러운 움막에 처박혀 죽은 듯이 웅크려 있었다.

"이 낯선 곳이 싫다! 돼지인간들이 보기 싫다!"

살아가는 것, 숨 쉬는 것조차 괴롭게 느껴졌다.

움막에 처박혀 죽을 듯 괴로워하고 있던 내게 여전히 음식을 가져다 주는 두 돼지인간이 있었다. 웅크린 내 앞에 조심스레 음식을 내려 놓는 두 돼지인간의 옴팡눈에는 왠지 모를 따뜻한 감정을 담고 있었다. 하지만.

"살아야 하나?"

죽을 결심도 서지 않는 나약한 나 자신을 발견했다. 죽기 싫다면 어떻게든 살긴 살아야 했다. 그러기 위해서는 이렇게 움막에서만 처박혀 있을 수는 없었다.

밖으로 조심스레 목을 내밀자 또다시 시야에 들어온 돼지인간들의 야만적인 모습에 움찔했지만 곧 그들을 피해 산밑으로 뛰어 내려갔다.

아래에서 맑고 시원한 냇물을 발견하자 당장 더럽고 냄새나는 몸을 씻고 싶어졌다. 다가가던 나는 물가에 비친 현재의 내 모습을 발견하고 말았다.

"이게 나?"

돼지인간들과 똑같이 움푹 꺼진 눈과 코, 우툴두툴 거칠고 더러운 피부, 바람에 좌우로 흔들리며 조롱하는 잔털들…

아직도 믿을 수가 없어서 숨을 죽이며 조심스레 더듬어보지만 달라지는 것은 없었다. 물속의 돼지인간 역시 얼굴을 더듬으면서 멍한 눈으로 쳐다보고 있었다.

어느새 정신이 희미해지고 시야가 가물가물거리기 시작했다. 주위에서 굴러다니는 커다란 돌멩이 하나가 확대되어 들어왔다. 그것이 손에 들어오고 몸을 향해 망치질을 하듯 찍어대는 것은 일순이었다. 용기나 의지 따위가 아니었다. 단지 이 돼지인간의 몸이 보기 싫다는 이유 하나만으로 자학을 시작하고 있었다.

피로 흐릿해진 시야 속에 돼지인간들이 모여 있는 모습이 비쳤다. 쑥덕거리는 돼지인간들의 눈에는 비웃음과 조롱이 걸쳐져 있었다.

이제 자학의 고통도 잊고 이대로 죽기 위한 자살의 행진이 시작되었다. 막는 이는 아무도 없었다. 모두 비웃으면서 살쾡이 같은 눈으로 노려다보고 있을 뿐이었다.

고통이 쾌락으로 변해갈 즈음 말리는 두 돼지인간이 있었다. 그 두 돼지인간은 매일 음식을 가져다 주고 말을 걸던 이들이었다. 이들에게 이곳 언어를 익히면서 이 몸의 부모였음을 알게 되었다. '파크로'라 불리는 남자 돼지인간과 '키로무코' 라고 불리는 여자 돼지인간이 그들이었다.

그들은 용맹한 전사로서 성장해야 할 자식이 한 달 동안이나 하는 일 없이 처박혀 방황하며 자신을 학대하는 것을 무척이나 걱정스러워했었다. 한데 급기야 이런 사태까지 발생하게 된 것이다.

이 몸은 본래 '기크리' 라는 이름이었으나 그 사건 이후 돼지인간들은 '하크' 라고 불렀다. '넓은 들판의 용맹한 우르크고' 라는 뜻을 가진 '기크리' 라는 이름이 어느새 '자신의 죽음을 스스로 부르는 어리석은 인간 같은 놈' 이라는 뜻의 '하크' 로 바뀐 것이다.

이들이 '하크' 라 불리는 나로 인해 돼지인간 사회에서 조롱받고 있음을 허름한 움막의 엉성한 벽을 뚫고 들어온 돼지인간들의 큰 목소리를 통해 들어 알고 있었다. 하지만 그들은 전혀 내색하지 않고 내게 징그럽고 괴상하기만 한 미소를 지어주었다. 그것은 이미 돌아가신 부모님을 떠올리게 만들었다. 그런 생각을 마지막으로 다시 정신을 잃었다.

정신을 차렸을 때는, 죽지 않고 살아남아 또 한 달 이상을 흘러보낸 뒤였다. 그동안 죽조차 먹지 않은 까닭에 몸은 처음 눈을 떴을 때 보다 엄청나게 왜소해져 있었다.

한 달 전 자학으로 인해 죽을 뻔했다가 돼지인간 부모로부터 꾸준한 간호를 받고 살아난 지금에 이르러선 솔직히 죽음이 두려울 뿐이다. 지금의 상황을 인정하고 다시 살아갈 수밖에 없을 것 같았다.

살아간다는 것은 많은 지식을 익혀가야 하는 과정을 수반했다. 교육 체계가 없어 보이는 이곳에서는 경험만이 지식을 얻을 유일한 방법이라 생각했고 그것은 틀림없었다.

이곳저곳을 돌아다니며 귀동냥을 통해 이들 종족과 이 몸에 대해 하나하나 알아가기 시작했다.

원래 나의 몸집과 나이쯤이라면 넓은 풍요로운 들판 '크로모자'에서 인간에 대한 복수와 영토 확장을 위해 영광스러운 전투를 해야 했다. 그러나 자학과 광증, 그로 인해 왜소해진 몸 때문에 전투에 나가지 않고 있었다.

이들 종족은 전투를 위해, 영토를 위해, 승리를 위해 태어났다고 생각하며 전투에서의 죽음을 영광 그 자체로 여겼다. 승리에의 광기 때문인지 이 돼지인간들은 패배를 당하면 항상 복수를 하기 위해 '크로모자' 들판을 향해 달려갔다.

그런 그들에게 자학하며 자살하려 했던 내가 '어리석은 인간 같은 놈'의 뜻을 가진 하크라 불리는 것도, 급격히 왜소해진 몸 때문에 약한 존재라 인식되고 있는 것도 당연한 일일 것이다.

"흠, 약한 존재라… 결코 인간은 칼만으로만 살 수가 없다. 펜이 있어야 하는 것이다."

내 생각은 그러했지만 이곳 돼지인간들에게는 학문 자체가 없었다. 문명의 기초가 되는 사칙연산과 같은 수학 정도는 있을 거라 생각했지만, 이들은 원시적으로 살 뿐 계산적인 면모가 전혀 없었다. 이들의 머리가 떨어질 뿐더러 종족 보존과 영토 확장으로 머리 속이 꽉 차 있을 뿐이었다.

하지만 이들에게도 필요에 의해 몇 가지 단위는 가지고 있었다. 대표적인 것으로 30을 1파얌으로 부른다.

이들의 생활은 단순했다. 생활과 전투, 그 두 가지였다. 돼지인간들은 매일 넓은 풍요로운 들판 크로모자 평원으로 30마리씩 즉 1파얌이 나갔다 돌아온다. 그리고 고통의 신음 소리와 함께 1파얌의 인원은 10마리도 되지 않게 줄어 돌아왔다.

몸 곳곳에 박혀 있는 화살을 통해 이 세계에 인간이 살고 있음을 알고 안도의 한숨을 내쉴 수가 있었다. 하지만 끊임없이 귀를 울려대는 신음 소리와 눈을 괴롭히는 고통스러워하는 모습에서 그들에 대해 측은해하는 마음이 내 몸 어디에선가 서서히 일어나고 있었다.

이 괴상하게 생긴 돼지인간들을 오래본 탓인지 아니면 동정심 때문인지, 이제는 그들의 괴상한 모습을 보고도 아무런 감정이 들지 않는다. 물론 못생겼으니 못생겼다는 생각도 한다. 그렇지만 이들을 향한 분노와 증오, 불쾌감과 경멸심 같은 것은 사라진 상태였다.

살아가기 위해서는 이들과 같이 살아가야 했다. 이 무식한 돼지인간 종족보다 월등히 뛰어난 존재라는 것을 밝히지 않기 위해 이들과 비슷한 행동을 따라하고, 무식하게 먹으며, '크르크르' 하고 웃어 보여야만 했다. 그렇게 조금씩 그들에게 적응해 갔다.

이들의 생활을 따라 한다는 것은 괴로운 일이었다. 특히 그들의 부패한 냄새가 진동하는 음식만큼은 도저히 적응할 수 없게 만드는 것이었다.

그러나 이 썩어빠진 음식만 제외하면 이곳의 생활은 서울에서보다 모든 면에서 만족스러웠다. 혐오스럽게 변해 버린 내 모습을 물가에 비춰보는 건 여전히 겁나지만 어차피 살아가기로 한 이상, 꿈이 아닌 현실인 이상 이제 자학과 자살을 통한 현실 도피는 할 수 없었다. 비겁하고 나약한 보일 수 없었다.

"도대체 저 돼지인간들이 더욱 친근하게 느껴지는 이 현실을 어떻게 설명할 것인가?"

이 돼지인간들에게는 우리 인간들에게서 느낄 수 없는 의리와 순수함, 열정 같은 것을 느낄 수 있었다. 그동안 서울의 찌든 공기와 썩어 빠진 사람들의 인격 때문에 얼마나 피해를 보고 얼마나 눈물을 흘렸던가. 위선과 거짓으로 오염된 인간 자식들보다 이 돼지인간들이 더 맑고 순수한 정신을 가지고 있었다.

이곳 생활도 3개월이 넘어가는 것 같다. 그동안 그들의 언어를 완벽하게 이해할 수 있게 되었다. 완전한 언어 이해는 내게 있어서 이 돼지인간들의 세계에 적응할 수 있는 새로운 힘을 주었고, 같은 언어 같은 종족으로서의 접근은 그들의 조롱 섞인 눈빛을 어느새 다정함으로 바꾸어, 나를 친구이자 전사이며 전우로서 받아주게 했다.

적응은 무서운 본능임이 틀림없었다. 신체의 적응이 끝나 몸의 생물적 특징과 생리적 현상 등을 모조리 알 수 있게 되자 이질감은 사라졌다. 오히려 예전의 인간 모습으로 돌아간다면 더욱더 이상하고 불편해질 거라 생각된다.

나는 이 돼지인간 집단에서 가장 왜소한 존재였다. 그러나 인간이었던 나에 비한다면 상상도 못할 힘을 가지고 있었다. 게다가 요즘 바위를 던져 쪼개는 역할을 맡아서 그런지 힘이 세지고 있었다. 웬만한 바위는 거뜬히 들어 내칠 수 있게 되자 강해졌다는 기분에 나의 얼굴에서는 미소가 떠나지 않았다. 그런 나를 두고 그들은 언제부터인가 '미소 짓는 하크'라 부르기 시작했다.

일정 시간과 적절한 노동은 학대와 고뇌로 왜소해졌던 육채를 조금씩 돼지인간다운 모습으로 되돌리게 하였다. 하지만 한 번의 주먹돌림으로 40kg 바위를 산산조각 내버리는 보통 돼지인간의 힘에는 미치지 못하는 가장 약한 존재일 뿐이었다.

"하크, 크로모자, 크로모자, 크르르르."

살을 태우는 듯한 태양이 작렬하고 뜨거운 동남풍이 흙먼지를 휘감아 올리던 어느 날 오후, 이 돼지인간들은 움막에 처박혀 있던 나에게 예고없이 몰려왔다.

약 1파얌의 돼지인간들은 차림새로 보아 싸움터로 나가는 것임에 틀림없었다. 그들의 움푹 패인 눈이 쳐다볼 수 없을 만큼 빛나고 있는 것을 처음 보았다.

그들은 나에게 진지하게 '넓고 풍요로운 평원'에 가자고 했다. 크로모자, 그곳을 향한다는 것은 생명을 건 전투를 벌여야 함을 알고 있었지만, 왜소한 나를 전사이자 전우로서 인정해 주는 그들의 마음을 차마 거절할 수가 없었다.

'크로모자'로 향하는 돼지인간 전사들의 행렬은 태양이 서산에 기울 무렵 시작되었다. 그곳으로 향하는 돼지인간들은 눈에 살기를 띠고 있었다. 평소와 다른 돼지인간의 기세는 매서웠다. 그들은 목숨을 걸고 언제나 승리를 취하는 전사로서의 자존심을 채우기 위해 간다고 했다.

함께하는 인원들을 보니 우락부락한 근육에 숭숭 나 있는 털 때문에 왠지 믿음직스럽게 보이면서 나를 지켜줄 것만 같았다. 사실상 내 몸은 내가 지켜야 하지만 말이다.

네 시간 정도 걸었을까? 저녁부터 걷기 시작해서 지금은 어둑어둑해져 있었다.

그들이 말하는 크로모자에 다다를 무렵이 되자, 검은 구름 사이로 간간이 밝은 달이 모습을 비추곤 했다. 달빛 아래 어렴풋이 보이는 황량한 들판의 서늘함에 간담이 서늘해지는 긴장감마저 들었다.

이 돼지인간의 몸으로 살아가는 중에 느낀 것이지만 돼지인간들은 낮보다는 저녁에 더욱더 힘이 세어지고 혈기가 왕성해지며 시력이 좋아지는 것 같다.

물론 나도 그렇다. 1파암, 즉 30명의 인원인 이 돼지인간 군단은 긴 수풀 밭을 헤치며 무릎을 낮추어 엉거주춤 걷기 시작했다. 그들이 뿜고 있던 살기는 더욱더 강렬해져 모든 것을 태울 것만 같았다. 수풀 밭이 끝나갈 때쯤 저쪽에서 넓은 평원이 보였다. 그 평원 가운데 커다란 횃불이 보이고 그 주위에선 중세 기사 차림의 인간들이 통나무에 걸터 앉아 무언가를 마시고 있는 장면이 눈에 보였다.

3개월 만에 보는 인간이라서 그런지 반가웠지만 한편으론 우리들의 적, 나의 친구들 돼지인간들의 적이라는 생각에 나도 모르게 그들을 죽여야지 하는 생각이 떠올라 나를 당황케 했다.

'이런 생각을 거침없이 할 수 있다니……. 이제 난 인간이 아니란 말인가? 살인자가 되란 말인가? 하지만 어쩔 수 없다. 그들을 죽이지 않으면 그들이 나를 죽일 것이다. 이것은 인간으로서 배워온 생존의 법칙이지 않은가?

그러나 이제 신체적 조건이 월등한 돼지인간의 몸으로 생활하고 있는 이상 그들을 죽여도 자랑스럽지 않고 오히려 죄책감만 들 것이다. 하지만 그들은 나를 죽임으로써 쾌감과 명예와 돈을 얻는다. 하지만 나는 얻는 것도 없고 그저 살인자만 될 뿐이다. 저 중세 갑옷의 기사들을 죽인다면 물론 나도 이 돼지인간 집단에서 명예를 얻을 것이다.

'나는 인간으로서 살아야 하나? 돼지인간으로서 살아야 하나?'

예리한 눈빛으로 인간 기사들의 동태를 살피던 몸집이 아주 커다란 우리들의 리더가 바짝 긴장한 우리들을 향해 손짓을 하였다.

우리들은 조심스럽게 오리 걸음을 하여 각자의 도끼를 힘있게 거머쥐며 리더가 손짓을 한쪽으로 살금살금 다가갔다. 리더는 우리들에게 전투 준비를 하라는 듯이 굵은 손을 쫙 펴서 우리들에게 보여줬다.

리더의 엄청난 근육질의 팔에 난 수많은 상처는 많은 전투를 경험했음을 보여주는 듯하였다. 리더가 갑자기 '크르르' 하고 큰 소리로 괴성을 지르자 우리는 기다렸다는 듯이 모두 엄청난 고함 소리를 지르며 10명 정도로 추측되는 인간을 향해 뛰어들었다.

"오… 오… 오크다! 대비해라! 모두 우측 정렬!"

"오크?"

난 그들이 인간이 아니라는 건 알았지만 인간들이 돼지인간들을 뭐라 부르는지는 그 순간 처음 들었다. 오크란 이름은 내가 이 돼지인간들 사이에서 불리고 있는 하크라는 이름과 왠지 비슷한 이름이었다. 나는 이곳에 오면서 챙겨온 나의 도끼를 두 손에 불끈 쥐었다. 양손에 한 개씩. 무게가 충분히 가볍게 휘두를 수가 있었다. 힘이 무척 세져서 이런 것쯤이야 하는 마음으로 빙빙 휘두르며 기사들에게 달려들었다.

"이런! 멍청한 오크들! 또 왔냐? 어디 나의 검을 받아보거라."

나보다 한 발 앞서 기사에게 달려들던 오크(돼지인간)는 기사의 날카로운 검에 가슴에 상처를 입고 휘청거렸다. 검이 가슴을 베면서 튀긴 피가 나의 볼을 타고 흘러내렸다.

오크들의 피도 인간들의 피와 같이 새빨갛고 따뜻했다. 가슴을 베인 오크가 휘청거리면서 옆으로 쓰러지자 바로 뒤에 위치해 있던 내 모습이 보였는지 그 기사는 나에게 달려들었다.

'나는 너희와 같은 인간이란 말이야! 왜 달려드는 거냐? 왜 죽이려는 거야? 내가 오크의 몸이라서 그런 거야? 하지만 난 인간의 마음을 가지고 있다고. 나는 인간이라고! 다만 오크의 몸을 가졌을 뿐이지! 아니다, 아니야……. 도대체 난 뭐지? 난 오크인가? 인간인가?

휘이이이익—

생각할 겨를이 없었다. 인간 기사가 달려들며 휘두르는 날카로운 검은 난무하듯 나의 목을 향해 찍어 들어왔다. 반사적으로 몸을 황급히 뒤로 젖히자 관자놀이와 이마에 머물던 식은땀 방울들은 사방으로 흩어졌다. 다행히 검은 나의 목을 비껴 스치고 지나간 것 같다. 약간만 방심했더라면 나의 목은 몸과 분리되어 이 이상한 세상에서 인간이 아닌 오크로서의 짧은 인생을 마감하고 말았을 것이다.

"이, 이런 망할 놈의 인간 기사!"

신기했다. 죽음이 비껴가자 흥분과 증오가 순간적으로 엄습해 와 나도 모르게 입에서 인간 언어를 내뱉은 것이다. 기사는 자신의 종족 언어가 나오자 눈이 휘둥그레지며 당황하여 이어서 날리던 검을 순간 멈추었다. 앞을 분간할 수 없는 황토 흙먼지가 순간 뿌옇게 피어 올랐다.

"하지만 그게 너의 실수야! 이 망할 놈의 인간 기사 같으니라구!"

그 잠깐의 틈을 놓치면 더 이상 기회가 없을 것만 같았다. 그가 움찔하는 순간 내 왼손에 쥐어져 있던 도끼는 사정없이 그의 오른쪽 허벅지를 찍어 들어갔고 오른손에 쥐어져 있던 날카롭게 갈아 만든 도끼날은 이미 그의 목을 그어버렸다. 그의 목과 허벅지에서 흐르는 피를 본 순간, 나는 가쁘게 숨을 몰아쉴 수밖에 없었다. 갑자기 야릇하게 피어 나오는 흥분된 감정을 억제할 수가 없었다. 더욱더 피가 보고 싶어졌다.

새빨간 선혈은 인간 기사의 목에서 몸을 타고 밑으로 진득하게 흘러내렸다. 목이 그어져 생명이 끊겨 쓰러져 버린 그의 몸을 향해 힘껏 발길질을 했다. 갑옷의 금속 마찰음과 함께 땅으로 쓰러진 기사의 시체에 올라타서 무언가에 홀린 듯 오른손 왼손을 번갈아가며 계속 난도질을 하였다. 계속 튀기면서 나의 얼굴에 뿌려지는 뜨거운 피에 형언할 수 없는 희열감마저 들어 이 행동을 그만둘 수가 없었다.

'내가 왜 이렇게 잔인해졌는가? 하크여, 네가 진정 인간이란 말인가, 오크란 말인가?'

"이런 우라질! 사악한 오크 놈! 감히 나의 동료를! 죽어라, 이놈!"

순간, 바로 뒤에서 바람처럼 덮쳐 오는 인간 기사의 격앙된 목소리에 뒤도 돌아보지 않고 바로 앞으로 굴러버렸다. 인간 기사의 날카로운 창 끝은 다행히도 나의 등을 약간 스치고 지나가 털로 숭숭 덮힌 내 못생긴 등에서 약간의 피가 배어 나오는 정도만으로 위기를 모면할 수 있었다. 하지만 연이어 무척이나 화가 난 듯한 또 다른 기사가 나를 향해 달려들었다. 그의 눈동자에선 동료의 죽음에 대한 슬픔이 그대로 나타나 있었다. 성큼성큼 뛰면서 달려오고 있는 기사의 손에는 기다란 장검 한 자루가 춤을 추며 나의 목을 노리고 있었다. 저 날카로운 칼날은 금방이라도 나의 목을 베어버릴 것만 같았다.

'인간을 죽였다… 인간을……. 이건 분명 살인이다. 그런데 왜 흥분을 감출 수가 없지? 아, 난 사회학 학자이지 전사가 아니란 말이다. 정녕 아니란 말이다!'

충격에서 아직 못 벗어난 나는 리더를 찾기 위해 주위를 황급히 두리번거렸다. 그제야 처음 겪는 전쟁터의 분위기 때문에 나의 전우이자 친구 오크들이 죽어가는 것을 보지 못했다는 걸 알 수 있었다. 달빛에 비춰지는 크로모자의 평원에는 제멋대로 나뒹구는 오크들의 시체가 점점 늘어만 갔다.

그에 비해 인간 기사의 시체는 겨우 3구 정도만 보일 뿐이었다. 그 중에 한 명을 내가 죽였던 것이다. 제기랄! 내가 사람을 죽이다니. 한데 인간을 죽였으면 죄책감을 느껴야 한다. 그러나 오히려 떳떳해지고 자유스럽다. 분명히 나는 변했다.

"이게 하크로서의 나의 실체란 말인가? 죄책감없는 살인 행위를 만끽하다니. 크르르르르……."

전투는 그렇게 한 시간 이상이 계속된 것 같다. 이제 겨우 남은 15명 정도의 오크 전사들이 6명 정도의 기사들과 힘든 전투를 벌일 수밖에 없었다. 시간이 흐를수록 나의 전우 오크들이 하나씩 쓰러져 가는 모습을 보면서 인간 기사에 대한 증오심은 불길처럼 가슴을 뜨겁게 만들었다.

인간 기사들은 철제 투구에 의해 완벽하게 가려진 얼굴로 섬뜩한 살기를 띠며 우리를 노려보았다. 한 기사가 눈에 야릇한 웃음을 띠며 기다란 검을 한 오크의 목을 향해 내뻗었다.

푹!

소리와 함께 주위로 분수처럼 튀어오르는 오크의 피는 대지를 촉촉이 적셨다. 어렴풋한 달빛이 검은 구름 사이로 그 자태를 감출 무렵 전투는 더 치열해져 갔고 인간 기사들의 창검은 더 더욱 경쾌한 속도음을 내며 우리를 압박해 왔다.

나는 가슴이 섬뜩해져서 도끼를 잡고 있던 주먹을 더욱더 꽉 쥐었다.

저 멀리서 달려오는 회색 빛 갑옷 기사의 날카로운 검이 나를 향하고 있었다.

제2장

요즘들만의 국가를 만들겠다

　나에게 달려온 기사는 10발자국 앞에서 가속도를 이용하여 힘껏 땅을 박차고 솟아 올랐다. 어둠 속에서 희미해진 달빛에 비춰진 칼날은 소름이 끼칠 정도로 광채를 발하고 있었다.

　"아, 이대로 죽어버리는 것인가?"

　그 순간 자학으로 인해 죽음의 공포를 맛보았던 일이 머리를 스치고 지나가며 살아야겠다는 욕망이 용솟음쳤다. 눈을 위로 치켜드니 검이 바로 나의 이마를 향해 찍어 내려오고 있었다.

　'죽을 순 없어! 이대로 죽을 바엔 처음부터 내가 자살하고 말았지!'

　순간 반사 신경의 작용으로 나의 오른손과 왼손에 들려 있던 도끼들이 교차되어 이마 위를 가로막았다. 검과 도끼의 날이 충돌하면서 가해진 충격에 의해 머리가 흔들거리고 정신이 어지러웠다. 이대로 죽을 수 없다는 생각에 그대로 뒤를 향해 도망쳐 달리기 시작했다. 그 기사 놈도 나를 죽이기에 혈안이 되어 나의 뒤를 따라왔다. 하지만 나의 몸은 오크들에 비해 아직은 왜소할 수밖에 없어 인간 기사의 체력엔 당할 수가 없었다.

'아! 이대로 잡힌다면 나는 죽을 수밖에 없다. 도저히 당해낼 도리가 없다. 저 기사와 한 번밖에 검을 대보지 않았지만 나는 알 수 있다. 난 도끼 연습이나 검술 연습, 격투기 같은 것을 배운 적이 없지 않은가! 그러니 월등히 실력 차이가 날 수밖에……'

덜커덩거리며 다가서는 갑옷의 금속 마찰음은 이제 더욱더 가까워졌고 나의 신경은 더 더욱 곤두서기 시작했다.

'도망치는 척하다가 갑자기 뒤돌아서서 도끼를 저 기사 놈의 얼굴에 던지면?'

나는 도저히 정면 공격으로는 녀석을 넘어뜨리기가 어렵다고 생각한 나머지 달리기에 더욱더 박차를 가하며 생각했다. 피할 수 없는 상황이었다. 이건 죽음 앞에서 탈출하기 위한 마지막 선택이었다.

'만약에 그 도끼를 피한다고 해도 이어서 목을 향해 달려들면 나를 막을 수 없겠지?'

오크로선 할 수 없는 나의 행동에 기사 놈은 생각도 못하고 바로 당하고 말 것이다.

"크르르르르~"

회심의 미소를 지으며 갑자기 뒤로 몸을 돌렸다. 그리고 나를 향해 달려오고 있는 그 기사 놈을 향해 도끼를 날림과 동시에 달리기 시작했다. 나의 추측대로 그 기사는 갑작스런 상황에 몸의 균형을 잃으며 날아드는 도끼를 어렵게 피했다. 바로 이때가 기회다! 도끼를 피하느라 미처 방어 자세가 되지 않아 몸을 구부린 채 나에게 '목을 쳐주

쇼!' 하는 기사의 목을 향해 손에 힘을 주어 도끼로 내려쳤다. 도끼는 반절 정도 들어가다가 목뼈에 닿자 더 이상 들어가지 않았다.

'나의 힘이 약한 탓일까? 목을 그대로 벨 수 없는 건 왜지? 다른 오크들이나 기사들을 보면 목쯤이야 간단히 잘라 내지 않는가?'

하지만 좀 더 힘을 가하자 나의 제법 날카롭게 간 도끼는 다행스럽게도 그 인간 기사의 갑옷 사이를 꿰뚫고 들어가 밖으로 드러난 뒷목 깊숙이 들어박혔다. 기사의 숨은 끊어졌고 갑옷은 철커덕 소리를 내며 땅바닥에 뒹굴었다.

"언제 그런 기술을 배운 건가. 대단하다, 하크여. 인간 기사 2명을 해치우다니. 너는 우리들의 영웅이다. 크르르르르르~"

목소리가 난 곳을 향해 돌아보니 오크 리더였다.

"현재 인간 기사 2명은 도망쳤다. 그렇지만 우리 동료들은 15명이나 희생되어 버렸다. 물론 동료들의 희생은 무척이나 슬프다. 그러나 이처럼 큰 승리를 맛본 건 처음이다. 처음이야, 하크! 네 덕분일 것이다. 크르르르~"

리더는 흥분에 도취된 듯 진득한 게거품을 입가에 연신 흘리며 말을 이어 나갔다. 그의 유난스럽게 움푹 패인 두 눈은 아직도 살기가 가득하여 정면으로 차마 바라볼 수가 없었다.

"네가 인간 기사 2명을 해치워 그들이 전투 의욕이 상실하고 우리에게 3명이나 죽어 나갔다. 그동안 우리는 그들 7명을 아무런 상처도 주지 못해 승리의 종족인 우리 하라만도 종족은 패배를 맛보았었다. 하지만 너의 활약으로 이번엔 승리를 거뒀다. 저 인간들의 시체를 우리 하라만도 마을에 가져가서 공개하기로 하자. 참으로 기쁘다, 하크!"

오크 리더의 말을 들어보니 자신들은 하라만도라는 종족인 모양이다. 오크들은 자신들을 부를 때 '하라만도' 라고 한다. 마치 한국은 일본을 '쪽바리' 라고 부르고 일본은 자기 나라를 '니폰' 이라고 부르는 것과 같은 이치이다.

"크르르~"

오늘 밤 크로모자 전투에서 살아남은 12명의 오크들은 3명씩 짝을 이루어 3명당 하나의 인간 시체를 옮기고 있었다. 나 역시 크르르~ 웃으며 그런 그들에겐 활짝 웃어주었다. 나의 웃는 모습이 그들에게 어떻게 보일까?

나는 이제껏 그들의 웃는 모습이 무척이나 징그럽고 괴상하다고 느꼈으나 이번 전투가 끝난 다음에 보는 그들의 미소는 마치 햇살 같았다.

'이로써 나는 인간의 적이 된 것인가? 나는 원래 인간인데……. 이상하다. 인간을 죽인 것에 죄책감을 느끼지 않고 오히려 오크 동료 열다섯 명이 희생된 것에 분노를 느끼다니!'

하지만 이 오크들은 열다섯의 희생을 별로 대단치 않게 생각하는 모양이다. 이런 희생쯤은 평소에 얼마든지 겪었고 이번 희생은 다른 때에 비해 적은 편이었으며, 더욱이 이번에는 나의 활약으로 승리를 거뒀으니 당연하다고 생각하는 모양이었다. 매일 50명 이상의 오크가 죽어 나가지만 또 그만큼의 오크가 새로 태어나니 하라만도 족은 죽음에 대해 신경 쓰지 않는 듯했다.

우리들은 승리의 웃음을 지으며 하라만도 마을로 향했다. 인간을 죽인 쾌감은 의외로 신선해서 인간의 피를 더 느껴보고 싶어질 정도였다. 아마 이 오크의 몸으로 생활하면서 나도 모르게 이들의 생각대로 살아가는 게 아닌가 싶었다.

'이것이 사회화의 개념인가? 오크 사회에서 인간의 마음을 가지고 살아가지만 그들의 생활 방식을 배우고 함께 더불어 살아가다 보니 마음도 그들과 같아지는 게 아닐까?'

나의 어깨에 갑자기 털썩 하며 느껴지는 묵직한 느낌에 옆을 돌아보니 오크 리더가 나의 어깨에 손을 올리고 있었다. 감사하고 존경한다는 표현인 것 같았다. 나는 이들의 눈에서 느껴지는 조롱의 빛이 어느새 존경의 빛으로 바뀐 것에 대해 새삼스럽게 자랑스럽게 여기고 있었다.

'인간 2명을 죽여 크로모자 전투를 승리를 이끈 나, 아주 특이한 방식으로 전투의 승리를 맛본 나, 이제 나는 하라만도의 영웅일 뿐이다. 크르르르르……'

그날 밤 크로모자 전투 이후 나는 새로운 사실 하나를 알게 되었다. 오크들은 인간들을 공격할 때 사용하는 전술은 오직 하나 단순한 매복 공격뿐이라는 사실이었다. 1파암씩 그대로 매복을 하였다가 인간이 오면 달려 나가는 것. 인간들과 1:1 전투를 할 때도 검술 같은 것은 없고 무조건 본능에 의한 동물적 공격만이 그들의 유일한 전술이었던 것이다. 그것은 보이는 대로 치고 본능대로 피하는 동물적 공격과 방어술이었다.

오크 리더의 말에 의하면 전투에서 살아 돌아오면 그 동물적 공격은 몸에 익숙해져 살아남을 수 있게 된다고 한다. 하지만 오크들은 보통 첫 번째 전투에서 대부분 죽거나 다치므로 5회 이상의 전투에서 살아남는 자는 거의 없다는 것이다.

네 번의 전투에서 살아 돌아오면 오크들은 이들을 '강인한 하라만도의 전사' 라는 뜻으로 '가샴' 이라고 부른다. 나의 어깨에 손을 올린 오크 리더도 '가샴' 으로서 이번에 다섯 번째의 전투에서 살아 돌아온 것이다.

'자랑스런 승리의 하라만도 부족의 도끼' 라는 뜻의 파샴이란 단어는 오크들의 왕을 뜻하는 것이었다. 인간으로 보면 부족 국가 형식을 띠는 이 오크들의 사회의 부족들에게 각각의 왕이 있었고, 그 왕은 '파샴' 이라고 불렀고 그 왕중의 왕을 '크샴' 이라고 불렀다. 오크들은 현재 '크샴' 은 없고 각각 '파샴' 을 중심으로 살아가고 있는 중이다. 부족들끼리 말이다.

오크 종족에서 10회 이상의 전투에서 살아남은 오크는 단 한 명도 없었다. 하라만도 부족의 파샴도 9번의 전투에서 살아남아 하라만도 오크들의 영웅으로서, 그들의 자존심으로써, 그들의 도끼로써 오크들을 다스리고 있었다. 하지만 파샴이라고 해도 그리 할 일이 많은 건 아니는 모양이었다. 인간들의 왕권 시대를 생각한다면 큰 오산이다. 오히려 현대의 민주주의를 생각하는 게 비슷하다. 오크들의 왕은 그저 형식적인 수단이고 그들의 사회는 암암리에 지켜지는, 즉 '보이지 않는 손' 과 같은 성격을 띠어 파샴은 그 보이지 않는 손에 의하여 행동하는 것뿐이었다.

"크르르르르, 드디어 다왔다. 우리의 하라만도가 보인다."

동틀 무렵 우리는 먼발치에 하라만도 부족의 마을이 보이자 모두들 다 같이 소리를 질러댔다.

그 소리에 마을 입구에 있던 오크 아이들과 오크 부인들 등 오크들이 몰려드는 모습이 눈에 들어왔다. 나의 눈에는 그들이 환한 미소를 짓는 이웃사촌으로만 보였다. 이제 그들은 나의 가족이며, 나의 형제이며, 나의 이웃이며, 나의 사랑이며, 나의 전우이며, 나의 인생이다.

뒤에서 밀어대는 오크들과 함께 나와 오크 리더는 하라만도 족의 파샴 '파라크구크'에게 오크들의 인사 방식대로 고개를 쭉 빼어 입을 활짝 벌렸다.

한국에선 허리를 숙여 존경과 신뢰를 표시했지만 이 오크 부족에서는 목을 가능한 길게 빼고 입을 크게 벌려 존경과 신뢰를 표시했다. 하지만 오크의 몸을 하고 있는 인간으로서의 나는 인사 때마다 상대편에게서 나는 입냄새로 내장이 쏟아져 나올 것 같은 구토 증세를 느꼈다. 하지만 참아야 했다.

우리 1파얌의 인원이 전투에 나가 열다섯이 살아 돌아온 것에 대해 의외라는 듯 파샴은 연신 입을 삐쭉거리며 움푹 패인 눈동자를 크게 떠 보였다. 의기양양하게 우리 앞에 우뚝 서 있는 파샴의 모습이 저처럼 당당해 보일 때가 또 있었던가? 더욱이 우리는 전투에서 획득한 인간 시체 4구를 가지고 개선하지 않았는가 말이다. 인간 기사의 시체를 가지고 돌아온 우리들에게 파샴은 다시 한 번 크게 입을 벌려 '크르르'라는 소리를 냈다.

'크르르'라는 소리는 의미는 없었다. 단지 웃음소리일 뿐이다. 내 눈앞에 보이는 많은 하라만도 부족들 중, 나를 향해 가장 크게 입을 벌리는 이는 나의 부모인 파크로와 키로무코였다. 나 역시도 입을 크게 벌렸다.

인사의 절차가 끝나자 모두 크르르르 하는 웃음소리와 함께 각각의 할 일을 하기 위해 돌아갔다.

오크 리더는 이번 전투로 인해 다섯 번의 전투에서 살아온 것이다. 그 오크 리더를 향해 달려드는 넷 정도의 오크 여자들로 나는 황당함을 감추지 못하고 뒤로 물러설 수밖에 없었다.

"이 오크들도 영웅을 좋아하는가 보다. 아무리 영웅이 좋다지만 저 여자 오크들의 뒤뚱거리며 달려드는 모습이라니……. 크르르르르."

여자 오크들에게 둘러싸인 오크 리더를 놔두고 우리 열넷의 오크들은 가져온 인간의 시체를 처리하기 시작했다. 나는 인간들이 입고 있던 갑옷을 벗기기 시작했다. 중세 기사들이 입던 플레이트 메일과 비슷한 종류의 갑옷으로 이것을 만들기 위해선 많은 금속이 필요했을 것으로 보였다. 4명이 입고 있던 갑옷을 벗겨내자 이 갑옷을 어떻게 처리할 것인가에 대해 의논하기 시작했다.

오크의 몸으로 살아가면서 오크들의 의논하는 장면을 처음 본 것은 아니지만 이처럼 전투에서 획득한 물건을 두고 의논을 하는 것을 보는 것은 처음이었다.

"이 인간 갑옷은 우리가 착용하기에는 맞지 않습니다. 무척이나 작으므로 우리들의 몸이 들어가지 않습니다. 아깝지만 아무 곳에나 버려두는 게 좋을 듯싶은데요……."

"맞습니다. 그렇게 생각합니다. 그렇게 합시다. 이 인간 갑옷을 어떻게 처리할 수가 없습니다. 그냥 버립시다."

오크들의 의견은 버리자는 쪽으로 모아졌다. 결국 사용할 수가 없다면 버린다는 것인가. 하나를 얻었으면 그로부터 둘을 유추해 내는 게 아니라 그것을 버릴 생각부터 하다니. 오크들의 문명에 발전, 발견, 발명이란 게 없어 인간들을 잡아다 필요한 생필품을 보충하고 있지만 이것은 아무리 생각해도 어리석은 결론임에는 틀림없다.

어렵게 인간을 죽여 얻은 인간의 갑옷을 그대로 버리자니! 이것에 사용되는 철이 얼마나 많은 양인지를 이 오크들은 모르는 것이 아닌

가. 이 갑옷에 사용되는 철을 모두 녹여 날카로운 도끼를 만든다면 어떨까? 이 오크들은 그런 쪽으론 생각을 하지 못했다. 그래서 결국 내가 끼어들 수밖에 없었다.

"왜 버립니까? 이것을 녹여 우리 몸에 맞는 갑옷으로 만들면 되지 않겠습니까?"

순간 모두들 나를 향해 고개를 돌렸다. 13명, 즉 26개의 움푹 꺼진 눈이 나를 쳐다보자, 나는 당황하여 우물쩡거렸다.

"하크여, 어떻게 이것을 녹여 도끼를 만든다는 겁니까? 당신은 이것을 녹여 도끼로 만들 수 있습니까? 이해가 안 되는군요. 또 이것을 녹인다는 의미는 무엇입니까? 또 어떻게 물질을 변하게 만들 수가 있습니까. 이해가 안 됩니다. 말도 안 됩니다. 크르르르르."

제법 말을 앞세우던 한 오크 전사의 조롱 섞인 비웃음에 다른 오크들도 동감이라는 듯이 고개를 위아래로 가볍게 끄덕여댔다. 이 오크들은 철을 녹여 도끼를 만든다는 의미를 몰랐다. 당연했다. 그들은 도끼를 만들어본 적도 철을 녹여본 적도 없으니 말이다. 내가 알기로는 그들의 사회가 민주주의 자유방임주의적 체계를 가졌지만 문명은 신석기 수준이었다. 단순히 인간을 잡아다가 무기를 얻고 영토를 늘리며 종족을 보존하는 그런 수준 말이다.

"뭔가 오해를 하신 듯싶습니다, 하라만도여. 제가 말하는 의미는 이 인간 기사의 갑옷을 녹여 도끼를 만들자는 것이 아닙니다. 제가 듣기론 인간들은 이런 갑옷 같은 것을 녹여 도끼를 만들 수 있다는 것입니다. 하지만 꼭 도끼를 만들자는 게 아닙니다. 갑옷을 만듭시다. 우리의 몸에 맞는 갑옷 말입니다. 우리들은 인간들같이 훌륭한 갑옷이 없습니다. 인간들은 우리의 공격을 받아도 철로 된 갑옷을 입고 있어서 약간의 충격만 받을 뿐 갑옷이 쪼개져 깊은 상처를 입힌다거나 죽음을 선사하지는 못합니다. 그렇지만 우리들은 인간의 날카로운 검에 약간만 닿아도 이 동물 가죽은 가볍게 찢겨 나가 인간들에게 목숨을 그대로 주게 됩니다. 이게 인간들과의 전투에서 우리 하라만도 전사가 많이 희생되는 이유입니다."

나의 장황한 설명에 주위에 있는 오크들은 말이 없었다. 모두들 충격을 받은 듯 나만 멀뚱히 쳐다보고만 있었다. 나는 그들의 눈빛에 무안해지기 시작하여 앉았던 자리에서 일어났다. 맨 뒤쪽에서 유난히 움푹 패인 눈을 가진 몸집이 제법 큰 오크가 벌떡 일어났다.

"그렇다면 하크여, 그대는 이 갑옷으로 우리 하라만도의 갑옷을 만들 수 있다는 겁니까?"

"그렇습니다. 저는 이것을 만드는 방법을 알고 있습니다. 얼마 전에 알 수가 있었습니다."

나는 그냥 나의 발달된 생각, 발달된 지식을 더 이상 숨기지 않기로 했다. 한국에서 배운 것을 약간씩 사용하여 이 오크들의 희생을 막고자 하는 게 나의 바뀐 생각이었기 때문이다.

"하크여, 그대는 엄청나군요. 철로 만든 갑옷과 도끼라… 우리 하라만도는 그대 덕분에 발전할 것입니다. 샤코로움 하크! 샤코로움 하크! 그대는 우리 모두의 샤크로움입니다."

리더 격인 말 많던 오크의 말에 주위의 13명의 오크는 모두들 '샤코로움 하크'라고 외치기 시작했다. 하라만도의 작은 마을에 울려 퍼지는 외침 소리에 종족들은 하나둘씩 몰려들기 시작했고, 13명의 오크는 내가 말한 것을 그들에게 똑같이 전해주고 있었다. 종족들의 움푹 패인 눈빛들이 빛을 발하기 시작했다. 그들은 흥분하고 있었다. 굽은 허리를 가능한 한 펴 보이며 고개를 불쑥 내밀어 모두 나를 향해 소리치기 시작했다.

"샤크로움 하크! 샤크로움 하크! 샤크로움 하크! 샤크로움 하크ー!"

샤크로움 하크라… 정말 좋은 말인 건 사실이다. '이 세계를 창조한 위대한 신'이란 뜻의 샤크로움. 그것은 나에게 정말 자랑스럽게 들렸다. 오크들도 신이 있다고 여기며 신을 섬겼다. 그러니 한낱 오크에 불과한 나에게도 신의 호칭인 샤크로움을 붙이고 있는 것이다. 물론 나는 이들이 갑자기 나에게 샤크로움이라고 외치는 소리에 당황했던 건 사실이었다.

"별것도 아닌 일에 샤크로움이라니… 난 단지 하라만도 종족의 갑옷을 더욱더 발달시키고 무기를 발달시키자는 이야기인데… 가볍게 찢어지는 갑옷을 철로 만들고 무딘 도끼를 철로 강화시키자는 것일 뿐이데…….."

이 오크들은 상당히 이상하다. 인간의 발달된 무기와 갑옷을 보고도 그것을 본받으려고 생각하지 않았으니 말이다. 인간의 마음을 가진 나로선 오크의 생각을 이해할 수가 없다. 그렇다면 인간을 잡아다가 그 갑옷으로 무엇을 만들었단 말인가? 그릇이니 양초니 하는 생활필수품밖에 안 만들었다는 말인가? 도끼는? 왜 도끼는 그렇게 약하게 만들었지?

"하라만도 형제들, 왜 그대들은 나를 샤크로움이라 칭합니까?"

"샤크로움 하크여, 그대의 말씀은 그야말로 우리 하라만도를 발전시킬 것입니다. 우리 하라만도의 희생이 적어지겠지요. 그러니 당연히 샤크로움이라 불릴 만합니다."

신석기 시대에서 청동기 시대로 넘어가며 인간이 청동기를 발명하면서 전제 군주 정권이 시작되었다. 청동기가 가진 힘으로 부족을 통합시키고 국가가 생기기 시작하였다. 그 청동기를 철기로 발전시키고, 철기는 산업 혁명으로 인해 기계를 만들고, 기계는 정보를 만들고 이렇게 해서 정보화 사회인 2001년의 지구 문명이 탄생했다.

이 오크들의 삶은 그야말로 신석기 시대의 것으로 각각의 부족들로 나뉘어져 국가라는 개념이 없고 부족이란 개념뿐이다. 이들은 나의 생각을 아직 모르는 것이다. 나는 하라만도를 기초로 오크들의 국가를 만들어 나의 형제, 나의 가족, 나의 전우를 지키고 싶다.

이로써 나는 예전에 국가가 생겼던 이유를 알게 되었다. 학교에서 국사니, 세계사니를 배울 때 국가의 생성 원리가 그대로 나의 생각을 지배하고 있었다. 그 생성 원리처럼 나도 오크들을 지키고 싶다.

옛날 신석기 시대의 각 부족들은 위험한 야수나 타부족들로부터 자신들을 지키기 위해 국가를 만들었듯이 나도 오크들의 국가를 만들고 싶다. 오크들의 국가를 만들어 인간들로부터 나의 형제들을 지키고 싶다.

오크 족과의 생활 이후 최초의 전투가 하루 지난 오늘, 나는 나이 30세에 사회학 박사가 되는 과정에서 얻은 지식으로 갑옷의 철을 녹이기 위해 생각했다. 오크 형제들의 갑옷을 만들기 위해선 이 4명이 입고 있던 갑옷의 철만으론 부족하다. 철을 더 얻기 위해선 물론 인간들에게 약탈해 오는 방법이 있으나 그것보다 확실한 방법은 철을 직접 생산하는 방법을 찾는 것이었다.

철은 뽑힘성과 퍼짐성이 풍부하며 상온에서 안정한 금속 원소이다.

산소와 화합하여 산화철로 되고, 습기 있는 공기 속에서 붉게 녹이 슬며 염소와 화합하여 염화철, 황과 화합하여 황화철로 된다. 또한 인, 탄소, 규소와도 쉽게 화합하고, 산, 염기 및 그 밖의 약품과도 반응한다. 그러나 질소와는 직접 화합하지 않는다. 원소 기호는 Fe이고, 원자 번호는 26이며, 원자량은 55.85이다. 또 녹는점은 1,536℃, 끓는점은 2,730℃이고, 비중은 7.86이며, 굳기는 4.5이다.

철에 대한 나의 지식을 모두 총동원하니 이렇게 길구나. 나는 땅바닥에 나뭇가지로 여러 가지를 써놓았다. 하지만 이곳에서는 원자 번호니 원자량 같은 건 필요하지 않았고 다만 끓는점이 필요할 뿐이었다. 당연히 철을 생산하기 위해선 용광로가 필요하지만 오크들에게 그런 것이 있을 리가 없다. 그래서 나는 용광로를 사용하지 않고 광석에서 직접 철이나 강을 제조하는 방법인 직접 제철법을 생각해 냈다.

보통 철을 얻기 위해선 세계적으로 가장 보편화된 고로—산소 전로법과 상응되는 고로(용광로) 제철 방식은 철광석에서 고로를 통하여 선철을 얻고 다시 제강로에 넣어 산화 제련해서 강철을 얻게 되므로 간접 제철법이라고도 한다. 직접 제철법은 철광석을 환원하여 환원철이나 강철을 얻는 방식이다.

내가 원래 살았던 영국도 있고, 미국도 있고, 한국도 있던 시대 산업 혁명 이전에는 이렇게 직접 제철법으로 철을 얻었지만 그 이후로는 간접 제철법으로 대량 생산을 하고 있다.

이 세계에 기사들이 철로 만든 갑옷을 입는 걸로 보아서는 충분히 철광석이 있다고 생각했다. 철광석을 채집하기 위해선 철광석 채집에 관한 여러 일들을 준비해야 했다.

약간의 준비가 되어 있는 상태에서 철을 만들기 위해선 첫째로 제철 공업에 대해 생각을 해야 한다. 제철 공업의 기본이 되는 철광석 채집은 단지 광산을 발견하여 그곳에서 철광석을 캐오면 되는 것이었다.

광산을 발견한 다음 오크 인원을 편성하여 철광석을 캐면 되겠지.

그럼 철을 만들기 위한 기본적인 원석인 철광석은 이만하면 됐고, 철광석을 환원시키기 위한 준비를 해야 한다.

우선 나는 이곳의 철을 보니 단지 주철에 불과하였다. 탄소의 비율이 주철에서는 2~4%로써 불순물도 많으며, 강철은 보통 0.03~1.2이다. 강철이니 특수강이니 하는 합금은 있지 않았다. 오크들의 방어를 강력하게 위해선 인간들의 검보다 더 단단한 강철이나 특수강으로 방어구를 만들어야 한다.

전혀 아무것도 갖추어지지 않은 상태에서 철은 물론 구리까지 생성하기는 어려우나 벌써부터 나는 강철이나 특수강을 생각하고 있었다. 철광석을 환원 과정을 거치는 직접 제철법으로 철을 생산하기로 마음을 정했다.

방어구를 만드는 일은 우선 철을 생산한 다음에 생각해야겠다. 지금으로썬 아무리 30대의 젊은 나이에 박사 학위를 딴 나지만… 뭐라고? 사회학 박사하고 제철업하고 뭔 관계가 있냐고? 30대 초에 박사 학위를 따기 위해선 엄청난 지식을 필요로 하기 때문에 이것저것 궁금한 것에 대한 것은 다 습득을 했었다.

제철에 대한 생각을 정리하니 뿌듯한 감정에 나는 그 자리에 뒤로 누웠다. 하라만도 오크 족이 된 다음부터는 나의 생활은 무척이나 자유스러웠다. 옷을 입고 싶지 않으면 입지 않아도 되고, 특히 자신의 집이라고 정해지지 않은 오크의 사회에서 나는 자고 싶은 곳에서 잘 수도 있었다. 이렇게 더럽게 땅에 누워도 누가 뭐라고 하지도 않고 오히려 어떨 때는 한 오크가 와서 나의 옆에 누울 때도 있었다.

제철에 대한 이론은 알고 있으나 한 번도 실행해 본 일이 없어서 이번 일에 확실한 자신감은 없었다. 먼저 실행이나 해본 다음에 갑옷을 만들 수 있다고 오크들에게 말이나 할 것이지 불쌍한 마음에 불쑥 말해 버린 것이 후회가 된다. 샤코로움이라고도 불리는 나로선 정말이지 이번 일에 힘을 기울여야 한다.

그렇지 않으면 영원히 오크들의 세계에서 추방당할지도. 오크들은 욕심을 부려 자신 혼자 독차지 하는 그런 일보다 거짓말, 즉 진실이 없는 말을 한 이들을 더욱더 싫어한다. 한 번 한 약속은 지키고 한 번 뱉은 말은 꼭 지키고야 마는 종족이 바로 우리 하라만도 오크 족이다. 그래서 내가 갑옷을 만들 수 있다고 한 말을 쉽게 믿어버린 것 같다.

그들로선 거짓말을 가장 나쁜 짓으로 생각하기 때문에 오크들에게 거짓말은 10년에 한 번 나올까 말까 한다.

이렇게 설명한다면 될까? 삼국 시대 효를 중시하던 우리 나라에서 어떤 양반집 자제가 자신의 부모를 살해하는 일만큼이나 오크가 거짓말하는 게 드물다. 10년에 한 번 나올까 말까 하게 말이다.

만약 내가 삼국 시대에 태어나 효를 중시하는 교육을 받았으나 결국 나의 부모를 살해한다면 나는 사회에 어떤 벌을 받을까? 추방? 가장 간단하지만 너무 약하다.

아마 세상에서 가장 고통스런 방법으로 죽임을 당할 것이다. 오크들에게 거짓말을 했다고 낙인 찍히면 나도 가장 고통스런 방법으로 죽임을 당할 것이다. 해서 이번 제철 계획을 꼭 이룩해야 한다.

하지만 꼭 제철하는 데 자신감이 없다는 것은 아니다. 이론을 알기 때문에 나는 몇 번의 실수를 거치겠지만 꼭 제철할 수가 있을 것이다.

이제 철광석 채집을 위하여 몇 명의 인원을 모아야 하고 그전에 광산을 발견해야 한다.

다시 생각하는 것이지만 이렇게 철을 만드는 데 번거롭다니. 먼저 광산, 즉 철광을 발견하기 위한 준비를 하여 광산을 발견하고, 철광석을 채집할 준비를 하여 철광석을 채집해야 하고, 철광석 산화를 위해 여러가지 산화물을 준비해야 산화를 시켜 철을 얻는 등등 이 과정은 말로는 쉽지만 보통 힘든 일이 아니다. 갑옷을 만들기 위한 준비는 나중에 따로 생각해 봐야겠다. 우선은 철을 만드는 게 시급했으므로. 광산 작업을 우습게만 본 나는 정말로 멍청이였다. 광산 작업의 폭발, 착암, 기중 적재, 운반, 환기 및 조명 기술을 생각하지 않고 있다니… 단지 광산에서 철광석만 캐놓으면 되는 줄 알다니……. 이런 바보… 30년 동안 왜 살았냐?

폭발 기술… 흐음, 이것까지 생각하다간 폭약, 폭탄까지 만들어야 하지 않겠나? 정말 철 하나 제조하는 게 이렇게 힘들다니, 나는 나의 멍청한 말실수에 다시 한 번 후회를 하기 시작했다.

광산업에서 최우선적인 것은 광산의 발견이다. 광산을 개발하기에 앞서 필수적인 과제는 매장량의 확보로써 이 광량(鑛量)의 대소에 의하여 광산의 수명이 결정된다. 광량 외에도 연간 생산량과 조업 계획에 따라서 달라지기는 하지만 이 모든 계획이 광량을 바탕으로 하여 수립되는 만큼 광량의 확보가 기본이 된다.

광산을 오랫동안 경영하기 위해선 일반적으로 광산을 개발하면서 탐사도 실시하여 광량을 확보해 나가는 방식을 채택해야 하므로 이 과정을 머리에 다시 한 번 되새겼다.

탐사야 내가 집적 나서서 하면 되겠다. 일반적으로 개발에 착수하여 생산이 될 때까지 3~4년이 걸리지만 그보다 길 경우도 있으므로 광산 개발에 있어서는 상당한 자금의 확보가 필요하다. 하지만 자금이야 우리 하라만도 오크 족의 크샴에게 부탁하면 되겠지만 우리 오크들에게는 자금이란 개념이 없다.

탐사에 의하여 광량이 확보되면, 이 광산을 저렴하고 안전하게 채굴할 수 있느냐는 문제에 직면하게 된다. 이 부분은 기계가 발달되지 않은 이상 채굴 시 사고가 나지 않도록 주의를 기울이는 방법뿐이다. 기계를 발명한다면 안전하고 완벽한 채굴이 이루어지겠지만 설마 기계까지 발명하라는 말은 하지 않겠지? 크크크르~

광산의 채굴 심도가 증가함에 따라 지열의 상승으로 공기의 오염이 심해져 채굴하면서 많은 오크들이 심한 호흡 곤란이 있을 것이라 추측된다. 이 부분도 그리 마땅한 해결 방법이 생각나지 않는다. 광산의 공기 오염이 심해지면 당분간 들어가지 않고 자연 통기법에 맡겨야겠다. 확실한 통기법은 나중에 다시 생각해 봐야겠다.

그리고 채굴한 자원에서 불필요한 광물을 제거하여 품질 품위를 향상시키는 선광 작업은 여러 과학적 방법과 시각적 효과로 인해 수동적으로 할 수밖에 없다. 광산을 뚫기 위해선 폭약 기술이 필요한데 지금의 오크 기술력으론 절대 무리이다!

그냥 단순히 오크의 장점인 노동력으로 밀어붙이는 수밖에 없을 것 같다.

이로써 광산을 발견하여 채굴하는 과정의 계획은 전부 세워졌다. 처음에 광산을 너무 우습게 생각했으나 막상 발견하고 채굴하려는 계획을 세우려니 이곳저곳 손이 안 가는 곳이 없다.

아무튼 광산을 개발하기 위한 준비물은 산을 파고들어 가는 도구, 광산 안을 밝게 해주는 횃불… 그게 필요했다. 이것은 간단하게 인간 마을을 약탈하면 될 것 같다.

"약탈이라… 약탈이라… 약탈이라… 약탈이라… 약탈이라… 즐겁겠군."

광산 채굴 과정을 위해 필요한 여러 도구와 횃불 등을 얻기 위한 약탈을 건의하기 위해 나는 하라만도 족의 크샴을 찾으러 나갔다.

크샴은 형식만 왕이지 실질적인 권한은 없으므로 스스로도 할 일이 없을 것이다. 하지만 크샴의 명에 모든 것이 실행되기 때문에 그를 가볍게 볼 수는 없다.

나는 크샴을 찾기 위해 여러 곳에 돌아다녔지만 그를 찾을 수가 없었다. 한데 그때 커다란 나무 옆에 앉아 도끼를 손질하고 있는 우람한 근육의 한 오크를 볼 수가 있었다.

"하라만도, 크샴은 어디 계시나요?"

"하라만도, 저도 잘 모르겠습니다. 확실치는 않으나 키호르코에 있지 않겠습니까?"

말 앞부분 '하라만도'라는 것은 한국어로 풀이하자면 '저기요'와 같은 뜻이다.

오크들에게 하라만도란 말은 상당히 많은 뜻을 가진다. 하라만도란 자신들의 부족을 뜻하는 말. 즉, 자신들을 뜻하는 말이기에 그런가 보다.

"아! 키호르코! 감사합니다."

오크 족의 전사들이 놀이를 즐기는 키호르코장. 키호르코는 커다란 빈 공터로 오크 족의 전사들이 할 일이 없을 때 모이는 곳이다. 처음에 난 이들이 야만적인 성격과 무식함 때문에 이들은 놀이를 즐기는 유희적 존재가 아니라고 생각했었다. 한데 야구 같은 형식의 놀이가 있었다. 상대편이 나무 조각을 던지면 그 나무 조각을 강하게 도끼로 쳐내어 잘라내는 놀이다. 어떻게 보면 전투 훈련 같지만 이들은 이 일을 하면서 웃고 즐기고 떠들며 즐거워하니 놀이라 볼 수밖에 없었다.

나도 이 키호르코에서 놀이를 해본 적이 있으나 도저히 즐거울 수가 없었다. 날아오는 나무 조각을 일격에 도끼로 잘라내는 일은 쉽지 않았다. 도끼를 힘있게 흔들어대도 나무 조각은 공처럼 저 반대 편으로 튕겨 날아갔다.

하지만 하라만도 족의 어린 오크나 성인 오크 모두는 나와는 다르게 나무 조각을 그대로 잘라냈다.

아마 나는 사람의 지식과 생각을 가지고 있어 동물적인 본능으로 행하지 않아서 그런가 보다.

키호르코에 도착하자 역시나 많은 하라만도 오크 족의 남성 전사들이 2명씩 짝을 이루어 그 놀이를 하고 있었다. 수많은 오크들이 모여 그 놀이를 하는 모습은 마치 잘 훈련된 군대와도 같았다.

그때 흙먼지가 자욱한 너른 들판 한가운데 건장한 오크들 사이를 성큼성큼 걷고 있는 이가 눈에 띄었다. 크샴이었다.

"크샴님! 하크입니다. 갑옷 생산 문제에 대해 의논드릴 일이 있어서 이렇게 왔습니다."

주위가 크들의 기합 소리로 시끄러워 평소보다 커다란 소리로 말해야 했다. 또한 형식적인 왕이라고 해도 왕이기 때문에 나는 최대의 존칭어를 사용하여 물어야 했다.

"오! 샤크로움 하크인가? 잘 왔네. 나도 그 문제에 대해 어떻게 상황이 진척되고 있나 궁금했네. 자, 저리로 가지. 이곳은 너무 시끄럽네."

크샴이 하던 놀이를 그만두고 키호르코를 벗어나 커다란 나무 아래 풀썩 주저앉았다. 나도 역시 그런 크샴을 따라가 그의 옆에 조심스레 앉았다. 번지르르한 기름기가 땀과 범벅이 되어 그의 온몸에서 흘러 내리고 있었다.

"자, 말해 보게, 하크."

오크 족들과 대화할 때 나는 그들 특유의 입에서 나는 악취 때문에 얼굴을 들 수 없을 정도로 고통스러웠지만 참아낼 수밖에 없었다. 오 크들은 자신들 친구의 입 냄새를 맡지 못하는가 보다. 아마 입냄새 때 문에 찡그리는 하라만도 오크는 나뿐일 것이다.

언젠가 그런 나를 보고 어떤 한 꼬마 오크는 왜 대화할 때마다 찡그 리느냐고 해서 나는 버릇이라고 말한 적이 있다. 그러자 그 꼬마 오크 는 안됐다는 듯 고개를 내저었던 일이 기억에 남는다.

"예, 우선 갑옷을 만들기 위해선 철을 제조해야만 합니다. 인간들 로부터 얻은 갑옷의 철만으로는 우리 부족의 갑옷을 생산하기엔 턱없 이 부족합니다. 이왕 갑옷을 생산하는 김에 여러 필수품도 만들까 합 니다. 또한 철을 제조하기 위해선 광산이 필요합니다. 그런 광산을 탐 사하는 일은 제가 맡겠습니다. 하지만 광산의 탐사 작업이 끝나면 그 광산을 뚫어야 하는데 그곳을 뚫는 인부들이 필요합니다. 그리고 그 전에 광산을 뚫는 작업에 필요한 도구들을 구해야만 합니다."

진지한 나의 설명에 크샴의 움푹 패인 눈은 더욱더 빛을 발하면서 내 곁으로 다가 앉았다.

내장이 모두 밖으로 쏟아져 나올 것 같은 악취가 바람결에 실려 나 를 무감각하게 만드는 것만 같았다. 하지만 이내 나는 찡그렸던 얼굴 을 펴면서 약간씩 미소를 곁들여 크샴에게 하던 말을 이어 나갔다.

"하지만 그 도구들은 우리 오크들이 생산하기에는 힘이 듭니다. 인간의 마을에 들어가 그 도구를 가져와야만 합니다. 어떻게 생각하십니까, 크샴님?"

"나는 하크, 자네의 말을 잘 모르겠네. 무슨 말인지 이해가 안 되네. 간단히 말할 수가 없나? 그나저나 어떻게 너는 이렇게 어려운 말을 거침없이 할 수가 있지? 머리가 어지럽네. 어떻게 그렇게 똑똑해진 건가? 나는 그게 더 궁금허이."

내가 자신보다 똑똑하다는 게 신경이 쓰이는가 보군. 체면 불구하고 물어보니 말이야. 하지만 내가 난 원래 인간이었는데 어느날 눈을 뜨고 보니 오크였소! 하고 말한다면 믿기나 하겠어?

"하크, 내 말이 안 들리나? 무슨 생각을 그렇게 골똘하게 하고 있는 건가?"

"저도 잘 모르겠지만 아마 말을 터득하면서 천성으로 얻어진 것 같습니다. 간단히 말하자면 인간들의 마을에서 도구를 얻어야 하는데 나를 따를 자랑스럽고 용맹한 하라만도 족의 전사 1파얌을 붙여주셨으면 합니다."

"1파얌? 당연히 붙여줘야지. 사실 내가 할 일이 뭐가 있겠나. 나도 거기에 끼워주면 안 되겠나? 재미있을 것 같군."

나는 그의 말에 곧 있을 인간 마을 약탈에 대한 생각을 하자 왠지 모를 흥분과 호기심이 가슴을 파고들기 시작했다. 인간 마을에 대한 무차별한 약탈이라… 2차 세계 대전을 다룬 영화를 보면 독일군들이 그들의 정복지를 약탈하여 여러 여자들을 차지하고 값 나가는 물품을 차지하는 장면이 나온다. 그걸 보면서 나 또한 얼마나 그렇게 하고 싶었는지 모른다.

한데 지금 나도 모르게 나의 폭력성을 오크 족의 보존이라는 명분 아래 나타내고 있으니 이것이야말로 얼마나 사악한 짓이겠는가.

오크들이 거주하는 대부분의 구역은 식량을 얻기에는 너무 척박한 대지로 이루어져 있었고, 설사 기름진 토양에서 거주하더라도 식량 생산 기술을 전혀 모르고 채집 생활에 의존하기 때문에 그들은 종족을 보존하기 위해 인간 마을을 약탈하는 일이 많았다. 하지만 인간 마을을 약탈할 때에는 그들을 막는 인간에게만 죽음을 선사할 뿐 다른 사람에게는 해를 끼치지 않고 웬만하면 건물 같은 것도 파괴시키지 않는다고 했다. 인간처럼 파괴를 통한 쾌락을 그들은 느낄 수 없고 단순히 먹을 것을 위해 동분서주하는 것이다.

하지만 원래 내가 살던 세계에서의 전쟁 역사를 보면 점령지에서 인간들이 약탈을 하는 이유는 군사들의 사기, 그것을 위한 것이었다. 군사들은 약탈을 한 번이라도 하기 위해 전쟁터에서 더욱더 열심히 싸우고 목숨을 거는 것이다. 전쟁을 승리로 이끌어 많은 재물을 약탈하고 많은 여자를 안기 위해 목숨을 걸고 전쟁을 하는 것이다.

나는 지금 오크로서 살고 있지만 마음만은 사람이다. 나는 이번 약탈로 인해 어쩌면 나의 폭력성을 적나라하게 드러낼지도 모른다. 또한 나의 잠재된 폭력성을 나타내고 은근히 약탈로 인한 쾌락에 기대를 걸고 있다. 내가 원래의 세계에서 인간으로 살 때에는 이런 생각들을 무의식에서 잠재우고 있었으나 자유의 종족 오크로서 살게 된 지금 나의 폭력성은 이미 나를 일깨우기 시작했다.

제 3 장

인간 마음을 약탈하자

제**3**장.

인간 마을을 약탈하자

　하라만도의 크샴은 처음엔 나와 함께 가까운 인간 마을을 약탈하기로 하였으나 조금 지나자 자신은 바쁘다는 이상한 핑계를 대며 완전히 몸을 빼버렸다. 그 이후 나는 하라만도 족의 전사들 1파얌을 한자리에 모았다.

　주위를 둘러보니 잘 발달된 근육과 오크만의 강인한 체력을 보이며 모두 나를 쳐다보고 있었다. 그들의 눈에서 정열과 강인함이 느껴지자 나의 마음 한구석에선 그들에 대한 기대감이 생겨났다.

　나는 내가 4달 전엔 인간이었지만 지금은 오크로서 인간의 마을을 약탈한다는 생각에 약간 몸에 전율 같은 느낌이 솟았다. 겉으론 채굴을 위한 도구를 약탈하러 간다는 것이었으나 본질적으론 한 번쯤 해보고 싶었던 약탈을 이번에 행하게 된 것이다. 그래서 이토록 듬직한 1파얌의 인원을 모은 것이다.

이 1파얌의 인원은 내가 하라만도의 크샴에게 말하자마자 다음날 얻어 그 저녁인 지금 이렇게 이곳에 모아놨다. 우리를 축복하듯 뜬 커다란 보름달이 이 1파얌의 인원은 불만인 모양이다. 보름달이 떠 기분이 좋은 나와는 달리 이들로선 평소엔 인간보다 시력이 월등히 좋지 보름달이 뜨면 인간과 비슷해진다는 것 때문에 그토록 입을 쫙쫙 벌리며 불만을 토하고 있는 것이다.

내가 알아본 바로는 이곳에서 한 5km 되는 곳에 작은 인간 마을이 있는데 그곳에는 잡화점도 있고 무기점도 있지만 경비원이라곤 3명 정도밖에 없고 작은 마을로써 그들끼리 행복하게 살고 있다고 한다. 그런 행복을 나는 깨버릴 것이다. 그런 행복을 깨버리고 쾌락을 느낀다면 나는 이기적인 인간이겠지?

아니다. 나는 인간이 아니다. 나는 자랑스러운 하라만도 오크 족이다. 그러니 그들의 행복은 상관없다.

나는 나 자신을 정당화시키기 위해 나는 인간이 아니고 오크다라는 생각으로 머리를 꽉 채우기 시작했다.

'나는 오크다, 나는 오크다, 나는 오크다……'

그럭저럭 자기 암시는 쓸 만한 것 같다. 스스로 오크라고 생각하자 인간을 죽이고 싶다는 욕망이 솟구쳐 올라 나는 오른손에 쥐고 있는 평범하지만 날카로운 도끼를 크게 휘두르면서 커다랗게 고함을 질렀다.

그런 나의 행동에 앞쪽에 정렬해 있던 1파얌의 자랑스런 하라만도의 전사들이 따라서 고함을 지르며 좌우로 그들이 쥐고 있는 도끼를 마구 흔들며 흥분하기 시작했다.

무엇이 그토록 그들을 흥분하게 만들었을까? 나는 인간을 약탈한다는 생각에 흥분을 했지만 그들은 무엇 때문에 흥분하는 걸까? 아마 전투를 한다는 생각뿐일 것이다. 이 1파얌의 인원들은 아기 오크일 때부터 훌륭하고 자랑스러운 하라만도 전사가 돼야 한다는 교육을 받아온 것이다. 전투는 그들을 용맹하게 만들고 그들의 존재감을 확인시킨다.

"모두 잘 들어라. 우리는 인간의 마을에 필요한 물건을 가지러 간다! 자, 출발하자!"

출발하자는 나의 말에 1파얌의 전사들은 크르르 하고 웃으면서 나의 뒤를 따르기 시작했다.

나는 마치 장군이 되는 것처럼 의기양양해졌다. 더욱더 고개를 치켜들며 천천히 용감히 앞으로 한 발자국 한 발자국 걷기 시작했다. 모두들 나의 발소리에 맞춰 걸었다. 그런 그들을 바라보는 것만으로 뿌듯해진 나는 더욱더 기가 살아 한 번 더 크게 고함을 질렀다.

밤이라서 그런지 약간 싸늘했다. 아니, 싸늘했다고 보기보단 시원스러웠다고 해야 하는 게 옳은 표현일 것이다. 그런 시원스러운 공기를 한껏 들이마시며 앞으로 나아갔다. 그렇게 1시간 정도 걸었을 때 저 멀리 불빛이 보이기 시작했다.

나는 1파얌의 전사들을 향해 고개를 뒤로 돌아보았다. 그들 역시 그 불빛을 보았기 때문에 회심의 미소가 입가에 머물러 있었다. 가끔씩 크르르 하고 들리던 오크 족의 특유의 웃음소리도 이제는 모두 숨을 죽였는지 들리지 않고 있었다. 마을이 가까워지고 있었기 때문이다. 나 역시도 자연스럽게 나오는 웃음소리도 뚝 멈추고 진지한 표정을 지으며 살며시 걸어갔다.

건물이 보이기 시작한다. 한 발자국 한 발자국 걸을 때마다 어깨의 흔들림과 같이 약간씩 들썩이는 시야에 인간의 건물들은 점점 선명해지고 있다. 인간의 건물이 확실히 눈에 보일 때쯤 나는 이대로 진격해 들어갈까, 사전 조사차 한번 들어갔다 와볼까 하는 생각에 가까운 수풀을 찾아 그곳에서 몸을 움츠려 몸을 숨기고는 고민하기 시작했다.

나의 뒤에 나와 똑같은 동작으로 움츠려 있는 전사들을 보자 그들을 희생시키지 않아야겠다는 생각이 들었다. 내가 이중에서 가장 작고 가장 날렵하니 인간의 눈에 띄더라도 빨리 도망치면 되겠지. 내가 가자. 내가 먼저 가서 경비병들이 얼마나 있나 보고 빨리 이곳에 오는 거야.

"자랑스러운 하라만도의 전사들이여, 잠시만 이곳에 있어주시오. 잠시 어디 좀 갔다 오겠소".

"조심하십시오, 샤코로움 하크여."

가장 앞에 있는 우람한 체격의 오크가 나를 걱정하는 듯한 눈빛을 보내며 말했다. 나는 걱정스런 눈빛을 보내는 그들을 뒤로한 채 조심스레 가장 앞에 있는 건물을 향해 달려갔다. 그전에 주위를 둘러보니 아무도 없어서 최대한 빨리 그 건물의 벽에 숨기 위한 것이었다.

걱정의 시선을 받은 채 공기를 가르며 달려가는 나의 모습은 내가 생각하던 평소의 암살자의 이미지와 같았다. 주위의 인간들에게 들키지 않고 얼마나 많은 곳을 정찰하고 돌아오는가. 그게 나의 임무다!
크르르르.

건물의 벽에 숨어 고개를 빼꼼 내밀어 저쪽을 보자 인간의 경비병 같이 보이는 창을 든 남자 2명이 햇불 옆에서 그들만의 대화에 빠져 있었다. 그쪽으로 갔다가는 걸리기 때문에 반대 편으로 고개를 빼꼼 내밀어 보자 이곳에도 창을 남자 2명이 있었다. 그들의 얼굴을 보니 한 40대가 넘어가는 나이를 추측할 수가 있었다. 그 건물의 벽에서 다시 전사들이 있는 곳으로 향하다가 다시 돌아서서 반대 편으로 쭉 20분 간 돌아다녔다. 다른 경비병들이 있나 확인을 위해서였다. 모두 잠들 시간이었기 때문에 아무도 보이지 않았다. 아마 그 경비병 4명이 전부인가 보다.

내가 먼저 번에 조사했던 3명보다 한 명이 늘었지만 별로 신경은 쓰이지 않는다. 나는 모든 정찰을 끝내고 자랑스러운 하라만도의 전사들에게 돌아왔다. 그들은 나의 곁으로 더욱 가까이 몰려들었다. 정찰의 결과를 듣기 위한 행동인가?

아니다. 그들이 모인 것은 호기심 때문이었다. 그들에겐 정찰이라는 의미는 맨 처음 보이는 적의 수였다. 나처럼 마을 주위를 돌아다니며 경비병들이 얼마나 있나 세밀하게 하는 정찰은 보도 못한 것이었기 때문에, 상식을 뛰어넘는 나의 행동에 몰려든 것이다.

"샤크로움 하크여, 무엇을 하다 돌아오셨습니까?"

"정찰을 하고 왔습니다. 4명의 경비병들이 있더군요."

"정찰 말입니까? 그런 걸 왜 하신 겁니까? 인간들은 전투를 하기 전에 정찰이란 것을 한다고 하지요. 하지만 우리 자랑스러운 하라만도의 전사들은 그렇지 않습니다. 우린들이 믿는 거라곤 우리들의 힘뿐입니다. 자랑스러운 우리 하라만도의 전사들을 믿지 못하시는 겁니까? 그런 겁니까? 실망입니다, 샤크로움 하크여."

호기심으로 나의 주위에 몰려든 하라만도 족 전사들은 나의 대답에 그들의 호기심은 처절히 무너진 듯한 실망감을 표시하는 부류와 자신들을 믿지 못한다는 것에 분노를 표시하는 부류, 이렇게 두 부류가 나뉘어져 나를 향해 그들만의 눈빛을 보내고 있었다. 나는 당황스러웠다. 오크로서 4개월 동안 생활해 오고 있지만 아직도 그들의 생각을 완전히 이해하지 못하고 있었던 것이다.

"그런 게 아닙니다, 자랑스럽고 용맹하며 승리를 이끄는 하라만도의 전사들이여. 오해를 마십시오. 나는 우리들의 전투가 얼마나 피를 부를지 먼저 보고 그대들에게 알려드리기 위해 정찰을 하고 왔습니다. 그대들의 용맹에 적이 너무 없어 실망하지 않을까 하는 걱정에 다녀왔지만 저 역시 실망하고 말았습니다. 적은 4명밖에 없었습니다. 무척이나 실망스럽습니다. 하지만 그것보다 실망스러운 건 자랑스러운 하라만도의 전사 그대들이 나를 오해했다는 것입니다."

내가 변명을 늘어놓으며 고개를 떨구자 그들은 곧 미안하다며 사과를 하기 시작했다. 샤크로움 하크를 믿는다는 둥 그대의 용맹에 찬사를 보낸다는 둥 하면서.

얼마나 단순한 존재들인가. 내가 살던 한국에서 그런 말을 한다면 이것이 변명이라는 것을 당연히 들키고 말 것이다. 하지만 이들은 거짓말이란 모르는 단순하며 용맹스럽고 순박한 하라만도 오크 족이었던 것이다.

인간 경비병 한 명이 우리 자랑스러운 하라만도 전사가 일 대 일로 싸운다면 어떻게 될까. 일 대 일이라고 해봤자 체격이나 힘이 월등한 우리 하라만도 전사들이 이길 것이 뻔하다.

하라만도 족이 넓은 평원에서 한 달여 동안 30여 번의 전투에서 패배만 맛본 것은 인간 그들이 기사라는 직업을 가진 까닭이었다. 하라만도 오크 족의 말을 들어보면 이들의 적은 일반적인 인간이라기보다는 기사 인간이라는 것이다. 기사가 아닌 인간은 그야말로 하라만도 오크 족의 상대가 안 된다고 한다. 보통의 인간은 오크들보다 힘도 약하고 체격도 작아서 월등히 오크의 승리가 보장된다고 한다. 하나 인간의 기사는 다르다고 한다. 인간의 기사의 힘은 오크와 비슷하고 기다란 검을 쓰는 기술은 오크들보다 월등하다고 한다. 오크들은 왜 같은 인간이지만 기사 인간과 보통 인간이 이렇게 차이가 나는지를 모른다. 단지 오크들은 인간이란 종류가 2종류가 있다고 생각할 뿐이다.

이 평온한 작은 마을을 지키고 있는 경비병은 기사로서 훈련된 인간이 아니다. 다만 인간 자체 내에서 민방위 같은 성격을 가진 마을 사람의 일원일 뿐이다. 단지 평범한 마을의 남성일 뿐이다. 사실 이렇게 1파얌의 전사를 데리고 올 필요까지는 없었다.

내가 원래 살던 세계의 한 국가 이스라엘은 인구도 적고 영토도 작은 소국일 뿐이다. 그들의 적은 커다란 아랍국으로 석유를 수출해 부해진 나라이다. 그런 거대한 아랍국을 상대하는 이스라엘 국가의 힘의 원천은 그들만의 협동심과 단결력이다. 나는 인간의 협동심과 단결력이 두려워 이렇게 1파얌의 전사를 데리고 온 것이다. 인간이라면 커다란 힘 앞에 굴복하며 복종하지만 때때로 다른 일들이 일어나기도 한다. 이스라엘같이 말이다.

하지만 인간은 인간일 뿐 이스라엘 같은 기적이 벌어질 때는 거의 백 번 중에 한 번 꼴이다. 인간 자체를 과대평가하는 것도 내가 원래 인간이었다는 것의 고정 관념에 대한 평가겠지.

나는 나의 뒤에 잘 정렬된 하라만도 족 전사를 앞으로 이끌었다. 우리들은 이번에 무조건 진격을 하기보단 공포의 위화감을 조성하기 위해 발을 맞춰 앞으로 나아가기로 했다. 사실 이것도 내가 하루 만에 훈련시키느라 고통스러웠다. 자유로운 오크 족으로서 진격에 자유를 구애받기가 상당히 신경이 쓰였나 보다. 그런 그들을 통제시킨 건 내가 이들에겐 샤코로움, 즉 창조신이기 때문이다. 샤코로움이란 명칭은 이들을 통제시키기에 충분했다.

터벅. 착! 터벅. 착!

잘 훈련된 군대 같은 발걸음 소리를 내며 앞으로 나아갔다. 그러자 우리들의 진격 소리를 듣고서는 좌우로 두 명씩 짝을 이루어 달려오는 경비병 4명이 보인다.

"오, 오, 오, 크… 오크… 다! 오크다! 오크다!"

밤이라 잘 보이지 않았는지 그들은 우리 앞에 다다라서야 우리들의 모습에 경악을 금치 못하고 있었다. 하던 경악을 금치 못하며 한동안 우리 앞에서 얼어붙어 움직이지 못하지만 경비병 4명이 이내 정신을 차리고 뒤로 갑자기 도망가며 소리를 내질렀다. 그런 그들을 쫓아 죽이려고 움직이려는 하라만도 전사들을 향해 나는 대기, 준비하라는 뜻인 행동, 손을 쫙 펴 그대로 보여주었다.

"샤크로움 하크여, 왜 멈추라는 것인가?"

"그대들은 승리를 이끄는 자랑스러운 하라만도 전사들. 저 어리석은 인간들은 자신들의 동료를 불러올 것이 아니오. 저 4명은 우리 하라만도 전사 한 명만 있어도 충분히 목숨을 앗아갈 수 있소. 너무 싱겁지 않소? 나를 믿으시오, 하라만도 전사들이여."

나는 최대한 존엄하고도 장중하게 말하기 위해 예의란 예의는 다 갖추어 말하였다. 그런 그들은 고개를 끄덕이며 나의 말을 따라 군대처럼 하나의 미동도 없이 서 있었다.

나의 예측대로 마을은 도망친 경비병 4명의 고함 소리에 시끄러워졌고, 마을 주민들은 분주하게 소리를 지르며 이리 뛰고 저리 뛰며 소란스러웠다. 마을 주민은 한 50명 정도로 보였다. 적은 인원이었지만 나의 조사에 따르면 이 마을엔 있을 건 다 있다는 것이다.

시간이 한 십여 분쯤 지나자 여전히 마을은 소란스러웠으나 마을의 남성들은 점점 모이기 시작하여 그들의 농기구를 가지고 모여들기 시작했다. 그래 봤자 30명 정도밖에 되지 않았다. 이 30명도 절반은 아직 성장을 다 이루지 못한 청소년들이었다.

농기구를 그들의 손 한쪽에 꽉 쥐고 우리를 향해 적대감의 눈빛을 보내는 그들을 향해 나는 커다란 소리로 울부짖었다.

"크르르르!"

오크가 크르르 웃는 것 첨 보나? 나의 울부짖음을 들은 마을의 남성들은 몸을 떨면서 나의 행동을 주시하고 있었다. 나의 뒤를 쳐다보니 하라만도의 전사들은 곧바로 30명의 남성들을 향해 달려갈 준비가 되어 있었다. 나는 그런 전사들이 무척이나 자랑스러워 그들을 향해 입을 크게 벌렸다. 전사들도 나에게 답례를 하듯이 모두들 크게 입을 벌리자 마을 사람들은 더욱더 공포에 떨기 시작했다.

이렇게 마을 사람들에게 공포를 준다는 것, 얼마나 즐거운가. 저 인간들에겐 우리는 공포의 대상일 것이다. 나는 나의 세계에서 30세의 짧은 나이에 여러 논문을 거쳐 존경받는 사회학 박사로서 훌륭한 인격을 가진 사람이었다. 하나 이렇게 오크가 되고 나니 나의 잠재 의식이 모두 발출되는 것이다. 나는 사람이 아니고 자연스러운 승리를 위한 전사 하라만도의 전사 샤크로움 하크다!

처음 인간들을 보았을 때 원래 같은 동족으로서 반가운 감이 없진 않았지만 이내 나의 끝없는 자기 암시로 인간들은 나의 약탈의 대상으로써 나보다 약한 생물체로만 보이게 됐다.

영화에서 보았던 난민 학살을 그대로 실행해 보고 싶었다. 영화에선 강인한 민족이 약한 민족을 학살하면서 곳곳에 튀기는 피와 잘려지는 목, 잘려진 팔이 나뒹구는 전쟁터가 역겹게 보이긴 했지만, 그것은 어디까지나 강한 자만이 행할 수 있는 행동이다. 나도 언젠간 저 강인한 민족으로처럼 약한 민족을 짓누르고 억압해 보리라.

"나가자! 하라만도의 전사들이여! 우리는 승리의 종족이며, 용맹의 종족이다! 우리를 방해하는 자는 죽음뿐이다!"

나는 영화의 난민 학살 장면을 생각하면서 그대로 실행코자 오크의 언어로 하라만도의 전사들을 향해 커다랗게 고함을 질렀고, 그런 나를 향해 전사들은 더욱더 입을 크게 벌렸다.

그러자 하라만도의 전사들 역시 팔을 크게 휘두르며 나의 뒤를 따라 인간 남자들을 향해 달려들었다. 나는 창을 가진 경비병을 향해 달려들었다. 그 인간은 당황한 듯 나에게 창을 한번 찌르려 시도했지만 나는 그 창의 움직임이 그대로 보여 피할 수 있었다. 창이란 게 원래 딜레이 시간이 길기 때문에 내가 가까이 가자 그 남자는 더욱더 당황하였다. 눈을 크게 뜨고 입을 쫙 벌리며 부들부들 떨고 있는 그 남자의 얼굴에 오른손에 힘을 주어 도끼로 그대로 찍어버리자 그 남자의 이마에서 코, 입까지 죽 찍어버려 피부가 갈라져 속의 생살까지 벌어지면서 피가 줄줄 흘러나왔다.

"오… 오… 크… 용서… 못한다……. 컥!"

눈을 감지 못한 채 나를 노려보면서 그는 부들부들 떨고 있었다. 나는 피식 웃었다.

내가 언제부터 이렇게 변했던가? 나는 사회학 박사로서 남부럽지 않은 인격을 가지고 있다고 생각했었는데. 그야말로 사악한 살인자, 그 자체가 아닌가. 내가 특이한 것인가? 아니다! 인간이라면 누구나 폭력성을 잠재우고 있다. 누구나 오크가 된다면 나와 같은 행동을 즐길 것이니 나는 당연한 행동을 하고 있다.

나는 그렇게 마음을 다지며 쓰러진 경비병의 시체를 확인 사살을 하기 위해 그 자리에서 점프를 한 후 점프의 위치 에너지를 이용해 떨어지면서 바로 그 남자의 시체에 도끼를 내리찍었다. 도끼가 그 남자의 목을 중간쯤 들어가자 느껴지는 뼈의 느낌에 온몸에 소름이 돋기는 하였으나 그 딱딱한 느낌이 의외의 쾌감을 주고 있었다. 넓은 평원에서 인간을 처음 죽이면서 쾌감을 느낄 수가 있었으나 이번의 쾌감은 목을 자르면서 느끼지는 통쾌함의 쾌감, 바로 그것이었다.

몸은 목과 완전히 분리되고 분리된 얼굴에서의 눈은 나를 째려보듯 커다랗게 떠져 있었다. 세 번째 사람을 죽이는 거라고 하지만 이런 째려보는 눈에 죄책감 같은 게 느껴지지 않는 건 웬일일까?

인간이란 이기적인 동물일까? 인간이란 자신의 본성을 숨긴 채 주위의 시선과 주위에서의 자신에 대한 평가를 위해 살아가고 있다. 인간으로서 성공한다는 것도 인격자로서 자신의 수행의 깨달음에 도달한다는 것이 아니다. 보통 사람들은 주위 사람들을 평가하는 기준이 돈, 명예 같은 겉에 드러나는 것이다. 평가 대상인 돈과 명예가 적으면 그 사람은 인간으로서 성공하지 못한 삶을 살고 있다고 한다.

나는 인간으로서 성공한 사람이었다. 사회학 박사로서 돈도 있었고 박사라는 명예도 있었다. 하지만 오크가 된 다음부터는 내가 과연 성공한 사람이었을까 하는 생각이 자주 든다. 나는 이 죽은 시체를 발로 툭 차고서는 또 죽일 사람이 없나 주위를 둘러보았다. 허무했다. 우리 1파양의 전사들의 몸에는 인간들에게 튀긴 피로 범벅되어 있었고, 이 땅을 밟고 있는 이는 우리밖에 없었다. 인간들은 전부 누워 있었다.

어떤 이는 눈을 뜬 채로, 어떤 이들은 눈을 감은 채로, 어떤 이들은 입을 벌린 채로, 어떤 이들은 입을 굳게 다문 채로 말이다. 누워 나자빠진 인간들의 가슴에 귀를 대보니 생명의 상징인 인간의 심장의 고동 소리는 들리지 않았다.

귀를 심장에 대자마자 아직도 식지 않은 따뜻함이 내게로 전달되고 있었다.

피의 느낌은 좋았으나 그대로 귀에서 느껴지는 피가 점점 굳어지는 느낌이 들어서 어깨를 위로 올려 닦아냈다. 나를 바라보는 하라만도의 전사들의 얼굴들도 인간들의 피로 뒤범벅되어 있었다. 얼굴 곳곳에 빨간 물로 물들이고 밤에 더욱더 빛나는 전사들의 눈에선 타오르는 열정 같은 것을 볼 수 있었다.

바닥에 일체의 신음 소리도 없이 죽어버린 인간 남성들의 시체를 우리들은 걸리적거려 툭툭 치면서 마을 안으로 들어갔다. 어린 아이들은 도망치지 못해 이곳에 남아 있었다. 한구석에 몰려 있는 대략 4명 정도의 아이들과 어미라 생각되는 사람이 피에 물든 우리들의 모습을 보자마자 눈이 휘둥그레지며 사지를 부들부들 떨었다. 극대화된 공포심에 눈물도 나오지 않는 모양이다. 서로 부둥켜 안고 있는 모자 모녀들을 보니 나의 원래 세계의 부모가 생각났다. 늙으신 몸으로 아들 유학 보내느라 이 고생 다 저 고생 하신 부모님. 하나 이제 나에겐 이곳의 오크 부모가 나의 부모일 뿐이다.

나는 인간이 아니라 오크이다. 나에게 인간 부모는 없다. 이런 생각을 가진 건 한 2개월쯤 전인가? 그때는 오크로서의 자유로움에 푹 빠져 있었다. 다른 사람의 눈치도 보지 않고 나만을 위해 살아가는 것에 대해 참으로 푹 빠져 있었다.

사회학 박사로서 나는 어디서 왔는가? 나는 누구인가? 라는 정체성에 대한 질문을 원래의 세계에서 끝없이 질문했고, 끝없이 탐구했으며, 끝없이 고민했었다. 그러나 내가 오크로서 생활하면서 이 대답에 답할 수가 있었다.

'나는 자유의 의지에서 왔으며 나는 자유의 집행이다.'

대략 8명 정도의 인간. 서로 부둥켜 안고 부들부들 떨고 있는. 이들 말고도 다른 인간들은 많을 텐데? 원래 이곳의 인구는 50명, 그중에 남자 30명은 죽었고 이곳에 8명이 남았다. 그렇다면 남아 있어야 할 12명은 어디로 간 것인가. 이 사람들을 남겨놓고 12명의 인구는 그대로 도망친 것일까? 자신들이 살기 위해서, 자신들의 생명을 위해서 말이다. 물론 오크들도 전투에서 지는 상황에는 도망을 친다. 하지만 그것은 자신의 생명이 아까운 것이 아니라 승리의 종족으로서 승리를 맛보기 위한 것이다. 집단의 승리를 위해서라면 자신의 목숨조차 아무렇게나 내놓을 수 있는 종족이 우리 하라만도 오크 족이다.

충분히 도망가도 남을 종족이 인간이다. 이기적인 인간. 나는 인간으로 살았을 때 나의 이기적인 행동은 스스로 자기 암시로 모든 것을 정당화시켰다. 어쩌면 인간의 마음을 가지고 있는 나로선 이 약탈을 하면서 여러 사람을 죽이면서 느끼는 쾌감 자체를 정당화시키기 위해 인간을 이기적이라고 주장하고 있을 수도 있다. 이들을 비판하고 이들을 경멸하면서.

"샤크로움 하크여, 저 8명의 인간들은 어떻게 하겠습니까?"

"죽! 인! 다!"

"무슨 말씀이십니까, 샤크로움 하크여? 저들은 우리의 목적에 방해가 되지 않고 저들은 전투의 능력이 없습니다. 하크여, 우리들은 당신의 행동을 언제나 이해하지 못하겠습니다."

나는 이기적인 인간이란 종족을 죽이기 위해 말했다. 이런이런, 나는 또 오크로서 생각을 하지 않고 인간에 대한 증오의 감정을 내세우고 있지 않는가? 또 오크로서의 생각으로 변명을 해야 하는데 뭐라고 변명해야 할지… 저 모자 모녀들이 우리들에게 방해되는 이유가 그리 생각나지 않는다. 무엇이 저들이 나에게 방해가 될까. 저들은 방해될 이유가 없는데… 전투할 능력도 없는데…….

"내가 죽이라는 의미는 저들을 이곳의 마을의 일원으로서 죽이라는 말이오. 이 마을은 우리 하라만도의 영토가 되었소. 저들은 이 마을의 일원으로서 현재 이곳에 남아 있소. 그러니 이곳 마을의 인원으로서 죽이라는 말이오. 즉, 이 마을에 남아 있게만 안 하면 되오. 저들을 멀리 쫓아냅시다. 그러고도 멀리 가지 않는다면 방해되므로 죽일 수밖에 없다는 말이오."

"무슨 말씀이십니까, 샤크로움 하크여? 어렵습니다. 언제나 생각하는 거지만 당신의 말은 어렵습니다. 간단하게 말해 주십시오. 우리가 이해할 수 있도록."

그러면 그렇지, 못 알아들을 줄 알았다. 하지만 약간은 실망이다. 나의 전우로서, 나의 가족으로서, 평생을 같이 살아갈 종족, 자유의 종족인 오크가 이렇게 약간 꼬인 말을 이해를 못하다니… 옛날부터 단순하고 무식한 것은 알았지만… 아마 이들은 원래가 멍청하지는 않았을 것이다. 교육이 부족하다, 교육이. 그래, 교육이야!

"한마디로 이 마을에서 내쫓아 버리자는 말입니다."

"예! 샤크로움 하크여!"

나의 말에 하라만도의 전사들이 그 부들부들 떨고 있는 그들에게 다가갔다. 그들은 벌써 남편을 모두 잃었기 때문에 어찌할 줄을 몰라 그대로 있을 뿐이었다. 한 발자국 한 발자국 그들에게 다가갈수록 그들의 눈은 더욱더 커지고 그들의 비명은 더욱더 커지기 시작했다.

내가 그들의 곁으로 바짝 다가가자 그들은 고개를 땅에 처박고 온몸을 사시나무 떨듯 떨며 두려움과 공포를 느끼기 시작했다. 나는 그들이 이 마을에서 떠나라는 듯이 손을 마을 밖을 가리킨 다음 고함을 질렀다. 하지만 그들은 나의 손가락 끝만 바라볼 뿐 마을 밖으로 떠날 생각을 하지 않은 채 부들부들 떨고 있을 뿐이었다.

부들부들 떨고 있는 그들 사이에서 갑자기 커다란 울음소리가 들렸다. 그 울음소리를 따라 그곳을 보니 4살박이 어린 여자애였다. 그 여자 꼬마애가 울음을 터뜨리자 공포스런 그 분위기에서 인간들은 그 꼬마애를 바라만 볼 뿐이었다. 나의 집에 있는 딸이 꼭 이렇게 귀엽게 울 때도 저렇게 시끄러웠지. 저 꼬마애 참 귀엽구나. 내 딸 같아.

내가 그 귀여운 꼬마애의 볼에 손을 대자 나의 손에 묻어 있던 이 마을 남자들의 피가 꼬마의 볼에 묻었다. 꼬마는 놀라서 울음을 그쳤지만 아직도 몸은 부들부들 떨고 있었다.

'꼬마야, 왜 그렇게 부들부들 떨고 있니? 내가 두렵니? 내가 왜 두려워? 나는 너와 같은 인간이잖아. 저 뒤에 거대한 도끼를 들고 있는 오크들과 다르잖아. 나는 인간이잖아. 아니… 나는 오크인가.'

나는 아직도 인간의 의식이 나를 사로잡고 있다는 것을 발견하고는 두 눈에 눈물이 한두 방울 떨어지기 시작했다.

'나는 아직도 오크가 아니라 인간인가. 나는 충분히 오크라고 생각했는데 나는 아직도 오크가 아니라 인간인가. 나는 오크가 될 수 없나. 자유의 종족 오크 말이야!'

나는 더 이상 참을 수가 없어 고함을 이리저리 질러대기 시작했다. 그런 나의 모습이 그들에게 공포로 다가갔지 더욱더 떨고 더욱더 서로를 힘차게 부둥켜 안고 있었다.

"가! 저리로 빨리 가란 말이야! 너희를 죽이기 전에 도망가란 말이야! 이 마을에서 꺼져 버려! 어서 꺼져 버리란 말이야! 개자식들아!"

나의 욕설은 인간의 언어로 나의 입 밖으로 나왔고 떨고 있는 인간들은 오크인 나의 입에서 나온 자신들의 인간의 언어에 뜻밖이라는 듯이 나를 멀뚱히 쳐다봤다.

'저 눈빛이 싫다. 나를 신기하다는 듯이 쳐다보는 저 눈빛이!'

"꺼져! 꺼져! 어서 여기서 꺼지란 말이야, 개자식들아!"

나는 그들의 눈빛이 싫어 그들에게 꺼지라고 인간의 언어로 소리를 질렀다. 그제야 인간들은 나의 말을 알아듣고 벌떡 일어나 어미는 자식을 껴안은 채 저 멀리 도망갔다.

"샤크로움 하크여, 당신은 인간의 언어를 하실 수 있습니까?"

소리가 난 쪽을 바라보니 인간과 마찬가지로 하라만도의 전사들은 무릎을 꿇은 채 나를 바라보고 있었다.

'왜 너희들이 무릎을 꿇고 떨고 있는 거야?'

"그렇습니다, 자랑스러운 하라만도의 전사들이여. 그대들은 왜 무릎을 꿇고 있습니까? 우선 일어나십시오."

"아닙니다. 우선 이것부터 대답해 주십시오. 당신은 인간의 언어를 하실 수 있습니까?"

나는 마땅히 변명할 자신이 없어졌다. 나는 이들의 앞에서 인간의 언어로 고함을 질렀기 때문이다.

"할 수 있습니다, 자랑스러운 전사들이여."

"정말이십니까? 어떻게 하실 수 있게 되셨습니까, 샤크로움 하크여?"

'어떻게 할 수 있냐고? 저번에 크샴이 나보고 어떻게 똑똑해질 수가 있었냐고 하는 질문과 같군. 이럴 땐 대충 얼버무려야 돼.'
"저는 샤크로움이 아닙니까?"

내가 자랑스럽게 환한 미소를 지으며 그들에게 대답하자 그들은 더욱더 부들부들 떨며 꿇었던 무릎은 완전히 펴서 내 앞에 큰 대 자로 엎드렸다. 오크들에게 이런 행위는 절대 복종이란 의미인데?

나를 향해 절을 하듯 완전히 땅에 엎어져 있는 1파얌의 오크 전사들을 겨우 일으킨 후 마을의 주위를 둘러보았다. 마을 곳곳에 불이 나 모든 것을 삼켜 버릴 듯 타고 있었고 곳곳마다 여자 시체가 있었는데 모두 하복부가 찢겨져 나가 강간을 당한 흔적을 남기고 있었다.

우리 1파얌의 자랑스러운 하라만도의 전사들은 불은 물론이거니와 어리석은 인간이라고 하듯 인간을 가소롭게 여기는데, 그런 가소로운 존재인 인간을 강간할 리가 없다. 그리고도 내 눈앞 곳곳에 모든 것을 삼킬 듯한 불은 무엇이며 강간당한 여자의 시체는 무엇인가?

얼핏 생각하기에는 이 자랑스런 나의 전우들이 행한 것 같으나 절대 아니다. 오크들은 그런 짓을 하지 않는다. 불은 가져오지도 않았다. 인간 여자는 탐내지도 않는다. 다만 짝짓기에 실패한 남자 오크들의 성욕을 달래기 위해선 인간 여자가 필요하지만 말이다. 이곳에 모든 전사들은 모두 짝이 있는 오크들로 절대 강간을 할 리가 없다. 그러면 저 강간당한 흔적은 무엇이란 말인가?

우리가 30명의 인간 남성과 전투를 벌이는 사이에 벌어진 일들은 나도 보지 못했으나 추측은 할 수 있겠다. 우리가 전투를 벌이는 사이에 몇몇의 인간들은 이 전투 중의 혼란을 벌이는 사이에 자신들이 평소에 잠재우고 있던 폭력성을 과감히 나타낸 것이다. 몇몇의 인간이 곳곳에 불을 지르며 즐거워했을 것이고, 평소에 맘을 들어하던 마을 여자를 강간했으리라.

이 50명이 사는 작은 마을에서 이런 일 저런 일 있으면서 서로 고운 정 미운 정이 쌓이기 마련인데 이런 전투를 틈타 그런 일을 벌이다니. 하긴, 나도 그들을 탓할 자격은 없다. 우연히 오크로서 살아가지만 이렇게 인간 도살을 즐기는 나로선 말이다.

타탁― 쿵!

어떤 발자국 소리와 물체가 떨어지는 소리가 들렸다. 저 집의 뒤쪽에서 나는 소린데? 이곳에는 타닥타닥 하는 불타는 소리밖에 들리지 않아 다른 소리는 쉽게 들을 수가 있었다. 나는 그 소리가 무척이나 궁금했다. 전사들에게는 커다랗게 손가락을 펴 대기하라는 신호를 보냈다. 하라만도 전사들은 내가 손가락을 폄으로써 어떤 행동도 취하지 않고 소리도 내지 않을 것이다.

이게 무엇인가? 이놈은 무엇인가? 내가 발소리를 죽여 조용히 그쪽으로 가자 집의 뒤편에는 어떤 청년 하나가 눈에 보였다. 그 청년은 바지를 입지 않고 속옷도 입지 않고 있었다. 그 청년에 안겨 있는 것은 여자로 보인다. 그 여자는 곳곳에 옷이 찢겨져 중요한 생식기가 그대로 드러난 채 청년에게 안겨 있었다. 청년의 한 손에는 주먹만한 단검이 들려 있었고, 청년은 그 단검으로 그녀를 위협하고 있었다. 나는 벽에 숨어 그 청년이 하고 있는 행동을 그대로 주시했다.

처녀의 입 근처에 가져다 댄 단검. 입을 열면 죽이겠다고 협박하는 의미로 보였다. 이어서 청년은 안겨 있는 여자를 바닥에 눕힌 후 그 여자가 입고 있는 옷을 전부 벗겨 버렸다. 그 다음의 행동은 충분히 생각할 수가 있었다.

내가 이 마을의 곳곳에 강간을 당한 시체들을 보고 생각한 추리가 그대로 저 청년을 통해 확인되었다. 나는 그가 하는 행동에 눈이 뜨거워짐과 동시에 가슴이 갑갑해지는 것을 느꼈다.

자신의 이웃을 강간하고 있다니. 이런 전투를 틈타 저런 인간답지 못한 행동을 하는 저놈은 도대체 무어란 말인가? 잠깐… 나는 인간이 아닌가? 그럼 나는 뭐지? 나는 이런 상황을 만들어놓은 장본인이 아닌가?

나는 인간의 마음을 가진 이로써 많은 인간들을 죽여 이런 상황을 만들었지 않은가? 나는 저놈보다 더 사악하고 추잡하며 경멸스러운 인간인가? 아니다… 나는 오크다. 나는 오크로서 나를 방해하는 이를 제거했을 뿐이다. 나를 방해하지 않았으면 30명의 인간들은 죽지도 않았으리라. 나는 오크다. 나는 오크다. 나는 나의 방해물을 제거했을 뿐이지.

인간을 죽인 게 아니다.

저놈은 인간으로서 해선 안될 짓을 행하고 있다. 나는 저놈을 처단하여 정의를 실현해야겠다. 아니다. 정의보다는 단지 저놈이 보기 싫을 뿐이다.

"하라만도 전사들이여, 모두 이리로 모여라!"

나는 하라만도 전사들의 행동 때문에 도저히 존경의 어투로 말할 수가 없었다.

전사들은 나를 창조의 신 샤크로움으로 보고 있었다. 내가 땅바닥에 엎드려 나에게 절대 복종을 하고 있는 그들을 일으킬 때 '모두 일어나 주십시오' 라고 말하자 전사들은 자신들에게 존경의 어투로 말하지 말라고 했다. 절대 말이다. 전사들은 나를 샤크로움으로 보고 있었다. 창조의 신 샤크로움 말이다.

나의 명이 떨어짐과 동시에 잰걸음으로 달려온 믿음직스러운 1파얌의 전사들은 내 앞에 정열해 있었다. 여인을 강간하고 있던 청년도 우리의 발걸음 소리에 놀라 우리 쪽을 향해 쳐다보았다.

그 청년은 자신이 하고 있던 일을 멈추고 우리만 멀뚱히 쳐다보고 있었다. 잠시 후 그 청년은 오른손에 들고 있던 단검을 떨어뜨리고 여자를 땅바닥에 내버린 뒤 우리의 반대 편으로 도망을 가고 있었다.

무척이나 빠르게 도망가고 있는 알몸 청년의 뒷모습은 무척이나 추해 보였다. 난 그를 향해 그대로 쫓아 달려갔다. 하지만 그의 달리기 실력은 나보다 월등히 빨라 점점 거리가 멀어지고 있었다. 더 이상 따라잡을 수 없다고 생각한 나는 그대로 오른손에 들고 있던 도끼를 그의 등을 향해 힘있게 내던졌다.

횡~ 횡~ 횡~

빙글빙글 돌면서 날아가는 도끼는 정확히 그의 등을 파고들었다. 청년은 그 자리에서 그대로 앞으로 넘어져 나뒹굴었다. 멀리서도 훤히 보이는 그의 등에서 흐른 빨간 피는 나를 더욱더 흥분시켰다. 고함을 지르며 그를 향해 달려갔다.

나의 뒤를 1파얌의 전사들이 따라오고 있었다. 언제나 느끼는 것이었지만 내가 고함을 지를 때마다 1파얌의 전사들도 같이 고함을 질러댔다. 그 고함 소리로 인해 나는 더욱더 힘을 얻었다.

청년은 일어나려고 애를 썼으나 시도할 때마다 등에 꽂힌 도끼에 당한 상처 때문인 듯 다시 쓰러지곤 했다. 내가 가까이 그에게 다가가자 그는 부르르 떨기 시작했다. 그는 공포에 덜덜 떨면서 신음 소리를 내고 있었다

"저리 가! 더러운 오크 새끼들아! 저리가란 말이야!"

내가 다가갈수록 그는 나를 향해 손짓을 하면서 마지막 발악을 더욱더 실감나게 하고 있었다.

"크르르르~"

나는 그런 그가 경멸스러웠고 더럽게 느껴졌다. 그대로 머리를 도끼로 찍어 그의 뇌에서 흐르는 뇌수에 그대로 침을 뱉어버리고 싶은 충동이 들끓었다.

"저리 가라! 더러운 오크들아!"

"나보고 더럽다고? 너는 무엇이지? 자신의 이웃들이 하나둘 죽어나갈 때 너의 이웃들을 강간하면서 쾌락을 느낀 너는 뭐지? 내가 더러운가? 네가 더러운가!"

어차피 죽일 인간이니 인간 말을 해도 상관이 없겠지. 1파얌의 전사들도 내가 인간어를 할 줄 안다는 것도 아니까 말이야. 참으로 편하군. 오늘따라 인간어가 무척이나 쓰고 싶단 말이야.

"오… 오… 오크가 인간 말을 한다! 오크가 인간 말을 해!"

인간들은 내가 인간어를 할 줄 안다는 사실에 언제나 저렇게 호들갑을 떤다. 맨 처음 넓은 들판에서의 전투에서도 잘 훈련된 기사도 어떤 상황이든 방심을 해서는 안 되나 나의 인간어에 방심을 해서 바로 죽임을 당했고 마을의 모자 모녀들도 나의 인간어에 무척이나 놀랐으며 이 경멸스럽고 더러운 놈도 나의 인간어에 저런 반응을 보인다.

"그래, 인간어를 할 줄 안다. 나보고 더럽다고? 너는 무엇인가?"

"뭐? 이 오크 자식아! 너는 더러운 오크다. 나는 인간이다! 인간! 그걸 말이라고 하냐!"

이 더러운 놈은 자신이 죽을 운명일 것을 알고 저렇게 함부로 말하는 것 같다.

"너는 너의 이웃들이 우리들에게 죽임을 당하고 있을 때 너는 너의 이웃을 강간하고 있었다. 너는 인간으로서 윤리와 도덕을 무시한 인간의 패륜아이다. 너는 무척이나 더러운 인간이며 우리 오크들에게 뭐라고 말할 자격도 없다. 인간도 아닌 너로선 말이다!"

"뭐… 뭐… 뭐… 오… 크 … 자… 식……!"

"다시 한 번 말해 주마. 너는 더러운 동물이다. 인간으로서 지켜야 할 윤리와 도덕을 철저히 무시한 게 너를 죽음으로 이끌 것이다. 인간으로서 자신의 마을을 지키다 영광된 죽음이 아닌 이렇게 더러운 동물로서 죽는 것에 대해 저승에 가서 반성 좀 하거라."

나는 나의 말이 끝나자마자 엎드려 나를 올려다보고 있는 더러운 얼굴에 그대로 왼손에 있는 도끼를 떨어뜨리고 오른손에 있는 도끼에 양손을 모아 그대로 있는 힘껏 내리찍었다. 찍자마자 튀긴 피가 나의 얼굴을 덮어버렸다.

또 한 번 느껴보는군, 이 뜨거운 피를 말이야. 하지만 무척이나 더럽군. 나는 지금까지 느껴본 피 맛과 다른 이 더러운 인간의 피에 무척이나 불쾌하게 느껴졌고, 바로 얼굴에 묻은 피를 오른손으로 훔쳐 닦아내었다.

얼굴을 찍힌 청년은 바로 숨을 거두어 그 자리에 쓰러져 버렸다. 나는 이것으로 참을 수가 없었다. 나는 내가 그를 죽이기 위해 땅바닥에 떨어뜨려 놓은 도끼를 주워 들고서는 나의 뒤에 서 있는 1파앙의 전사들에게 보란 듯이 시체의 등에 그대로 박아버렸다.

그러고도 화가 풀리지 않았다. 아마 또 다른 나를 보는 것 같아서가 아닐까? 인간으로서 어느 순간부터 오크로 살아오면서 오늘의 약탈과 같은 인간을 저버린 행위를 은근히 나의 가슴속에 정당화시켜 묻어버린 결과였다. 청년은 인간을 저버렸고 나도 인간을 저버렸다. 하지만 나는 오크로서 행한 일일 뿐이다.

나는 이랬다 저랬다 생각을 이리저리 바꿨다. 나에게 이롭지 못한 생각이 들면 나는 바로 그것을 정당화시켜 가슴속에 묻어버렸다. 내가 경멸스러운 인간 청년의 얼굴에 침을 한 번 뱉고 돌아서자 1파암의 전사들도 나와 같이 그 인간의 얼굴에 침을 뱉기 시작했다. 우리 자랑스러운 하라만도의 전사들도 이 청년의 잘못을 알까?

"하라만도의 전사들이여, 그대들은 이 청년의 잘못을 아는가?"

"잘 모르겠습니다. 이 인간을 왜 죽이셨는지요?"

나의 물음에 맨 앞에 있던 전사 오크는 고개를 저으며 대답하였다.

"이 인간은 인간으로서 지켜야 할 도리를 어기고 말았네. 만약 어떤 한 오크가 너의 어미를 죽인 후 그것이 발각되자 자신은 안 그랬다고 거짓말을 한다면 너는 어떻게 하겠는가?"

"당연히 그 자리에서 목을 몸통과 분리시켜 놓겠습니다."

하라만도 전사는 그런 일은 생각도 싫다는 듯이 몸을 부들부들 떨며 대답하였다. 사실 이들에게는 어미를 죽인 것보다는 자신을 속인 것에 대해 더욱더 화가 나고 분노하게 될 것이다.

"바로 그것이네. 우리 하라만도의 전사들은 언제나 신뢰를 지키며 살아가고 있듯이 인간들에게도 그들에게는 도덕이라는 게 있는 거네. 도덕은 인간이 지켜야 할 모든 것이며 인간을 동물과 다르게 구분 짓는 경계라네. 저 인간은 그 윤리를 지키지 않았으니 이대로 죽여 버린 거지."

"그렇다면 도덕은 자세하게 무엇입니까, 샤크로움 하크여?"

나의 원래 세계 동양에서 도덕이란 말은 유교적인 어감이 강하고, 실상 유교의 이상을 나타내는 것이기도 하여 근대에 이르러서는 흔히 윤리라는 용어로 썼다. 그리스 어의 'ethos', 라틴 어의 'mores', 독일 어의 'Sitte' 등이 모두 '습속'이라는 뜻인 것처럼, 원래 도덕이란 자연 환경의 특성에 순응하고 각기 그 집단과 더불어 생활해 온 인간이 한 구성원으로서 살아간 방식과 습속에서 생긴 것이었지 아마? 즉, 생활 양식이나 생활 관습의 경험을 정리해서 공존(共存)을 위해 인간 집단의 질서나 규범을 정하고 그것을 엄격하게 지켜 나간 데서 도덕이 생긴 것이다. 이러한 점에서 도덕과 법은 같은 근원에서 나온 것이라 할 수 있다.

다만 사회가 복잡해짐에 따라 법은 사회적 외적(外的) 규제로, 그리고 도덕은 개인적 내적(內的) 규제로 자연히 분화되었을 뿐이다. 계급 사회의 성립과 함께 법과 도덕은 정치 지배의 유력한 수단이 되기도 하였으며 그와 함께 법이 국가 권력을 지배하고 도덕이 보편적 원리를 지배하는 영역이 되었다고 알고 있다.

이렇게 긴 설명을 이 오크에게 말한다면 알아들을 수 있을까? 정답은 아니다이다 할 수 없이 간편 요약하여 말하기로 결정하여 어떻게 정리해야 하나 가만히 서서 머리를 굴려보았다.

"자랑스러운 하라만도의 전사여, 도덕이란 우리 오크들이 지켜야 할 규율과 비슷한 성격을 지닌다. 하라만도 전사로서 최소한으로 지켜야 할 것이 있듯이 인간도 인간으로서 최소한으로 지켜야 할 것이 있는 것이다. 그게 바로 도덕이란 것이다."

"어떤 말인지는 잘 모르겠으나 그는 어떤 도덕을 지키지 않았습니까?"

"자신의 이웃을 배반하고 그 이웃을 겁탈한 것이지. 또 공동체에서의 역할을 소홀히 하고 기회를 틈타는 기회주의자이며 잘못을 인정하지 못하는 부신뢰자이다."

등에 도끼가 꽂힌 청년의 시체를 뒤로한 채 나는 1파얌의 인원을 이끌고 마을로 들어갔다. 그 청년에게 겁탈을 당했던 여인은 어디론가 없어졌고, 주위엔 불타는 소리만 진동했다.

이제 나는 약탈의 맛도 보았고 전투의 맛도 보았다. 내가 이곳에 오고자 한 광산 작업에 필요한 도구들을 찾으려고 주위를 둘러보았다. 곳곳에 쓰러진 인간의 시체들을 굳이 보지 않으려고 애를 쓰지 않았다.

나는 그저 잡화점과 무기점을 찾을 뿐이다. 주위를 둘러보니 저기 검과 방패의 그림이 그려져 있는 문패를 가지고 있는 집이 있었다. 그 집은 다행히 불길이 옮겨 붙지 않아 온전한 상태로 있었다.

1파얌의 전사를 이끌고 그 무기점으로 들어서자 무기점의 안은 무척이나 어질러져 있었다. 주위에 동전이 떨어져 있었고, 여기저기 걸려 있어야 할 값비싼 무기들은 어디론가 사라졌고, 무기점의 금고는 찌그러진 채 방바닥에 나뒹굴고 있었다.

이 짓도 역시 인간들의 짓이리라. 전투를 틈타 방금 전의 강간범과 같이 강도가 들끓었었나 보다. 이 작은 마을에 전투라는 하나의 상황에 강간범, 살인범, 강도 등 온갖 흉악범들이 만들어졌다. 그만큼 인간들의 마음에는 범죄의 씨앗이 잠들어 있었단 말인가?

아무튼 도둑, 강도들이 값비싼 것들을 가져간 것과 내가 찾는 것과는 관계가 없으므로 그리 화가 나지는 않았다. 인간의 추악성과 야만성은 방금 전의 그 청년만으로도 충분히 드러났으니 말이다. 내가 찾는 것은 흔히 찾아볼 수 있지만 오크 마을에서 찾아볼 수 없는 횃불과 피켈 등 땅파는 도구와 불을 밝힐 수 있는 것이면 충분했다.

이곳저곳 둘러보니 기다란 검과 커다란 방패 등이 있었지만 그리 쓸모는 없었다. 하지만 뒤에 서서 그런 인간의 무기에 관심이 많아 보이던 하라만도의 전사들에게는 하나씩 골라잡으라고 명했다.

내 말이 떨어지기 무섭게 하라만도의 전사들은 자신의 취향에 맞는 무기를 하나씩 손에 들고 쓰다듬었다. 그들의 입가에 띤 미소에 나는 이번 약탈이 참으로 보람되었다고 느꼈다.

나의 행위를 더욱 정당화시킬 수 있는 약탈이었다. 인간의 마음에는 강간, 살인, 방화 등 많은 범죄의 욕망이 있다는 것을 확인할 수가 있었다. 나 역시도 그런 마음을 가지고 있었기에 이런 약탈을 행한 것이다. 나는 인간의 마음을 가지고 있기에 범죄를 실행했다. 나는 정당하다.

나도 이번 약탈의 목적답게 이곳저곳에 떨어져 있는 피켈들을 모아 그것들을 끈으로 묶어 전사 한 명을 시켜 운반케 하였다. 대략 30개 이상의 피켈로 추측되어 그 무게로만 상당할 것이나 자랑스러운 하라만도의 전사는 거뜬히 나의 명을 행하고 있었다.

광산 속을 밝힐 수 있는 횃불이나 등잔, 램프 같은 것을 구하기 위해 무기점에서 나와 그것들을 팔고 있던 잡화점을 찾기 위해 거리를 돌아다녔다. 저기 보따리 모양이 그려져 있는 문패가 있는 곳이 아마 잡화점이리라. 하지만 그 문패는 불길에 휩싸여 하늘을 찌를 듯 춤을

추고 있었다.

1파얌의 인원이 들어가기엔 이 잡화점은 무기점과는 달리 너무 작아 1파얌의 전사들을 대기시켜 놓은 후 불길 속으로 뛰어들었다. 하지만 이상하게도 뜨거운 느낌은 없고 오히려 따뜻하다는 느낌뿐이었다. 불의 옷을 입고 있던 문을 박차고 들어가자 보이는 것은 활활 타고 있는 불에 뒤덮힌 물건들이었다.

물건들은 모두 불에 활활 타고 있어 어떤 것이 램프이고 어떤 것이 횃불인지 알아보지 못했다. 설사 알아보더라도 횃불 같은 것은 불이 닿자마자 불 타버리니 쓸모가 없었다. 램프라면 철로 만든 것이어서 금방 불타 없어질 걱정은 없었지만 이렇게 엄청난 불길 속에 램프를 찾을 수 있을지 걱정되었다.

나무 기둥이 불에 타고 있어 곧 쓰러질 것만 같아 걱정되기도 하였지만 오히려 이런 상황이 즐겁기도 하였다. 내가 이상한 세계에서 살면서 전투도 겪어보고 이런 험한 일도 겪어보게 되다니……."

온통 보이는 것은 활활 잘 타고 있는 시뻘건 불들뿐이어서 램프를 찾는 건 무리였다. 램프는 그만 포기할 수밖에 없었다. 램프 정도야 없더라도 횃불 자체를 만드는 것이라면 오크 마을에서도 충분하므로 이만 위험한 이곳에서 빠져나가기 위해 몸을 돌렸다.

몸을 돌리자마자 불덩어리에 뒤덮인 나뭇조각이 나의 코를 스치고 바닥으로 떨어졌다. 불덩이에 뒤덮인 나뭇조각이 내 코를 스치고 지나가면서 남긴 코의 은은한 아픔을 조금이라도 없애기 위해 오른손으로 쓱쓱 문질렀다.

이렇게 이곳에 방심하고 있다가는 방금과 같은 일이 또 일어날 것만 같아 더욱더 서둘렀다. 주위가 불에 뒤덮여 있어 어디 쪽이 출구인지 분간이 잘 잡히지 않았다. 내가 들어왔을 때 어느쪽으로 들어왔는지 가만히 서서 생각해 보았다. 내가 이 잡화점에 들어오자마자 보인 것은 활활 붙타고 있는 커다란 진열장이었지. 그럼 그 진열장이 보이는 장소는 남쪽이겠구나.

나는 남쪽의 불길을 향해 몸을 내던졌고 그런 나의 몸은 밖으로 빠져나가 땅에 뒹굴뒹굴 구를 수밖에 없었다. 나의 몸 곳곳에 있는 검정 그을음에 1파얌의 하라만도의 전사들은 걱정이 되어 유심히 나를 쳐다보았다.

나는 손으로 그을음들을 탁탁 털고 문질러 없앤 후 활활 타고 있는 잡화점을 바라보았다. 비록 전투를 벌였지만 불은 지르지 않았었다. 불은 파멸의 상징으로 모든 것을 파멸시켜 버린다. 그런 파멸을 불러온 것은 추악한 인간들이지 우리 하라만도의 전사들은 아닌 것이다.

"하라만도의 전사들이여, 우리의 역할은 끝났다. 우리는 승리하였다. 우리는 자랑스러운 승리의 부족 하라만도의 전사들이다!"

나의 고함 소리에 역시나 모두들 같이 고함을 질러댔다. 좌우로 흔드는 그들의 손짓에 행여나 누가 다칠까 나는 그런 그들을 진정시켰다. 1시간의 전과 달리 이 마을은 엄청난 불길에 이곳저곳이 탁탁 소리를 내며 쓰러져 가기 시작했다. 임무를 완수하고 약탈을 하였다는 쾌락보다는 그토록 평온하고 웃음이 끊이지 않았던 마을이 이토록 변해 버린 것에 대해 씁쓸한 마음이 앞섰다.

이런 마을을 타버리게 만든 인간들, 웃는 얼굴의 가면을 쓴 채 가슴 속에는 범죄의 욕망을 키우고 있던 인간들. 그런 인간들이 이런 상황을 만든 것이다. 하라만도의 전사들은 전투를 원할 뿐 이런 파멸을 원한 것이 아니었고, 이런 파멸을 원한 건 인간이 억누르고 있던 추악한 범죄성이리라.

"크르르르~"

나는 그 씁쓸함을 애써 지우며 1파얌의 오크들과 같이 마을로 돌아가기 위해 첫발을 내디뎠다. 이 마을도 이제 끝났구나. 하지만 우리들의 영토도 넓혔고 광산을 뚫기 위한 도구도 얻지 않았나? 그거면 된거다. 어차피 이 마을을 불태운 것은 인간이기에……

또 정당화. 나는 왜 이럴까. 안 좋은 감정이 들 때마다 정당화시키는 이유는 무엇인가? 범죄성을 억누르고 있는 인간이기 때문일까? 나는 억누르지 않는다. 나는 자유스러운 하라만도의 전사이다.

나의 뒤를 따르고 있는 1파얌의 전사들을 보니 그들은 무기점에서 얻었던 무기들을 쓰다듬으며 걷고 있었다. 하긴, 그들은 전투의 민족이니 무기는 그들의 승리를 더욱더 확신시켜 주는 것일 테지.

1파얌의 전사들의 손에 들린 무기를 보니 숏 소드, 롱 소드, 활, 메이스, 창 등 없는 게 없을 정도로 각각의 취향에 맞는 무기를 고른 모양이다. 이들의 눈동자에 비친 햇살에는 그들의 미소가 담겨져 있어 나의 눈 안에 들어왔다.

이제 모든 도구는 준비되었으니, 어서 광산을 발견한 다음 그것을 뚫어 철광석을 얻어 철을 만드는 일만이 남았군.

요크! 마법을 배우겠는가?

제4장

오크! 마법을 배우겠는가?

하라만도의 마을에 돌아왔을 땐 여느 때와 같이 자유의 바람이 나를 맞아 마중 나왔다. 하라만도의 인원들도 우리 전사들을 맞아 입을 크게 벌려 고함을 지르고 있었다. 우리가 들고 있던 피켈, 그것을 본 오크들은 그들만의 호기심 때문에 한번씩 손에 들어보고, 그걸 휘둘러 보기도 하고 두드려 보기도 하였다.

자랑스러운 하라만도의 전사들은 그런 오크들을 제지한 후 그 피켈을 마을 공동 창고에 차곡차곡 쌓아두었다. 이제 할 것은 광산을 찾는 것인데… 생각할수록 내가 이런 일까지 해야 하나 그런 생각이 든다. 너무나 광범위하다. 아무런 기술도 없이 철을 제조한다는 것이 말이다.

인간의 광산에 침투해서 인간의 광산을 빼앗아 버릴 수도 있으나 그것은 임시의 방편으로 빼앗은 광산은 다시 인간 기사들에 의해 빼앗기고, 우리 전사들 역시 희생당할 것이 뻔하다.

하늘에 반짝 빛나는 별빛이 나를 감싸는 듯하여 나는 그대로 그 자리에 눕고 싶어졌다. 나는 이제 오크이니 자유롭게 행동해도 된다. 누구의 눈초리도 받지 않으면서. 이런 걸 바로 자유라고 할까? 비록 차가운 한기가 등을 적시고 있으나 내 시야에 보이는 수많은 별빛에 의해 나의 몸은 따뜻해지는 것만 같았다.

한 한 시간 정도 아무 일도 안 하고 그렇게 누워 있다가 문득 아침에 떠나야 할 생각을 하니 준비할 물건들을 아침에 챙기는 것보단 지금 준비해 놓는 게 더 좋을 것 같아 물건을 준비하러 마을 창고로 향했다.

그다지 필요한 것은 없으나 인간이었을 때의 습관이 남아 있어 어디를 갈 때에는 가방을 메지 않으면 불안하다. 전투일 때는 그 경우가 달랐지만 말이다.

물건을 다 준비한 후 주위를 둘러 빈집을 찾기 시작했다. 내가 평소에 맘을 들어했던 4개월 전에 첫 번째로 눈을 떴을 때 봤던 집은 이미 누가 들어가 자고 있는지 그곳엔 오크가 있다는 표시가 있었다. 집 앞에 나뭇가지 하나가 꽂혀 있으면 집 안에 사람이 자고 있으니 들어오지 말라는 것이고, 두 개가 꽂혀 있으면 자고 있지 않으니 언제든지 들어오시오라는 뜻이다.

물론 나뭇가지가 꽂히지 않은 집, 내가 잠을 잘 수 있는 아무도 들어가 있지 않은 집을 찾기 위해 이곳저곳을 걸어다녀 보았다. 오크들은 장소에 그리 구애를 받지 않아 꼭 집이라기보다 나무 밑이나 위에서 자는 오크들도 볼 수가 있었다.

마침 저곳에 나뭇가지가 꽂혀 있지 않구나.

나는 그곳에 들어간 후 준비해 놓은 헝겊을 바닥에 깔았다. 곳곳에 먼지가 수북이 깔려 있어 한 걸음씩 내디딜 때마다 먼지가 뿌연 안개처럼 일어났지만 그리 신경은 쓰이지 않았다. 썩는 곰팡이 냄새조차 이제는 익숙해져 맡지 않으면 잠이 들지 않을 지경이었다. 꿈을 꾸지도 않고 잠을 푹 자서 그런지 아침에 일어나고 나니 약탈로 인해 피곤했던 나의 몸은 피곤이 가시고 없었다. 어제 이곳에 전사들을 이끌고 도착한 후 하라만도의 크샴에게 인사를 드리지 않았다.

하지만 오크라는 종족이 그리 인사를 중히 여기지 않는 종족인지라 인사 같은 것은 그냥 하고 싶으면 하고 하기 싫으면 그만, 하는 쪽도 받는 쪽도 전혀 의식을 하지 않고 있다. 내가 원래 살고 있던 곳에서 이런 오크들의 행동을 본다면 반응은 뻔하다. 저런 야만인 같은 것이라고. 예절도 모르다니!

예절이란 무엇인가? 인간 관계에 있어서 사회적 지위에 따라 행동을 규제하는 규칙과 관습의 체계를 예절이라고 한다. 예절의 산실은 궁정이라고 할 수 있는데 권력의 중심으로부터 차츰 퍼져 나가 귀족 등의 특권 계층 안에서 엄격하게 지켜졌다. 이렇듯 권력을 지키기 위해 다른 존재보다 월등한 위치에 서기 위해 만들어진 것이 바로 이 예절이다.

사회적 지위라는 이름 아래 보이지 않는 끈으로 인간을 묶어놓아 자유로부터 억압하는 존재가 바로 예절이 아닐까?

내가 이런 생각을 하리라곤 전혀 생각지 못했다. 나는 30세의 젊은 나이에 명예를 얻고, 그에 따른 존경심과 부러움을 한 몸에 받아 나에게 예절을 지키는 이도 많이 보았거니와 나도 나보다 높은 사람에게는 깍듯이 예절을 지켰다. 그 물론 오크들에게도 존댓말이라든지 경어라든지 하는 언어의 종류가 여럿 있기는 하나 그것을 지키지 않는다 하여 뭐라 할 존재는 하나도 없다.

나는 등에 배낭을 메었다. 배낭의 묵직한 느낌이 나의 어깨에 걸쳐 나타났고 축 처진 가방을 다시 한 번 힘을 줘 바르게 세운 후 오른발을 앞으로 내밀었다. 하루아침에 사라지는 오크들도 많았고 하루아침에 돌아오는 오크들도 많았다. 나도 하루아침에 사라지는 오크들 중에 하나지만 나는 광산 탐사라는 목적 아래 떠나는 것이다.

오크들은 떠날 때 자신의 부모나 형식적인 지배자 크샴에게조차 인사를 하지 않는다. 그들에게 인사를 왜 하지 않냐고 물었을 때가 있었다. 하지만 물음에 들려오는 대답은 '왜 그런 질문을 하는가?' 라는 말이었다. 그들은 그게 당연한 거였다. 이들은 인구 체계가 확실히 잡힐 수가 없었다. 이렇게 하루아침에 많은 오크가 떠나고 돌아오는데 인구 체계가 확실히 잡힐 수가 있겠는가?

가슴이 떨려왔다. 심장의 점점 빨라지는 박동 소리에 맞춰 나의 발걸음도 빨라져 어느새 오크 마을은 나의 눈에서 안 보이게 되었다. 주위의 커다란 나무들과 새파란 풀 등 산뜻한 공기는 서울에서만 살다가 처음으로 설악산 등반했을 때 느꼈던 느낌과 비슷했다.

발걸음은 나의 입에서 나오는 노랫소리에 맞춰 리듬을 타고 있었다. 노래라고 해봤자 원래 세계에서 잠깐 들었던 것들뿐이지만 그게 왜 이토록 부르고 싶은 것인지, 이것은 아마 인간과 대화하고픈 욕망의 실현이겠지.

내가 이 세계에 떨어져 인간과 대화해 본 것이라곤 강간범의 한마디뿐이었다. '뭐… 뭐… 이 더러운 오크 자식아!' 그게 내가 이 세계의 인간에게 들은 첫 말이었다. 지능이 좀 더 높고 지식이 있으며 발달된 문명을 가지고 있는 인간과 대화를 해보고 싶었다. 단순한 오크의 언어도 이제 차츰 질려가고 있었기 때문이다.

처음에는 다른 언어를 쓴다는 생각에 흥미롭기도 했으나 이제는 너무나 단순한 오크의 언어에 질려 버려 인간의 언어를 쓰고 싶다는 생각이 머리 속에서 간절하였으나 누구 하나 인간의 언어를 아는 이가 없어 인간의 언어를 쓰고 대화를 해보지 못했다. 오크의 언어에서의 흥미는 이제는 단순한 커뮤니케이션. 즉, 대화로 바뀌어 나에게 쓰이고 있다.

숲 깊숙한 곳에서 들리는 짐승의 울음소리와 나뭇가지에 앉아 쨱쨱거리는 참새의 소리가 조화되어 진주 빛이며, 반투명한 엷은 막 두께가 0.lmm로 종축(縱軸)은 9mm, 횡축은 8mm이며 원형에 가까운 나의 고막을 진동시켰다. 소리는 무척이나 듣기가 좋아 나의 기분을 갈수록 좋게 만들어주고 있다고 생각하던 중 커다란 열매가 나무에 탐스럽게 열려 있는 게 시야에 들어왔다. 그것을 먹고 싶다는 욕심에 돌로 맞춰 따버렸다. 꼭 사과같이는 생겼으나 색깔이 보라색이고 둥그스런 사과보단 약간 각이 져 생전 처음 보는 과일이었다. 과연 먹어도 될지 몰랐으나, 나는 문득 오크 마을에서 아이 오크들이 이 과일을 먹고 있었던 것을 생각해 낼 수 있었다.

생각과 동시에 입을 벌렸다 닫음으로써 입 안에 시큼한 향이 퍼졌다. '모양은 꼭 사과 같은데 맛은 오렌지네?' 오렌지보다는 약간 더 달고 그와 동시에 시큼한 향도 좀 더 진해 말 그대로 엄청 시고 엄청 달다라는 말이 딱 맞다.

사과 같은 열매를 입에 물고서 바람에 흔들리는 주위의 나뭇가지와 여러 풀잎들이 나의 몸 이곳저곳을 스칠 때마다 주위를 한번씩 돌아보았다. 태어나서 혼자 여행하는 것은 처음이니 약간은 어색한 게 사실이다. 괜히 누가 뒤에 있는 것 같기도 하고 따라오는 것 같기도 하고.

주위의 아름다운 풍경에 넋이 나가 주위를 둘러보면서 걸어가고 있었다. 그때 어디선가 들려오는 고함 소리에 나는 정신이 쏠렸다.

어디서 나는 소리지? 이 하로몬 산은 오크들의 산으로 인간들은 들어올 수가 없을 텐데. 내가 오크 생활을 하면서 안 것이지만 오크들과 인간들 사이에 안 보이는 손, 즉 암암리에 그들만의 영역을 경계 짓고 있었다.

얼핏 들려오는 소리에 적어도 1파얌의 인원이 되는 오크의 고함 소리였으나 갈수록 그 소리가 줄어들고 있었다. 오크, 나의 동족인 오크. 나는 오크의 고함 소리와 신음 소리를 향해 뛰어갔다. 내가 그곳에 도착했을 때에는 앞의 광경을 믿을 수가 없었다.

15명 이상의 오크의 시체가 너저분하게 이곳저곳에 쓰레기처럼 쓰러져 있었고, 그들의 시체는 목 부분이 잘려 나가 목은 이곳저곳에서 뒹굴뒹굴 굴러다니고 있었다. 나머지 15명의 오크들은 어떤 한 인간을 향해 달려들고 있었는데, 그 인간의 손에서 나오는 이상한 불에 오크들의 목은 하나씩 떨어져 나가고 있었다.

인간의 몸이 갑자기 빨라졌다가 느려졌다가 하나로 보였다가 열로 보이면서 나의 눈을 혼란케 하였다. 보기만 해도 이런데 직접 전투를 하면 어떨까? 인간의 몸에서 불이 나오다니……. 정확히 손바닥 한가운데서 나오다니. 이것은 무엇이야? 살다가 이렇게 오크로도 태어나도 보지만 사람 손바닥에서 불이 나오는 것은 처음 본다.

사람의 손 중앙에서 나오는 불은 날카로운 침처럼 변하기도 하고 쟁반처럼 넓적하게도 변하면서 오크들의 목을 뚫고 잘라냈다. 정말 신기한 광경이다. 나는 오크들을 도와줄 생각도 못하고 그 자리에서 인간의 화려한 기술에 놀라 멍하니 쳐다보고만 있었다.

솔직히 인간의 몸이 갑자기 10개가 되어 보이고 손에서 불이 나가고 그 불은 모양이 변하여 오크들의 목숨을 앗아가는데 그걸 믿는 사람이 있을까? 혹시 모르겠다. 이 세계는 나와는 다른 세계이니 말이다.

15명의 오크는 어느새 7명의 오크로 줄어 있었다. 인간은 더욱더 여유있는 듯이 입가에 미소를 지으며 그런 7명의 오크를 가지고 놀고 있었다. 나는 어느새 정신을 차리고 다시 이 상황을 바라보니 분노가 일끓었다

나에게 자유를 준 종족 오크. 나의 전우, 친구, 가족인 오크의 목숨을 주머니에서 동전 꺼내듯 가볍게 앗아가니 좋게 보일 래야 보일 수가 없다. 인간에게서 나오는 불이 무섭기는 하였으나 나는 나의 이웃이 죽어가는 것을 그냥 바라만 볼 수가 없다.

이런저런 생각 없이 그 인간을 향해 뛰어들었다. 7명의 오크들은 나의 등장에 더욱더 힘을 얻어 고함을 지르며 인간을 향해 도끼질을 했다. 그러나 인간의 몸에 도끼가 닿을 때쯤이면 인간의 몸은 사르르 없어져 어느 한적한 곳에 다시 나타나는 것이었다. 저놈은 인간이 아니다. 귀신이다. 인간이고서야 어떻게 저렇게 불을 내뿜고 몸을 이동시키는 일을 할 수가 있겠는가.

다시 한적한 곳에 나타난 그 인간을 향해 뛰었다. 한 10발자국 앞에서 나는 커다랗게 도약을 한 후 두 손으로 도끼를 잡고 머리를 내리찍어 뇌수를 맛보려 하였다. 점프를 한 상태에서 나는 그 인간의 괴상

한 미소에 흠칫할 수밖에 없었다. 이 인간의 머리 위에서 힘차게 내리찍고 있는 나의 도끼가 안 보이나?

순간 나는 눈을 의심할 수밖에 없었다. 내가 도끼로 그의 머리를 힘차게 내리찍자 그의 몸은 두 개로 나뉘어져 나의 앞과 뒤에서 나를 비웃고 있었다. 나의 뒤에서 나를 비웃고 있다니! 정말 기분이 나빠서 나의 뒤에 있는 놈부터 덮치기로 하고 그놈을 향해 달려들었다. 달려가는 도중에 뭔가가 다리에 툭 걸려서 보았더니 눈을 커다랗게 뜬 몸통과 분리된 오크의 목이었다.

7명의 오크는 어디로 간 것일까? 나의 주위에 뒹굴고 있는 7개의 목이 그것을 대답하고 있었다. 나는 이 인간을 상대하고 있었는데 나의 동료들은 누가 죽인 것일까? 둘러보니 주위의 오크들의 목 주위에는 검은 그을음이 있어 이 인간의 불에 죽은 것이 확실하였다. 아마 내 앞의 왜소하고 검은 헝겊을 뒤집어쓴 이 인간의 몸이 또 9개로 나뉘어 2개는 나를, 7개는 저들을 상대했으리라.

내가 나의 형제의 목을 보고 분노가 눈에 나타나자 그 인간은 더욱 더 기분 나쁜 웃음으로 나를 바라보고 있었다. 내 뒤에 있던 저 이상한 인간의 또 다른 몸은 갑자기 내 앞의 인간의 몸과 합쳐져 하나로 되었다. 저 인간은 인간이 아니다. 분명히 아니야. 귀신이다, 귀신.

두 손으로 도끼를 꽉 쥐고 앞으로 뛰어가는 도중에 나는 저 인간의 오른손에 뻘건 불이 생기는 것을 볼 수가 있었다. 그 불은 어느새 나를 향해 다가 오고 있었다. 다가 오면서 둥글둥글한 불의 모양은 넓쩍한 쟁반 모양으로 변해 있었다. 저것이 아마 그대로 나의 목을 통과하고 지나갈 테지. 나는 나의 목이 싸늘해짐을 느낄 수밖에 없었다. 그 불은 빠르게 나에게로 다가와 어느새 1m 앞쪽까지 날아오고 있었다.

그 불은 갑자기 밑으로 꺼지더니 역시나 나의 목을 향하고 있었다.

이대로 죽는 건가? 결국 자유의 종족으로 다시 태어난 나의 인생도 여기서 끝이 난 건가. 이대로 죽기는 싫은데. 난 이 생활이 좋은데. 여기는 나의 자유가 실존하고 있는 곳이란 말이야.

"살려줘!!"

나의 말은 어느새 인간의 언어로 튀어나왔다. 나의 목을 통과하고 지나치고도 남을 시간이 지났는데도 나의 목이 그대로 달려 있자 나는 나의 목을 다시 한 번 쓰다듬어 봤다. 역시나 달려 있다. 나는 살아 있다.

"너는 인간의 언어를 한 것인가?"

왜소한 몸과 어울리는 칙칙한 목소리가 저 마른 입에서 나왔다. 내가 또 인간의 언어를 한 것에 대해 호기심을 가지는 게 분명하다. 그것을 증명하는 작은 눈이지만 저렇게 동그랗게 뜨고 있는 저 눈을 봐라.

나는 아무 말 안하고 나를 바라보는 저 싸늘한 인상을 그대로 똑같이 바라보았다. 저 인간의 눈에서 나는 보통 인간과는 다른 느낌을 받을 수 있었다. 말로는 표현하기 어려운 어두움, 칙칙함, 외로움 등이 나의 몸을 감싸 안아 이 인간을 더욱더 바라보게 만들었다.

검은색 천을 뒤집어쓴 왜소한 인간은 호기심이 가득 찬 눈으로 나를 바라보았다. 그의 입은 천천히 움직이며 굵고 쾌쾌한 목소리가 흘러 나왔다.

"네가 인간의 언어를 했냐고 물었다!"

나는 어떻게 대답을 해야 할까 망설였다. 인간은 내가 인간어를 한다는 사실에 언제나 저렇게 호기심의 눈빛으로 바라본다.

"그래, 인간의 언어를 한 게 잘못한 거냐?"

"뭐?! 오크… 내가 200살을 넘게 살아가지만 이런 경험은 처음 해 봤다. 오크가 말을 하다니… 오크가 말을 할 수가 있다니……. 지금까지 내가 이 세상에서 겪어보지 않은 일이 없을 것이라 생각했는데……. 이렇게 버젓이 오크가 말하는 것을 보지 못했다니……. 오크여, 너는 어떻게 인간의 언어를 배울 수 있게 됐나?"

마침 내 앞을 데굴데굴 지나가는 어떤 오크의 얼굴에 이 인간이 나의 적이라는 것을 다시 깨닫고 그대로 뒤도 안 돌아보고 뒤를 향해 뛰었다. 내 평생 이토록 빠르게 뛰었던 적이 없을 정도로 빨랐다. 바람이 얼굴을 스치고 공기가 콧속으로 들어오며 오크의 잔털들이 바람에 휘날렸다.

'저, 저, 저 귀신 같은 자식은 나한테 뭘 물어보려는 거야? 저런 귀신 같은 놈한테는 도망가는 게 최선의 방책이지. 그, 그렇지만 달려간다고 도망갈 수 있을까? 저놈은 순식간에 순간 이동하는 놈이잖아!'

"컥!"

달려가면서 걱정을 하고 있을 때쯤 뒤통수에서 느껴지는 충격에 그대로 앞으로 쓰러지면서 정신을 잃어버렸다. 내가 눈을 떴을 때에는 나의 몸이 어떤 힘에 의해서 눌려 있어 움직일 수가 없었다. 나의 몸을 바라보니 나를 포박하고 있는 줄 같은 것은 하나도 없었지만 알 수 없는 힘 때문에 그저 그 힘을 떨쳐 내기 위해 힘만 소비했다.

"일어났느냐?"

헉! 이 소리는?! 이 특유의 퀴퀴하고 침침한 목소리의 소유자는 귀신 인간 한 명뿐이다. 이 세계는 정말 어떤 곳일까? 나 같은 오크도 있고, 중세의 기사도 있고, 이렇게 귀신 인간도 있고.

나는 별 할 말이 없어 그대로 천장만 보고 있었다. 갑자기 나를 누르고 있던 어떤 힘이 갑자기 중압되어져 나의 몸을 점점 압박해 왔다. 숨은 제대로 쉬고 있는지 의심스러울 정도로 가슴이 갑갑해지고 몸 구석구석이 고통스러웠다.

"그만! 그만! 그만 해!!"

숨이 막히면서 점점 압박하는 힘 때문에 말조차도 제대로 나오지 않았다. 내가 고통과 전쟁을 하고 있을 때쯤 문득 그런 나를 바라보고 있는 저 왜소한 인간을 볼 수가 있었다. 내가 충격을 받고 기절하기 전에는 저 인간은 검은 천을 둘러싸고 있어서 얼굴을 볼 수 없었지만 지금 보니 완전히 해골 그 자체이다. 인간이 저렇게 살이 안 찌고 살아갈 수가 있을까? 내가 그대로 주먹을 날려 저 인간의 얼굴에 직격한다면 얼굴은 산산조각으로 부서질 만하게 생겼다.

"그러지. 이제 말할 생각이 드는가?"

나를 조이고 있던 힘은 천천히 약해지면서 숨을 제대로 쉴 수가 있었고 빨라졌던 심장의 박동 소리도 예전의 소리로 돌아가고 있었다. 후우, 이제야 편안하군. 어떻게 도망칠 수 없을까? 정말이지 이곳에 있는 것 자체가 고통이구나. 언제 저 귀신 인간에게 또 고통을 당할지 모르니…….

"그렇다. 그러니 이제 고통을 주지 마라."

"그럼 묻는 말에 대답만 하거라. 너는 어떻게 인간의 말을 할 수가 있는 거지? 아니면 오크의 말은 할 줄을 모르는가?"

어떻게 대답해야 할까? 나는 한국에서 왔소. 물론 이곳과는 다른 차원의 사람이오. 이렇게 대답해 줘야 할까? 분명 믿질 않겠지.

"어떻게 저절로 배울 수가 있었소. 나도 자세한 것은 모르겠고, 오크의 언어는 태어났을 때부터 할 줄 알았소."

"거짓말하지 마라! 너는 오크가 인간의 언어를 배울 방법을 알고
있다. 어떻게 저절로 배울 수 있었다는 거지? 그럼 지금까지의 수억의
오크는 어째서 저절로 배우지 못했단 말인가! 네가 아무리 운이 좋다
고 해도 수억의 오크 중에 너만 저절로 배울 수가 있겠는가? 어떤 계
기가 있지 않겠는가?"

그의 말이 끝남과 동시에 나는 또다시 나의 몸을 압박하는 힘에 고
통의 신음 소리를 내지를 수밖에 없었다. 갑자기 느껴지는 발에서의
차가운 느낌의 고통에 발을 보니 인간은 나의 발을 향해서 얼음을 쏘
아대고 있었다. 인간의 손에서는 불과 같이 물이 나오더니 그것이 곧
얼음으로 변했고, 그 얼음은 침처럼 아주 얇게 변하더니 나의 발을 찔
러대는 것이다. 아마 나를 죽이긴 싫고 고통을 줘서 고문을 하려는 거
겠지. 내가 어떤 대답을 하길 원하는 것이냐?

'내가 다른 차원에서 왔다고 할까… 못할 것도 없지 않은가? 윽!'

나의 발에서 느껴지는 고통이 어느새 다리 전체를 얼어붙게 만들었
고 점점 허벅지를 타고 차가운 한기가 올라왔다. 이대로 간다면 나는
얼어죽게 된다. 더 이상 지체할 수가 없다.

"차… 차… 차원, 차원!!"

"차원? 자세히 말해 보거라, 어리석은 오크여!"

"우선 이 고… 고! 고… 고통부터… 좀……."

그 순간 인간이 뭐라고 중얼거리자 언제 그랬냐는 듯이 나를 누르
고 있던 중압의 힘도 느껴지지 않았고 다리에서 타고 올라오던 얼음
은 사라지고 없었다.

"그래, 말해 보거라, 오크여. 너는 차원을 알고 있는가? 어떻게 알

고 있지? 한낱 오크 주제에 인간조차도 모르는 차원의 존재를 너는 알고 있는 건가? 어서 말해 보거라. 어서!"

나는 이곳에 올 수 있었던 이유를 말하고 싶었으나 그 이유를 나도 알고 싶었다. 할 수 없이 내가 알고 있는 지식을 동원하여 차원을 이동할 수 있는 이론을 말하면 되겠지.

"광속도를 무한대로 간주할 수 있을 만큼 작은 속도를 가진 물체의 운동에서는 광속도와 비교될 정도로 고속으로 운동하는 미립자의 거동이나 소립자의 생성, 소멸 등 미시적 세계의 여러 현상을 너희들 인간은 발견해 보았는가?"

나는 아이슈타인의 상대성 이론을 머리에 떠올리며 질문을 던졌다. 이 인간이 이 상대성 이론을 알고 있다면 이 인간은 아인슈타인을 능가하는 천재이리라. 역시나 나의 질문에 그는 고개를 갸웃거리고 이곳저곳을 돌아다니며 고민을 하고 있었다. 이렇게 한 시간 정도가 지날때쯤 그 인간은 더 이상 참을 수 없다는 듯이 나에게 급히 달려와 물었다.

"너! 너! 너희들, 오크는 이것을 발견했다는 것이냐? 그리고 나는 이 말 자체가 어떤 뜻을 가지는지는 잘 모르겠다. 아마 나의 지식이 얇은 거겠지. 하지만 나는 200년 이상을 마법과 과학에 몸을 맡긴 사람이다. 나보다는 과학에 더 잘 아는 사람은 없을 것이다! 나는 전 세계를 돌아다니며 수많은 현자들과 과학에 대해서 탐구를 해보고 토론도 해보았으나 네가 말하는 상상할 수 없는 발달된 과학은 생각도 해보지 못했다. 솔직히 현자인 내가 멍청하고 더러운 오크의 질문에 이렇게 고민을 한다는 것은 모든 인간의 수치이다. 가만히 생각해 보니너희 오크는 이런 걸 생각할 만큼 발달된 문명을 가진 종족이 아니다.

절대 아니다. 우리 인간조차 이런 것을 생각할 만큼 발달된 문명은 아니거니와 너의 질문에 확실히 답변하기 위해선 몇천 년이 지날지는 모르겠다. 어떻게 너는 광속도라는 것을 알고 있는 거지? 빛의 속도 말이다. 이곳 세계의 사람들은 정확한 빛의 정의를 모른다. 너는 알고 있는가?'

나는 이곳의 문명이 이토록 발달되지 못한 것은 예전에 알았지만 200년 이상을 과학을 연구한 사람이 이런 말을 하자 웃음이 나올 수밖에 없었다. 하긴 우리 지구의 과학 문명도 2,000년의 역사가 넘어가고 있으니 200년의 과학 연구로는 어림도 없겠지.

"후훗, 어리석은 인간이군. 이런 것조차 모르고 있다니 내가 자세히 알려줄 테니 잘 듣거라. 말해도 잘 모르겠지만 말이다. 본래는 파장이 0.4~0.75 μm인 가시광선을 말하나 넓은 뜻으로는 자외선과 적외선도 포함한다. 전파 속도는 진공 중에서 초속 약 30만km(299790.2±0.9km/s)에 달하며 물질 중에서는 이것의 1/n(n은 물질의 굴절률)이다. 진공 속에서의 빛의 속도는 보통 c로 표시되며 물리 이론에 있어 중요한 의미를 가지는 상수로 취급된다. 음파나 무선용 전파에 비하여 파장이 짧아 균일한 매질 내에서는 거의 직진한다."

나의 말을 이해할 수는 없겠지만 나는 그저 목숨을 연명하기 위해서 빛의 특징과 정의를 아는 사실대로 말해 주었다. 나의 대답에 그 왜소한 남자는 나에게 눈을 한번 흘기더니 자신의 방으로 들어갔다. 그는 가는 도중에 자신의 머리를 막 치면서 자신의 무식을 탓하고 있었다.

그는 무식한 사람이 아니다. 이 대륙에서 손꼽힐 정도로 뛰어날 천문학자이며 연금술사이며 과학자이며 철학자이다. 이 대륙이 중세 시대 정도의 과학으로 보건대 아마 나의 말을 이해하려면 적어도 1,000년 후에야 가능할 것이다.

지금의 과학으로는 아무리 해도 나의 말을 이해할 수 없겠지. 상대성 이론이니 빛의 성질이나 정의 말이다. 과학은 자연 세계에서 보편적 진리나 법칙의 발견을 목적으로 한 체계적 지식이다. 그는 하루가 지나고 이틀이 지나도 자신의 방에서 이상한 소리를 내며 나오지 않았다. 나는 이상한 힘에 꼼짝할 수도 없이 배가 고픈 데도 누워 있을 수밖에 없었다.

아무 일도 하지 않고 그대로 누워 있다는 것이 얼마나 고통스러운지 깨달을 수 있었다. 병원에서 일주일 간 입원해 본 적도 있지만 이번은 몸도 움직이지 못하니 가려운 데는 긁을 수도 없고 귀도 후빌 수 없었다.

그가 방 안으로 들어간 지 4일이 지난 날까지 나는 배고픔에 시달려야 했다. 말로 설명할 수 없는 묘한 고통이 나를 자극하고 있었다. 배고픔은 고통으로 바뀌어 나의 배를 쑤시는 듯했다. 오후 정도 되자 나는 살아날 것 같은 소리를 들을 수 있었다. 때론 신음하다가 때론 소리를 지르던 남자가 드디어 내 쪽으로 발걸음을 하고 있었다.

방문을 열고 나오는 그의 모습에 나는 그 자리에서 펄쩍 뛸 만큼 좋았다. 드디어 배고픔에서 벗어날 수 있겠구나. 배고픔이 이토록 고통스러운지 이 4일 간 뼈저리도록 느꼈다. 좋은 가정에서 태어나 좋은 학벌에 많은 명예와 부를 누리고 살아서 배고픔을 느껴본 적이 없는 나로선 이번의 배고픔은 어떠한 고통보다 더하였다. 차라리 불바다에 들어가 있는 게 더 나을 정도로 말이다.

오크로 생활한 지난 4달 동안도 자유의 종족 하라만도 오크 족으로

넉넉한 생활을 했었다. 원래 오크는 굶주림에 지쳐 인간의 마을을 약탈하지만 우리 하라만도 족은 달랐다. 주변의 과일도 채집하고 사냥도 하였다.

난 방문을 열고 들어온 남자의 모습에 놀랄 수밖에 없었다. 4일 간 굶은 것이 얼굴에 그대로 나타나 있었고, 그 남자의 엉덩이 쪽 바지를 보니 오물들이 묻어 있었다. 그 오물의 냄새에 나는 코를 막고 싶었으나 몸을 누르고 있는 힘에 의해서 할 수가 없었다.

어떻게 오크들의 입냄새보다 더 심하나 할 정도이다. 아마 이 인간은 그 방에 들어간 이후 나의 물음과 나의 대답에 고민에 싸여 있어 이것저것 생각할 것이 없어 오물들을 미처 처리하지 못했던 모양이다. 지식에 대한 그의 열망이 이토록 뜨거울 줄이야, 나는 내가 빛의 정의와 상대성 이론을 말했던 것에 후회했다. 그는 이제 나를 더욱더 귀찮게 굴 테니.

하지만 나는 그의 지식열에 나 또한 잊고 살았던 사회학 박사의 면모를 다시 깨닫기 시작했다. 더럽고 초췌한 그의 모습을 보자 불쾌하다는 생각은 들지 않고 나는 내가 준비하고 있던 '구조주의적 막스주의의 전개와 사회 인식' 논문이 생각났다.

"너는 누구인가? 너는 어떤 존재인가? 너는 오크가 아니다!"

그의 입에서 나온 말에 나는 머리 속에 떠오르고 있던 논물을 떨쳐버리고 그를 바라보았다. 입을 열려고 뻥끗거렸으나 4일 동안 먹은 게 없어 말할 힘조차 없었다.

"바… 밥… 바… 밥 줘… 어……."

그는 자신이 밥을 먹지 않은 것도 잊고 고민했었나 보다. 내가 밥이란 단어를 말하자 그는 아! 하면서 급히 뭐라고 중얼거렸다. 그러자 나의 눈앞에 수많은 음식들이 갑자기 나타났다. 나는 그것들을 향해 손을 뻗고 싶었으나 역시 어떤 힘에 의해서 움직일 수가 없었다.

"몸.풀.어.줘.라."

나의 말을 알았다는 듯이 그가 고개를 끄덕이면서 뭐라고 중얼거리자 나를 누르고 있던 힘은 없어졌다. 나는 밥이 있는 곳으로 기어가 눈에 보이는 대로 허겁지겁 먹기 시작했다. 맛있고 맛없고가 문제가 아니었다. 그저 양이 문제다.

이 많은 게 내 뱃속으로 들어갔나 생각할 정도로 수많은 음식을 순식간에 해치워 버렸다. 갑자기 많이 먹어 배가 놀랐나, 조금은 속이 거북했지만 그래도 배고픈 것에 비하면 천국이다.

"너는 누구인가? 어떤 존재인가? 우리 세계에 이만큼 발달된 과학 문명을 지닌 이는 없다. 설사 신이라도!"

저 인간도 나와 같이 허겁지겁 먹기 시작해서 이제야 다 먹고 살 만한 모양이다.

"당시의 말이 맞소. 나는 당신을 속일 생각은 전혀 없소. 나는 다른 차원에서 온 사람이오. 나는 오크도 아니지만 인간이기는 싫습니다. 오크라고 불러주시오. 더럽고 추한 인간이기보다는 자유스럽고 멍청할 정도로 순진한 오크가 좋소. 그리고 당신! 당신이 아무리 나에 대해서 모른다 하더라도 처음 보는 사람에게 반말을 해도 되는 거요?"

인간은 이기적이다. 나도 역시 인간인가? 오크가 되고 싶지만 역시 인간이다. 오크로서 살아가면서 예절이란 쓸모없을 것이라 여겼는데 나는 그에게 예절을 지키도록 강요하고 있었다. 나는 이렇게 이기적인가?

"존대를 원하는가? 그렇다면 그렇게 해주겠소. 우선 나는 그대의 놀라운 지식을 존경하오. 내 나이 213이오. 이제 인간으로서 한계치도 끝이 났고 몇 년만 있으면 죽을 것이오. 많이 살아야 10년 정도라오. 늙은 인간이지. 내가 한낱 오크에게 이렇게 말을 하는 것은 아니오. 당신은 오크가 아니고 당신은 나보다 많은 지식을 소유한 존재요. 그래서 이렇게 대하는 것이오. 나는 이 세계에서 현자라는 칭호를 받고 있지만 칭호만큼 알고 있는 게 없소. 아마 십 년 뒤면 나는 알고 싶은것을 알지도 못하고 죽을 수밖에 없을 것이오. 내가 만약 오랫동안 살 수가 있다면 나는 아무런 걱정도 없이 끝없이 연구를 하겠지만 나도 역시 인간인지라 수명엔 한계가 있는 거요. 지금의 수명도 한계지요."

수명이란 게 무엇일까? 생물의 생명 존속 기간, 보통 사고나 병에 의하지 않는 자연사까지의 연한을 말한다. 나도 수명을 가지고 수명이 정해진 기간 동안 살고 있다. 죽음이란 언제나 오는 것이지만 이 남자의 말을 들으니 나도 나의 수명에 대해 걱정되기 시작됐다. 아직 많은 인생이 남았지만 언젠가는 죽으니 말이다. 죽기는 싫다. 인간이 아닌 지금의 자유로운 오크로서 정말 오랫동안 살고 싶다. 모습은 추하고 예쁜 인간은 볼 수 없더라도 이 자유로운 오크로서 평생을 말이다.

내 앞의 이 남자 인간은 자신의 수명의 한계를 깨닫고 있는 모양이다. 나의 이 오크로서 몸은 수명은 얼마나 될까? 보통 오크는 50년을 살다가 죽는다고들 하지. 인간은 80년이면 죽고. 나는 인간으로서 30년을 살고 이제 오크로서 50년을 살 테니 그리 짧은 수명은 아니구나.

"내앞에 있는 다른 차원의 존재여. 나에게 남은 시간이 없으니 우주 만물의 이치를 깨닫게 해주지 않겠소? 시간이 너무나 없소. 몇천

년 몇만 년이 걸리더라도 꼭 알고 싶었던 것이오. 이것을 위해 이 200년의 일생을 바쳤으니 죽더라도 모든 것을 알고 죽는다면 억울하진 않을 것이오."

나는 물리학 생물학 박사가 아닌 사회학 박사이다. 사회학에 대한 것이라면 자신있게 알려줄 수가 있지만 다른 부분은 좀 찜찜하다. 하지만 그동안 수많은 책들도 읽고 많은 것에 호기심을 가지고 연구를 했었고 중·고등학교의 과학 시간에 배운 것으로도 이 인간의 호기심을 채워줄 수 있을 거라 생각된다.

옛날 유목 생활과 농경 생활에서 달력을 만들 필요를 느낀 수메르 인(人)이 천문학의 기반이 된 점성술(占星術)을 발달시켰고, 이집트 인은 나일 강의 범람에 따른 농경지 구획 정리를 위해서 기하학을 발달시켰다.

이 밖에 화학 지식의 온상이 된 연금술(鍊金術), 기적과도 연관된 의술 등이 발달되었다. 즉, 오늘날 내가 살고 있던 세계 유럽 문화의 근원은 BC 7000년 경 티그리스 강, 유프라테스 강 연안과 나일 강 유역에서 이미 꽃 피웠었다

"내가 다른 차원에서 온 것은 사실이오. 하지만 내가 살던 세계에서도 우주 만물의 이치를 깨닫지 못하고, 그 실체만 약간 이해하고 있을 뿐이오. 아마 인간들이 수억 년을 연구한다 해도 깨닫지 못하는 게 이 만물의 이치라 생각되오. 우주 만물의 이치에 대해 약간의 이치를 알고 있으니 그것으로도 되겠습니까? 그것뿐이라고는 하지만 아주 많은 것이오. 나도 다른 차원에서는 인간이었소. 어떻게 된지는 모르지만 이 차원으로 와서 이렇게 변했소. 우리 차원에서의 과학의 문명은 9,000년이 다 되어갔소. 9,000년 연구의 결과만으로 되겠소?"

나는 나의 오크로서 임무를 잊어버리고 그가 내뿜는 지식열에 파묻혀 버려 자신을 가르쳐 달라는 그의 부탁에 허락하고야 말았다.

"9,000년이라니… 현재 이 세계의 과학은 5,000년의 역사를 가지고 있을 뿐이오. 일반 사람들이나 귀족 역시 이 과학을 천하게 여기고 있소. 참으로 안타까운 생각들이지만 우리 현자들은 그렇지 않소. 과학이야말로 우리 인간들을 풍족하게 해주고 발전하게 해줄 것이란 것을 알고 있소. 나는 이번 당신과의 만남을 계기로 1,500년을 더욱더 연구해야 얻을 수 있는 결과를 들을 수 있게 되었으니 어찌 감사하지 않을 수 있겠소. 내가 연구하지 못한 게 아쉽기는 하지만 그것만으로도 충분하오. 하지만 현자이지만 4,000년의 결과를 이해하려 해도 10년 정도의 시간은 들 것이오. 10년은 나의 마지막 수명, 그것이면 충분하오. 하하하하. 고맙소, 다른 차원의 존재여."

이들의 과학 문명은 내가 살고 있던 세계의 중세 시대와 비슷하다. 내가 살던 중세기는 보통 과학의 암흑 시대라고 불리며, 점성술과 연금술이 횡행하던 때였다. 물론 이 시대에도 과학 연구가 전혀 없었던 것은 아니고 실험 연구의 지식이 축적됨에 따라 연금술은 화학 지식을 축적해 가고 있었다. 물론 이 세계도 화학 지식을 축적해 가고 있겠지.

"하지만 ……."

나의 말에 그 인간은 나를 가만히 쳐다보았다. 내가 무슨 말을 할까 하는 마음에 나의 입을 쳐다보는 모양이다. 내가 오크로서의 50년 인생 중에 10년을 이 인간의 깨달음에 투자한다면 내가 얻는 것은 무엇인가? 그리고 나는 아무런 배움 없이 이곳에 머물러야 한단 말인가?

"하지만 나는 어쩌란 말이오?"

"무슨 말이오, 다른 차원의 존재여?"

"내가 당신에게 10년을 투자한다면 나는 얻는 게 무엇이오? 나는 그동안 아무 배움도 없이 이곳에 머물러 비생산적인 일을 하란 말이오?"

"그것을 생각해 보지 못했구려."

그는 나의 말에 얼굴을 갸우둥거리며 생각하기 시작했다. 그가 나에게 가르쳐 줄 것이 있을까? 천문학? 과학? 사회학? 모든 면에서 내가 그를 앞선다고 생각하는데?

"아! 이거면 어떻겠소? 마법이오, 마법. 나는 200년을 살아오면서 우주 만물의 이치를 깨닫기 위해 연구, 수행하기도 했지만 마법을 위해 살기도 하였소. 우주 만물의 이치를 깨닫기 위한 과정적 필수적인 게 이 마법이지요. 자랑은 아니지만 이 세계에는 나를 능가할 마법사는 없을 거요. 6클래스의 마법사입니다. 나에게 손 한 번 쓰지 못하고 잡힌 걸로 보아 당신은 마법을 모르는 것 같은데 마법이라면 당신도 손해보는 일이 아닌 것이 될 것이오. 더욱더 많은 지식을 얻을 수 있고 현명해질 수 있으며 무엇보다도 생활이 무척 편리해진다오. 허허."

마법? 마법이라면 마술과는 엄연히 다른 거겠지. 마법이 무엇이지?

"마법이 무엇이오?"

나의 질문에 그는 상당히 놀랐다는 표정을 지으며 나를 의아하게 쳐다보았다. 왜 그런 눈으로 쳐다보는 것이지? 모른다는 것을 물어보는 것뿐인데.

"당신의 말은 마법의 존재를 모른다는 말이오? 당신의 세계에선 마법이란 게 없었소?"

"그렇소만……."

나는 그가 당연히 여기는 마법을 배운 적도 없고 알고 있지도 않다. 도대체 마법이 무엇이길래 저 남자가 왜 이토록 의아한 표정을 짓는 것인가?

그는 나의 질문에 대답은 하지 않고 행동으로 보여주기 시작했다. 그의 손에서 불이 폈다가도 얼음이 만들어지기도 하고 동그란 빛의 구를 만들어내기도 했다.

나를 억눌렀던 힘도 마법이고, 음식을 나타나게 했던 것도 4일 전의 전투에서 오크들의 목을 자연스럽게 따가던 것도 마법이었고, 몸을 순식간에 이동시키는 것도 마법이란 것이 그의 입에서 자연스럽게 흘러나와 나는 마법의 존재에 대해 알 수가 있었다. 그의 말대로라면 마법은 무척이나 편리하면서 무척이나 위험한 것이었다. 높은 클레스의 마법사라면 수많은 일반 사람들을 학살할 수도 있다. 궁극의 마법이라고 하는 메테오라는 것은 이 세계의 도시 하나를 거뜬히 날려 버릴 수 있다니 완전히 위험 그 자체이고, 파괴 그 자체이다. 하지만 그는 이 마법을 파괴라고는 하지 않는다. 이것은 우주 만물의 이치를 깨닫기 위한 하나의 과정이라고 한다.

"마법이라면 충분하오! 좋소, 나는 당신의 마지막 인생 10년 동안 당신의 옆에서 우주 만물의 이치에 대해 가르치겠소. 그동안 당신도 나의 옆에서 마법을 가르쳐 주시는 거군요. 좋소, 좋소."

"다른 차원에서 온 존재여, 마법은 꼭 재능이라기보다 인생의 깨달음에 비례하오. 그대의 말대로 오크의 모습은 육체뿐이고 정신은 다른 차원의 것이라면 마법을 보다 빨리 배울 수 있을 것이오."

"그런데… 당신은 나이가 200살이라면서 어떻게 젊음을 그대로 유지하고 있소?"

"젊게만 보이는 것이지. 이것은 일루션이란 환상 마법에 불과한 것이오. 사실 마법을 풀면 쭈글쭈글한 늙은이가 나오지요. 마법을 배운다면 자연히 더욱 오래 살 수가 있을 것이오. 당연하지요. 마법을 배우면서 얻는 마나는 모든 에너지의 시초이니 말이오."

이 남자의 말을 들어보니 마나는 기와 상통하는 것 같다. 만물 또는 우주를 구성하는 기본 요소로 물질의 근원 및 본질을 기라고 하는데 모든 에너지의 시초라는 마나의 말과 상당히 일치한다. 마나가 기라면 그의 말이 맞을지도 모른다. 기는 모든 요소의 근원이기 때문에 생명이 연장될지도 모른다.

제**5**장

나의 스승, 나의 친구 블레이스

나의 스승, 나의 친구 클레이스

"하크! 나의 친구여, 그대는 무엇을 생각하고 있소?"

나의 친구? 오늘이 이 남자를 만난 지 5년째이다. 나는 그를 친구로 생각은 하지만 그는 친구보다는 선생님 같은 존재이다. 내가 만난 인간들 중 누구보다도 현명하며 생각이 무척 깊었다.

나를 바라보는 이 남자는 6클레스에 도달한 대마법사이다. 나는 그가 5년 전에 6클레스라며 자랑할 때 그가 왜 그렇게 자랑하는지를 몰랐다. 하지만 막상 마법을 그에게 배우고 나니 그의 자랑을 이해할 수가 있었다.

"아, 클레이스, 잠시 옛날 생각 하고 있었소. 크르르르."

나는 오크 소리를 내며 웃었다. 인간의 소리처럼 하하하 하고 억지로 소리를 내는 것보다는 오크로서의 웃음소리가 편하였다.

오크? 아! 하라만도 형제들은 어떻게 되었을까? 내가 너무 무책임

한 행동을 하고 있지 않나? 광산을 찾으러 나섰지만 기별 하나 주지 못했으니, 이 5년 동안 나를 걱정하지나 않았을까?

난 하라만도 형제들을 그동안 잊고 살았다. 머리 속에서 계속 마법 운용에 대해 생각하고 또 내 앞의 남자, 나를 잡아온 이 남자 클레이스 를 가르치기 위해 나 스스로 연구해야 하는 과학 때문에 잊을 수밖에 없었다. 마법이란 게 중독성이 있어 한번 배우기 시작하니 그것만 생각나고 다른 것을 생각할 여유도 없고 생각하고 싶지도 않았다. 그저 마법, 다음 클레스를 도달하기 위해 노력할 뿐이다.

"전자빔의 결정(結晶)에 의한 회절이 관측되어 이 개념은 지지를 받게 되었지 않소? 일반적으로 운동량 p인 전자빔의 파장 λ는 λ=h/p(h 는 플랑크 상수)로 구할 수 있으며, 이것을 드브로이의 관계라 하오? 그러나 이와 같은 1개의 전자라고 하는 입자성을 지니는 것에 파동성을 생각할 수가 없소? 이것은 어떻게 생각할 수 있소? 하크여, 지난 일주일 동안 생각해 보았으나 도저히 어떻게 할 수 없구려."

그는 벌써 전자의 파동성 원리를 배우게 되었다. 대단한 사람이다. 그 짧은 5년이란 사이 내가 알고 있는 과학 지식들을 거의 배우고 있으니 말이다. 또 알려준 법칙의 오류를 발견하여 그 오류를 푸는 법에 대해 스스로 연구도 하였다.

인간은 보통 10년 이상을 연구하여 오류를 푸는데 이 사람은 1개월이면 오류를 풀 수가 있었다. 그러나 일주일 동안 무리인지라 나에게 질문하는 것은 당연하다. 그는 자신의 수명이 얼마 남지 않았다며 일주일 간 스스로 연구하고 되지 않으면 나에게 질문을 한다.

"클레이스, 그동안 배워서 이 오류를 발견하여 그것을 연구에 한 것만 해도 당신은 대단한 기재요. 나의 세계에서 태어났다면 당신은 위대한 과학자가 될 수 있었을 텐데 안타까울 뿐이오. 아, 클레이스. 당신의 질문에 답해 주겠소. 이 오류를 풀기 위해 우리 세계에서는 양자 역학을 체계화하였소. 양자 역학이란 양자론의 기초를 이루는 물리학 이론의 체계요. 양자 역학에서는 일정한 상태에서 어떤 양을 측정하여도 일정한 값이 얻어진다고 할 수 없고, 단지 같은 상태에서 같은 측정을 많이 되풀이할 때 일정한 값이 얻어지는 확률이 나타날 뿐이오. 즉, 고전 역학과는 달리 양자 역학은 본질적으로 확률적이오. 이런 의미에서 양자 역학에서의 결정론적 인과율(因果律) 부정에 대한 해석을 둘러싸고 내가 살던 세계에서는 일부의 물리학자나 철학자 사이에 논의가 일어나고 혼란이 생겼었소. 그러나 이론 그 자체는 미시적 세계를 지배하는 법칙으로서 발전을 이루었고 원자, 분자의 구조나 물질의 물리적, 화학적 성질을 해명하는 분야에서 성과를 거두었소."

이것은 물성 물리학(物性物理學)의 급속한 발전을 가져오게 하는 이론적 무기가 되었소. 물성 물리학은 3일 후에 가르쳐 주겠소. 그동안 양자 역학에 대해 연구하시는 게 어떻겠소?"

전문적인 과학 서적이 있다면 더욱더 쉽게 설명을 할 수 있겠지만 나의 머리를 최고로 싸매어 생각해 내었다. 사회학 박사가 이게 무슨 일인지, 이럴 줄 알았으면 아예 문과가 아닌 이과 쪽으로 나갔을 텐데 말이다. 그럼 이 남자에게 더욱더 쉽게 가르쳐 줄 수도 있었을 텐데. 이럴 때마다 아쉬운 생각이 든다. 그나마 다른 분야에도 관심이 많았기에 가르쳐 줄 수 있는 것에 대해 다행으로 생각해야겠다.

"나도 그럴 생각이오. 언제나 생각하는 건데 당신은 정말 대단한 존재요. 당신의 오크인 모습조차 멋있게 보이니 말이오. 하크여, 당신의 머리 속에 들은 지식이 얼마나 있는지 참으로 궁금하구려. 당신 앞에 서면 이 나라의 대현자라는 나 클레이스가 무척이나 작아지오. 나도 당신 세계에서 태어났으면 좋았을 텐데. 그러면 더욱더 많은 것을 알 수 있지 않았겠소? 참으로 안타깝구려."

"나 역시도 당신이 우리 세계에서 태어났으면 좋았을 것이라 매일 생각하오. 당신 같은 사람 한 명만 있어도 우리 세계는 환경 문제나 에너지원에 대한 문제를 생각하지 않아도 되지 않았겠소? 당신이 해결책을 내놓을 테니 말이오."

"하크여, 나는 언제 당신의 지식을 전부 마스터할 수 있겠소?"

환경 문제에 대해 말하고 있는데 왜 갑자기 나에게 그런 질문을 하는 것일까? 그는 자신의 수명에 대해 걱정하고 있는 것일까? 나에게 전부 배우기도 전에 죽는 것이 두려운 것일까?

"3년 뒤면 될 것이오. 어쩌면 더욱더 빠를 수도 있겠소."

"아! 그렇다면 2년 동안의 기간이 남아 있겠소. 그동안 내가 당신 세계의 환경 문제에 대해 연구한다면 어쩌면 해결책이 나올지도 모르겠소. 그럼 나의 해결책을 듣고 당신이 당신의 세계로 돌아가는 날에 당신의 세계에 나의 연구 결과를 발표한다면 어떻겠소?"

하긴 그의 머리라면 2년 동안이면 충분할 것이다. 하지만 그의 마지막 생 2년 동안을 빼앗아가기는 싫다. 시기와 질투와 외로움과 소외감이 있는 나의 세계로 돌아가기는 싫다.

아무리 내가 이곳에서 오크로서 가난하게 산다 해도 가난한 것과 부자인 것과는 행복 지수와 관계가 없다. 나는 이곳에 살면서 예전에 내가 살던 세계에서 못 느꼈던 행복을 느끼고 있다. 그때와 비한다면 지금 이곳의 생활은 가난하기 짝이 없지만 무척이나 행복하다.

박사로서 더욱더 많은 명예를 원하던 욕심은 이곳에서 없어졌다. 욕심을 부릴수록 더욱더 스트레스가 쌓인다. 스트레스는 만병의 원인이다. 오죽했으면 고삼병이라는 게 다 생겨났겠는가?

고삼병은 고등학교 3학년 학생들이 대학교에 가기 위한 공부로 스트레스를 받아 있지도 않은 병이란 것을 스스로 만들어내 자신의 도피구를 만들어내는 것이다.

스트레스도 없고, 그저 느긋함과 자유로움이 있는 이곳의 생활을 누리다가 이전의 이기적인 세계로 돌아간다면 정말이지 자살을 하고 말 것이다. 처음 이 세계에 떨어져서 오크로서의 모습, 그 자체의 추함에 자유로움을 보지 못하고 자학을 했었던 적이 부끄러울 뿐이다.

"아니오, 나의 친구 클레이스여. 나는 원래 살던 세계로 돌아가기 싫소. 인간이란 이들이 편해질수록 더욱더 편함을 찾고 부할수록 더욱더 부하기를 원하오. 그런 욕심 때문에 나는 매일매일을 시달려야 했소. 결국엔 욕심과의 전투에서 져서 욕심의 노예가 되었던 게 예전의 나의 모습이오. 나는 이곳의 생활에 만족하고 설사 예전의 세계로 돌아갈 수 있는 방법을 안다 해도 돌아가지 않을 것이오."

"하크, 나의 친구여. 당신은 당신의 세계를 무척이나 싫어하오?"

내가 살던 한국은 어떤 곳이었을까? 물론 가족도 있고 명예도 있고 돈도 있었다. 내가 지금 와서 내가 살던 세계를 싫어하게 된 것에 시간이 날 때마다 생각해 보았다. 무엇이 그렇게 나를 내가 살던 세계를 싫어하게 했을까? 어느 때부터 인간에게는 인간의 냄새가 나지 않았다. 인간은 문명이 발달하면서부터 점점 후각 기관이 쇠퇴하기 시작했다. 나는 인간의 냄새를 맡고 싶다. 이기주의적인 사회! 자신만을 생각하고 남을 생각하지 못하는 사회가 싫고, 남의 눈치만 봐야 하는 자유가 없는 사회가 싫었다.

자아의 자유일까? 어느 순간부터 나의 명예와 부는 헛되게 느껴지고 이 순간의 행복이 나에게 다가올 뿐이다.

"그렇소, 클레이스. 나는 나의 세계를 싫어하오. 전에도 말했지만 내가 살던 세계에서는 자신이 무슨 일을 할 때마다 다른 사람을 의식하기 마련이오. 그래서 자아의 원초적 자유를 느끼지 못하고 그저 다른 사람에 의한 삶을 살 뿐이오."

"친구여. 당신은 당신의 세계를 싫어하는 게 아니라 인간을 싫어하는구려. 이 세계의 인간들도 말한 것처럼 행하고 있소. 남의 눈치를 보고 남에 의해 살고 있소. 남과 비교하여 자신은 월등해질 때도 있고 왜소해질 때도 있소. 맞소. 나도 그런 인간이 싫어서 이렇게 만물의 이치에 대해 파고드는 것일지도 모르오. 남의 눈치를 보지 않기 위해서 말이오. 오크의 삶은 어땠소, 친구?"

"오크의 삶이라… 무척이나 자유스러웠고 나를 찾는 느낌이었소. 자아의 원초적 자유의 소리를 들었고, 그것을 행했소. 남의 눈치를 보지도 않았소. 입을 벌리고 싶으면 벌리고 코를 후비고 싶으면 후비고 엉덩이를 긁고 싶으면 긁었소. 클레이스, 당신은 자아의 자유를 행한 적이 있소?"

나의 질문에 클레이스는 눈을 위로 굴리며 생각하고 있었다. 그는 알았다는 듯이 고개를 끄덕이고 오른손으로 머리를 긁적거리기도 하였다.

"자아의 자유라… 나는 그것을 위해서 이곳에 온 것일지도 모르오. 나는 이곳에 와서 많은 오크들을 죽였소. 지금 생각해 보니 그들이 더러워서 죽인 게 아니었소. 단지 그들의 행동이 맘에 안 들어서였소.

오크들은 자신이 원하는 것들을 하였소. 그런 자신의 원하는 것을 행하는 오크가 싫었소. 나도 내가 원하는 것을 하고 싶었기에 인간으로서 느끼는 질투심이었겠지. 이곳에 와서 더욱더 많은 오크를 죽였소. 오크의 자유가 부러워서였을까? 하지만 그렇게 생각하면서도 오크로 변해서 살라면 바로 거절이오."

클레이스는 왜 오크가 되기 싫어할까? 오크의 자유를 원하면서도 인간으로서 보여지는 더러운 오크의 모습을 거부하는 것일까? 도대체 왜 싫어하는 거지?

나는 그의 말에 머리를 쥐어짜며 고민했다. 왜 그가 오크가 되기 싫은지 말이다. 하지만 나는 알 수가 없어서 그저 그만 멀뚱히 쳐다보았다

"왜 그렇게 쳐다보오?"

"클레이스, 당신은 왜 오크가 되기 싫어하오? 오크의 자유가 부러우면서 말이오."

"오크의 자유가 부러운 건 사실이오. 이렇게 말하면 나를 이기적이라고 하겠지만 나는 그저 오크의 모습이 싫소. 바로 그뿐이오."

나는 이런 고민에 쌓여 평소에 느껴보지 못한 스트레스를 맘껏 느껴보게 되었다.

오래간만에 느껴보는 스트레스라서 감회가 새로웠다. 스트레스가 나의 머리를 차지할 때쯤 더 이상 가만히 두고 볼 수가 없어 마음을 자연스럽게 안으로 몰입시켜 내면 자아를 확립하는 정신 집중, 즉 명상 마법을 실행했다. 명상은 마나를 얻기 위한 하나의 과정이기도 하지만 고통과 잡념에 시달리는 현실 세계로부터 의식을 떼어놓음으로써 밖으로 향했던 마음을 자신의 내적인 세계로 향하게 한다. 항상 외

부에 집착하고 있는 의식을 안으로 돌려주므로 마음을 정화시켜 심리적인 안정을 이루게 하고 육체적으로도 휴식을 주어 몸의 건강을 돌보게 한다.

그의 말이 맞다. 나도 오크의 자유를 원하지만 이 오크의 모습을 싫어한다.

나는 역시 인간이기에 그럴까? 오크가 되고 싶다. 오크로 태어났으면 얼마나 좋았을까? 이렇게 명상을 5시간 정도 하고 있었다. 지금까지의 명상 시간 중 가장 오랜 시간이었다. 나는 명상을 끝마쳐야겠다고 생각할 때쯤 갑자기 머리를 스치고 지나가는 흰빛을 느꼈다.

그럼과 동시에 3클레스의 마법 공식과 운용에 대해서 말했던 클레이스의 말이 나의 머리에서 뇌동쳤다. 나는 그것에 대해 끈임없이 생각하고 또 생각했다. 마법 공식과 운용이 나의 머리에서 뇌동침이 그침과 동시에 나는 눈을 번쩍 떴다.

"Recollection!(회상)!"

나는 클레스 3의 마법 Recollection을 운용시켰다. 그러자 내가 잊고 있었던 지식이나 과거가 생각나기 시작했다. 유치원 시절의 단짝 희정이의 얼굴이 이미지 그려지듯이 나의 머리 속에서 그려졌다. 회상은 잠재 의식을 이끌어내는 것으로 과거에 습득했던 지식이나 행동을 기억해 낸다.

Recollection 마법을 완전히 소화할 수 있었고, 그 기쁨에 나는 그대로 그 자리에 누워 커다랗게 소리를 쳤다. 그 소리에 창문을 통해 먼 하늘을 보고 있는 클레이스는 나를 동그란 눈으로 쳐다봤다.

"하크여, 왜 그러시오?"

"클레이스, 나는 지금 클레스 3에 도달한 것 같소. 아마 자아의 자유에 대한 고민의 결과이겠지요."

클레이스는 내 말에 뒤로 펄쩍 뛰며 놀라워했다. 하긴, 3클레스를 5년 만에 도달했으니 그게 어디 말이나 되겠는가? 하지만 나는 꼭 5년이 아니다. 30년의 인생이 있었던 것이다.

"정말 대단하오, 하크여! 5년 만에 3클레스에 도달하다니 말이오. 나는 15년이 걸렸소, 하크여. 어떻게 그리 빨리 도달할 수 있었소? 다른 세계에서 온 나의 친구 하크여, 그대는 정말 특이한 존재요."

"3클레스는 자아의 자유에 대한 심각한 고찰의 결과이오. 하지만 그 고찰을 하기까지는 나의 전 세계에서의 30년 인생이 기본이 되었소. 30년 인생 동안에 터득한 것들을 기본으로 한 고찰. 그 고찰 덕분인 것 같소. 하지만 이렇게 빨리 3클레스에 도달한 것에 비해 나머지 클레스는 빨리 도달하지 못할 것 같소. 그저 그런 느낌이 드오."

"아니오, 하크여! 그대는 해낼 수 있소. 어쩌면 나보다 더욱더 높은 경지의 클레스를 이룩할 수 있겠소. 그 누구도 이룩하지 못한 9클레스! 나에게도 까마득한 9클레스를 이룩해 보도록 하시오. 그대는 해낼 수 있소. 단지 수명이 문제겠지만 말이오."

클레이스 자신의 말에서 수명이란 단어를 말함과 동시에 그의 얼굴에 어둠이 나타났다. 그는 '수명' 하고 중얼거리면서 풀이 죽은 듯한 표정으로 창밖의 먼 하늘만 쳐다볼 뿐이었다.

죽음에 대한 두려움이 누구나 있겠지. 하지만 클레이스는 다른 인간과는 다르다. 후회에 대한 두려움이 아니라 아쉬움에 두려워하겠지. 더욱더 많은 지식을 습득하지 못하는 죽음에 대한 아쉬움.

3클레스에 도달한 지 거의 한 달이 지나간다. 그동안 양자 역학과 전자의 충동성에 마법을 이용하여 실험을 해보던 클레이스가 그 나름대로 이론을 체계화하기 시작했다.

나의 단전에 느껴지는 웅후한 기운을 느낄 때마다 나의 입가에 얇은 미소가 띠어진다. 하긴, 28년 간 거쳐야 배울 3클레스를 5년 만에 이룩했으니 그 자신인 나에게 정말 뿌듯하다.

더욱더 높은 클레스에 도달하고 싶구나!

나는 클레스에 도달할 때마다 더욱더 높은 클레스를 원하는 나 자신을 발견할 수 있었다. 나는 오크로서 자유를 집행하고 있는데 이렇게 욕심에 구애를 받다니. 그동안 생각해 온 자아의 자유, 인간의 욕심은 단지 나란 인간의 정당성을 위해서였던가.

아니다! 마법을 익힐수록 다음 경지에 대한 것은 욕심이 아니라 열정이다. 나는 그저 이렇게 나를 정당화시켰다. 내가 지금까지 생각했던 대로라면 마법 배우는 것을 그만 두고 욕심을 버려야 하겠지만, 이상하게 나는 그럴 수 없었다. 단기간에 3클레스에 도달하여 그 정복감에도 그럴 수 있겠지만 마법이란 게 이상한 중독성이 있어서였다. 나는 언제야 진정한 자유의 의지로 태어나 자유를 집행하는 오크가 될 수 있을까?

이 욕심 많은 인간에서 말이다. 4클레스 연구를 하고 있던 중 옆에서 클레이스가 실험을 하는 도중 잘못하는 게 보여 수정해 주었다. 4클레스란 게 그리 쉬운 게 아니었다. 클.

아무리 단기간에 3클레스를 넘은 나라고 하지만 4클레스의 벽은 상상 이상이었다. 이 정도가 4클레스니 5클레스는 어떠며, 6클레스는 어떻겠는가? 나의 머리로 어디까지 배울 수 있을지 의문이 간다.

인간이란 게 경험에 의해서 발전해 나가는 동물이라고는 하지만 나의 현명함이 어디까지 발전될지 의문이다.

"아! 아! 악!"

또 클레이스의 연구가 진행이 되지 않는가 보군. 아무래도 물성 물리학에 대해서 설명해 줄 때가 온 것 같다. 내가 설명해 주려고 할 때마다 자신이 연구해 보겠다는 클레이스의 말에 지켜보고만 있었지만 이렇게 고함을 지르는 건 오래간만이다.

"클레이스여, 무엇이 막히는가? 이제 물성 물리학에 도전할 때가 되지 않았나?"

"나의 친구 하크여! 나는 이 연구를 끝까지 하고 싶다네. 연구를 할수록 더욱더 빠져들게 하는 이 매혹감 때문에 이렇게 끼니도 거른다네. 언제나 생각하는 거지만 우리는 동물인지라 수명이란 게 있다네. 자네도 오크로서 수명이 있겠지. 그 남겨진 수명의 시간 때문에 나는 더욱더 아쉬울 뿐이라네. 자네를 더 빨리 만났으면 하는 마음에 말이네."

이런, 또 클레이스의 얼굴에 검은 구름이 꼈고 곧 비라도 내릴 것 같군. 나는 그의 얼굴에서 느껴지는 어둠을 보기는 싫다.

이런 걱정하는 마음 정! 이것은 이기적인 인간이 가지고 있는 찾아보기 힘든 장점 중에 하나겠지. 정의 사전적인 의미로는 사귐이 깊어감에 따라 더해가는 친근한 마음이라고 하던가? 잡혀오다시피한 만남이라고 하지만, 그 5년의 사귐 때문에 친구, 스승, 제자의 정이 나의 가슴 한구석에 피어 오르고 있었다.

"우선 물성 물리학은 물질의 구조에 대한 기초 지식과 물질을 구성하고 있는 원소의 물리 법칙, 즉 양자 역학과 통계 역학을 기초로 물질의 물리적, 화학적 성질을 구명하려는 물리학의 한 분야이네. 우리 세계에서 이 분야는 원자핵 및 소립자의 연구와 같이 급격히 발전된 분야이네."

나는 물성 물리학의 정의를 시작으로 클레이스에게 3클레스의 마법 Imaginary(가상)을 써가면서의 공간을 만들어 자세히 설명해 나가기 시작했다. 클레이스를 가르치면서 빨리 3클레스 Imaginary를 운용하여 더욱더 쉽게 가르치고 싶었으나 그동안은 낮은 클레스였으므로 할 수 없었다. 하지만 이번에 3클레스의 마스터로 더욱더 쉽게 설명할 수가 있었지만 예전에 비해 쉽다는 것이지 학문 그 자체는 우리 세계에서도 현대적인 학문이라서 그만큼 학문의 깊이가 높았던 까닭에 하루 종일 서로 같이 연구하며 논의도 해서 겨우 체계적인 이론이 잡히기 시작했다.

하루 종일 머리를 썼던 까닭에 무척 피곤한 감을 느껴 클레이스와 같이 앉아 명상을 하기 시작했다. 차분히 마음도 가라앉음과 동시에 머리에 점점 잡생각이 없어져 무아의 경지에 이르렀다. 그 상태로 얼마나 있었을까? 낮에 시작한 명상은 점점 해가 지면서 아름다운 적색 노을이 질 때쯤에야 끝낼 수 있었다.

몸은 가뿐하고 정신도 상쾌하여 이 상태로 마법에 대해 연구한다면 충분한 성과가 있을 거라 생각된다. 하지만 언제나 마음뿐이고 연구할 수록 어려운 게 마법이었다.

주위의 사람이라고는 클레이스밖에 없는 이 오두막 집에서 아무런 소리도 들리지 않는 고요함에 참새 소리, 기계 소리 하나 들리지 않고 클레이스조차 잠자리에 들어서인지 이 고요함에 나는 이 세상의 존재가 나 하나밖에 없다는 착각조차 들 정도이다.

인간에 대해서 회의를 느낀 지 벌써 8년이 넘어간다. 오크로서 8년을 살았다는 말이군. 하지만 오크의 사회에서는 5달 정도밖에 살지 못하고 7년을 약간 넘게 이 오두막 집에서 살고 있다.

나는 그동안 이 오두막 집에 있으면서 심심할 때나 잠들 때 '인간이란 무엇인가?' 란 질문을 되새기며 단순한 동물로서의 인간과 문화를 가진 동물로서의 인간에 대해 생각해 보았다. 나는 아직도 질문의 답을 찾지 못하고 이렇게 오크와 인간 사이에서 방황하고 있다. 뇌에서는 오크가 되고 싶다면서 꿈틀거려도 사실로는 인간의 사회에서 누렸던 쾌락을 잊지 못하는 게 아닐까 두렵다.

역시 4클레스의 벽은 상상 외로 대단했다. 이제 겨우 3클레스를 마스터한 지 2년을 약간 넘어 4클레스에 대해선 연구 중이지만 클레이스가 저렇게 자고 있으니 혼자 연구가 잘될 턱이 없다.

하긴 그도 피곤할 것이다. 3일 동안 잠도 자지 않고 밥도 먹지 않으면서 내가 알려준 스티븐 호킹의 미시(微視)의 세계를 지배하는 양자역학(量子力學)과 거시(巨視)의 세계인 상대성 이론을 하나로 통일하는 통합 이론인 양자 중력론과 씨름을 했으니 말이다.

아직도 대충 체계는 잡혔지만 그것을 이해하기 위해선 상당한 시간이 걸릴 것이라 생각된다. 이제 내가 나의 친구 클레이스에게 가르칠 것은 거의 바닥났다. 스티븐 호킹이 연구한 그가 생각하는 블랙홀과 아기 우주만 빼놓고는 내가 알고 있는 과학 지식을 클레이스는 전부 마스터한 것이다.

처음에 나는 클레이스가 만물의 이치를 가르쳐 달라고 할 때 적어도 15년은 걸릴 것이라 생각했지만 이렇게 7년 반 만에 거의 마스터하니 나도 그의 현명함에 놀랄 수밖에 없었다. 마치 클레이스가 내가

3클레스의 마법을 5년 안에 마스터한 것에 대하여 놀라했던 거와 같이 말이다.

나는 소리를 질러도 깨지 않을 만큼 잠에 들은 클레이스를 뒤로한 채 문을 열고 밖으로 나왔다. 어쩌면 나는 여기서 그와의 만남을 끝내야 할지도 모른다. 오크와 인간이 같이 있어서는 안 된다는 편견이 아니라 그의 죽음을 옆에서 보고 싶지 않은 것이다.

그는 최근 들어 여러 병에 시달리며 마법으로 수명을 연장하고 있다. 대충 10년의 생이 남았다고 말한 7년 전의 클레이스와는 완전히 다른 모습으로 변해 있다. 도피라… 고통스러운 상황에 부딪쳤을 때, 이를 피하려 하거나 적응하기 힘든 상황을 피하여 불안에서 벗어나려고 하는 심리적 반응이지. 나는 도피를 원하고 있는가?

나에게 질문하여 돌아온 답변은 그렇다는 것이다. 이대로 떠나 버려 그의 죽음에서 도피하여 그가 영원히 살아 언젠가 내 앞에 나타날 것이란 믿음을 가지고 싶은 것이다. 언제 이렇게 그의 죽음이 보기 싫을 정도로 그에게 정이 들었는지…….

클레이스와 추억도 별로 없지만 여러 연구에서 벌어졌던 해프닝이 어렴풋이 생각났다. 가물가물한 기억 속에 그것을 완전히 파헤쳐 내려는 나의 노력은 헛수고로 끝이 났다.

"Recollection!"

3클레스까지는 간단한 마법인지라 여러 주절거리는 말 없이 행할 수가 있었다. 화학 반응을 실험하면서 식탁을 녹여 버렸던 염산, 잘못 실험해 시험관 자체가 펑 터졌던 일 등 서로를 바라보면서 그저 멍하니 있었던 일들이 생각나기 시작했다. 기억들이 다시 생각나면서 클레이스에 대한 나의 감정이 물씬 풍겨나 눈에서 눈물이 맺히기 시작했다.

그의 눈에 맺힌 눈물이 떨어지기 전에 나는 갑자기 회상의 마법으로 인해 보였던 영상에 온몸을 떨어야 했다. 1파얌의 오크의 목이 굴러다닌 초원 위에 자신을 향해 파이어 에로우를 날리는 클레이스의 모습이 나타났다. 또, 오크들로부터 샤크로움이란 호칭을 받으며 뿌듯해하던 자신의 얼굴, 이 세계에 처음 생활하면서 행했던 자학들이 다시 느껴지면서 잊고 있던 친구, 가족, 전우로서의 오크들이 생각났다.

아, 자랑스러운 하라만도의 전사들은 어떻게 되었을까? 벌써 7년이 지나갔는데. 하라만도의 전사들에게 돌아가고 싶구나. 나는 이 상태로 하라만도의 전사들에게 돌아가야겠다.

나의 친구 클레이스여, 나는 그대의 죽어가는 모습이 싫어 이렇게 떠난다오. 미안하오, 클레이스여. 그대가 얼굴을 떨면서 입에서 흘러나오는 피를 볼 때마다 난 가슴이 아팠다오. 또 그대가 잠을 자면서 사지가 뒤틀려 그것을 다시 마법으로 원상 복귀할 때마다 아팠다오. 나는 그대의 죽어가는 모습이 싫소. 그래서 이대로 떠나간다오. 부디 잘 있으시오.

눈에서 떨어지는 굵은 눈물이 나의 얼굴을 타고 흘러내려 나의 몸에 나 있는 털들을 적시기 시작했다.

"Image Transmission(이미지 전송)!"

나는 2클레스의 마법 Image Transmission을 사용하여 나의 생각을 그대로 창문의 유리에 남겼다. 그가 창밖을 바라볼 때 나의 이미지를 볼 수 있겠지. 그도 6클레스의 대마법사이니 편안한 죽음을 맞을 수 있을 거야. 괜찮을 거야. 나는 뒤도 안 돌아보고 그대로 앞의 오솔

길을 향해 달려갔다.

나의 뒤로 떨어지는 두 눈물은 공중에서 분해되어 없어져 버렸다. 한 시간 동안 울면서 달려가서 그런지 눈이 아파오고 다리도 아파올 때쯤 갑자기 나의 앞에 클레이스의 모습이 나타났다. 환상인가? 내가 너무 클레이스 생각을 해서 환상이 보이는 모양이군.

"하크여, 그대가 나를 이렇게 생각하고 있다니 기쁠 뿐이지만 나는 슬프다오. 그대가 나의 죽음을 옆에서 인도해 주지 못해서 말이오. 나도 나의 수명이 예상 외로 빨리 끝난다는 것을 느낀다오. 나의 죽음을 나보다 더욱더 슬퍼하는 그대의 모습에 정말로 기쁘다오, 친구여. 그만 우시구려. 잘생기지도 않은 오크의 눈에서 눈물이 나오니 못봐주겠구려. 허허."

나의 앞에 있는 클레이스의 모습은 환상이 아니었다. 그의 모습이 내 앞에 나타나자 눈에 맺힌 눈물 때문에 그의 모습이 아른거렸다. 나의 앞에 있는 존재는 나의 스승이자 친구인 클레이스다. 죽음을 지켜보지 못하고 도망쳤던 나를 향해서 4클레스의 마법인 Teleport(이동마법)을 썼던 것이다.

클레이스는 마법사였기에 자신의 원하는 장소나 존재의 곁으로 정확히 갈 수 있었던 것이다. 그의 눈에서 맺힌 눈물은 그대로 그의 볼을 타고 떨어져 내리면서 햇빛에 반사되어 반짝거렸다.

"나의 스승이자 친구인 하크여, 나도 얼마 남지 않은 수명에 연연하기 싫소. 내가 죽음의 길을 걸을 때 그대가 옆에서 지켜보았으면 하오. 어렴풋이 1개월도 남지 않은 수명에 나의 친구 하크인 그대에게 추한 모습을 보여 그저 미안할 뿐이오. 나는 이제 만물의 이치를 깨달았으니 이대로 세상을 떠나도 아무런 여한이 없소. 난 참으로 행복한 사내요. 당신 같은 스승이자 친구를 만날 수 있었다니 말이오. 친구여, 스승이여, 미안하오."

그가 이토록 길게 말하는 것은 요즘 들어 처음이다. 내가 설명할 때 그는 그의 건강 때문에 누워서 고개를 끄덕이던 클레이스였다.

"클레이스여, 말을 그만 하시오. 건강에 좋지 않소."

나의 말이 끝나기 무섭게 클레이스의 입가에서 한줄기의 선혈이 흘러내리기 시작했다. 클레이스의 손에서 아주 빛나는 흰색의 구가 생성되기 시작하더니 그는 그 구를 나의 머리 가운데에 가져다 댔다.

확— 하면서 퍼지는 느낌에 나는 아! 하고 신음 소리를 내었다. 수많은 지식들이 나의 머리 속에 들어와 꽉 찼지만 더 시원해지는 느낌이 들었다. 머리 이곳저곳에 수학 공식이나 마법 지식들이 부딪치며 자신들을 봐달라고 하는 것 같았다.

"나의 절친한 친구 하크여, 그대에게 나의 생을 주었소. 나는 언제나 그대와 함께할 것이오. 허억!"

그의 입에서 한 움큼의 선혈이 튀어나와 나의 털을 적셨다. 붉어진 털? 나는 그의 슬픔을 담고 있는 눈을 바라보고만 있었다. 클레이스의 입가에 뻘건 피들이 묻어 있군. 나는 자연스럽게 그의 입에 묻은 피에 손을 대 훔쳐 닦아내었다.

내가 손을 대 닦아내자 그는 갑자기 몸을 떨기 시작했다. 곧 그의 양손이 뒤틀리더니 그는 커다란 신음 소리와 고함을 내질렀다. 그의 고함 소리에 나의 눈에서 흐르는 눈물의 속도는 더욱더 빨라졌다. 친구가 고통스러워하고 있다. 스승이 고통스러워하고 있다. 저렇게 고통스러워하다니…….

맨 처음 클레이스를 만났을 때의 그의 오만함이 깃든 비웃음의 눈과 사지가 뒤틀리는 고통에 몸부리치며 신음을 흘리는 클레이스의 고통의 눈이 비교되듯이 머리 속에서 떠올랐다.

오만한 친구여도 좋소. 오만한 눈빛이여도 좋소. 친구여, 고통스러워하지 마오.

그의 생이 담긴 6클레스의 마법 지식을 나에게 전해줌과 동시에 그는 마법을 쓸 수 없어 더 이상 수명은 연장하지 못하고 이렇게 죽어가는 것이다. 현명한 그가 나에게 그의 지식을 전부 전해준다면 이렇게 고통을 당하면서 죽음을 겪지는 않을 것이다.

그의 지식은 나의 지식이 되어 나와 함께 공존하며 살아갈 것이다.

"으아아악!"

사지가 뒤틀리는 엄청난 고통에 클레이스의 고함과 신음 소리에 나도 같이 죽어줄까 할 정도로 참을 수가 없었다. 클레이스의 귀에서 빨간 선혈이 흐른다. 콧구멍에서도 빨간 선혈이 흐른다. 클레이스의 얼굴에 있는 구멍이란 구멍에서는 빨간 선혈이 흐르기 시작했다. 그러나 나와 눈이 마주 친 그의 눈에서는 나에 대한 미안함의 눈물이 흐르고 있었다. 그의 눈에서 나는 그가 원하는 것을 들을 수 있었다.

나는 그가 원하는 대로 오른손을 쫙 펴 그의 가슴에 대었다. 나의 입술을 그의 입술과 포갰다. 아직은 따뜻하지만 부르르 떠는 그의 입술과 나의 입술 사이에 그의 눈물과 나의 눈물이 흘러내려 맺혀 있다.

"Fire Line."

3클레스의 공격 마법 Fire Line의 시동어가 나의 입에서 나오자 나의 오른손 중앙에서 나오는 한줄기의 기다란 불의 선이 클레이스의 심장을 뚫고 20미터 뒤까지 쭉 나아갔다.

"컥!!"

"나의 친구이자 스승인 클레이스여, 그대는 나와 언제나 공존하오. 그대는 죽는 것이 아니니 나에게 미안해하지 마오. 그대로부터 도망친 것도 그대에게 미안해하지 않을 테니… 친구여……."

나의 눈물이 미소 짓고 있는 그의 입가에 떨어져 그의 턱을 타고 몸으로 흘러내렸다. 인간이란 정말 무엇일까? 나는 아직도 인간에 대해서 알지 못한다. 이기적인 인간을 혐오할 때는 언제이며, 인간에 의해서 이렇게 피눈물이 나는 것은 무엇인가. 클레이스의 지식이 나의 생과 하나가 되어 그의 지식은 나의 지식에 동화되었다.

대마법사였던 클레이스가 가지고 있던 수많은 마법 도구나 마법 재료 같은 것은 생각하지 않았다. 오히려 친구의 죽음 앞에서 그런 것을 생각하는 자체가 싫었다. 하라만도 오크 족이 살고 있는 장소로 가는 길은 클레이스의 지식이 들어옴과 동시에 머리 속에 박혀 버렸다. 커다란 나무 사이로 얌체 같은 빛들이 나의 얼굴을 비친 까닭에 얼굴을 찡그릴 수밖에 없었다.

클레이스의 시체는 나의 등에 업혀 있다. 다른 사람이 보면 몰라도 나는 클레이스의 시체가 두렵다고 생각하지 않는다. 그대로 그 작은 오솔길에서 죽은 대마법사 클레이스에게 어울리지 않는 죽음에 나의 눈에선 아직도 맑은 눈물이 한 방울씩 떨어지고 있다. 클레이스에 대한 나의 슬픔을 표현하듯 그치지 않는 울음에 눈이 부어올라 아파온 지도 꽤 지났다.

클레이스는 이 산중에서 조금 들어가면 커다란 암벽이 있는데 아침에 그곳에서 보는 일출을 세상에서 가장 아름답다고 생각했던 모양이다. 나는 지금 그 암벽을 향해 한 걸음 한 걸음 내딛고 있다. 그럴 때마다 내 등에 업혀 있는 클레이스의 손이 덜렁거리면서 나의 등을 토닥였다.

클레이스는 말이 없다. 인간 생명의 상징인 심장의 박동 소리도 들리지 않는다. 축 처진 두 손과 두 발에서 느껴지는 인간의 죽음에 다시 한 번 눈물을 떨궜다. 고개를 뒤로 돌려 내 등에 업혀 있는 클레이스의 시체 얼굴을 보니 창백한 그의 얼굴이 나무 사이에서 비치는 빛을 받아 살아 있는 것만 같았다. 나는 오른손을 뒤로 돌려 그의 등을 한번 쓱 쓰다듬은 다음 발걸음에 힘을 냈다.

신발을 신지 않은 나의 발바닥에서 느껴지는 돌과 흙들의 촉감도, 살랑살랑 불어오는 바람이 나의 몸 곳곳을 휘돌고 지나가는 느낌도 이제는 익숙해져 있다. 바람이 나를 이끌 듯 주위를 둘러보며 암벽을 향해 걸었다.

클레이스여, 잘봐두시오. 그대가 평온하게 잠들 곳에 가는 중이라오. 그대의 눈, 코, 입을 스치고 지나가는 바람을 느껴보시오. 그대의 생명을 기다리듯이 짹짹거리는 참새들의 소리를 들어보시오.

한참을 걷고 나자 드디어 클레이스가 생애 가장 좋아하던 장소에 도착할 수가 있었다. 머리에 기억된 것처럼 바로 밑은 낭떠러지이나 앞에 펼쳐진 숲에 어느덧 날이 저물면서 은은한 적색 노을이 진 모습에 가슴 한구석에서 피어 오르는 감동을 느끼며 그자리에 앉았다. 그대로 노을이 질 때까지 나의 옆에 클레이스의 시체를 놓은 다음 가만히 노을을 바라보았다.

클레이스여, 이것이 그대가 두 번째로 좋아하던 이 암벽에서 바라보는 노을이오. 내일 아침이면 일출도 볼 수 있을 것이오, 클레이스여. 왜 나를 용서하고 나를 미워하지 않았던 것이오? 아무리 그대에게 미안한 감정을 가지지 않으려 해도 가질 수밖에 없소, 클레이스여. 오히려 자신을 버리고 간 나를 책망하고 나를 질책하였다면 나의 마음은 더 편했을 것이오. 클레이스여, 이 노을은 내가 마지막으로 주는 나의 지식이자 만물의 이치요. 그대가 바라던 만물의 이치가 바로 이 앞에 펼쳐져 있소. 클레이스여, 자, 보시오!

"Earth Arbitration!"

2클레스의 땅을 조종하는 마법을 써 암벽 그 자체에 커다란 구멍을 만들어냈다. 2평 정도의 공간에 커다랗게 구멍을 뚫자 클레이스의 시체를 눕히기에 딱 좋은 곳이 되었다. 더 높은 클레스의 마법을 써서 이 암벽 전체를 클레이스의 묘로 만들고 싶은 마음은 굴뚝같으나 6클레스까지의 지식이 들어 있다 해도 잠재되어 있는 마나 때문에 그럴 수가 없었다.

"Image Transmission(이미지 전송)!"

나는 노을의 이미지를 마법을 사용하여 이 구멍의 맨 바닥에 걸어놓고 클레이스를 바로 조용히 올려놓았다.

날이 밝을 때까지 그대로 밤을 클레이스의 얼굴을 보며 지샜다. 어디선가부터 환한 존재가 나를 자극하였다. 그곳을 돌아보니 클레이스의 이미지에 기억돼 있는 이 암벽에서 바라보는 웅장한 일출에 온몸에서 전율이 일어남은 어쩔 수가 없었다. 나는 이 전율을 그대로 클레이스에게도 전해주고 싶었다. 클레이스의 시체에 1클레스의 마법 실드를 걸어놓고 그 위에 구덩이에 알맞은 바위를 올려놓았다.

"Image Transmission!"

그대로 내가 본 이 일출 광경을 바위에 전송하였다. 이제 이 바위만 보더라도 어렴풋이 내가 본 일출의 감정을 느낄 수 있으리라.

클레이스여, 그대는 노을을 침대로 하고 일출을 모포로 하였다네. 그대는 가장 편안한 잠에 들 수 있을 것이네. 클레이스여, 나는 그대에게 미안해하지 않을 걸세. 그대도 나에게 미안해하지 마시게나.

구멍을 막은 커다란 바위의 겉을 1클레스의 마법 Sculpture(조각)을 이용하여 깎아 들어갔다. 바위의 겉을 맨들하게 깎은 다음 그 위에 '클레이스' 란 이름 네 자를 커다랗게 써놓았다.

나는 묘비를 만드는 일을 다 끝낸 후 바위를 뒤로한 채 천천히 일어나 왔던 숲 속으로 걸어 들어갔다. 요 7년 간 클레이스 옆에만 있어서 그런지 이렇게 떨어지고 나니 클레이스의 얼굴이 눈앞에 아른거렸다.

나는 이제 어떻게해야 하나 생각하다가 이대로 그토록 꿈꿔왔던 하라만도 오크 족의 사회로 돌아가기로 했다. 어떻게 변해 있을까? 언제나처럼 변함없는 자유가 있는 곳이겠지.

6클레스까지의 마법 지식이 담겨져 있는 나의 상태로는 그저 마법을 운용할 수 있는 마나만 있으면 충분히 가능했다. 단지 마나가 지식에 비해 너무 없다는 게 흠이어서 이렇게 두 발로 걷고 있는 게 아닌가.

끝없는 오솔길을 걷고 끝없는 넓은 평원을 걸어가고 또 걸어갔다. 해로 인해 달궈진 뜨거운 바닥에서 올라오는 열기에 나의 이마에도 어느덧 땀이 송골송골 맺히기 시작했다. 나의 땀은 한 방울씩 볼을 타고 흘러내려 어깨 위로 떨어졌다. 한참 땀을 닦는 일과 씨름을 할 때쯤 멀리서 시커먼 연기가 보이기 시작했다. 시커먼 연기에서 나는 불길한 예감이 들어 발걸음을 더욱더 재촉했다.

제6장

요크! 인간에게 복수하라

제6장

오크의 마을에서 복수하라

웬 연기가 이렇게 많이 날까? 그리고 이렇게 좋지 못한 예감은 무엇일까?

내가 빠른 걸음으로 걸어가고 있는 도중에 주위를 둘러보니 무척이나 정다운 장소들이 눈에 들어왔다. 내가 맨 처음 자학했던 장소였던 강이며 많은 오크들이 낮잠을 자던 커다란 나무, 내가 누워서 이것저것 생각을 하던 들판……. 하지만 정겨운 풍경 저쪽 끝에서 보이는 뻘건 것에 이내 신경이 곤두섰다.

저것은 무엇이지? 저렇게 뻘건 것은 옛날에 본 느낌인데?

"아… 아… 저건? 피?"

시야에 빨간 것의 실체가 보이기 시작했을 땐 나의 입에선 신음 소리가 새어나왔다. 이 오크의 마을에 피가 존재할 리가 없다. 그리고 이렇게 조용하고 아무 소리도 나지 않는 게 이상했다. 내가 멀리서 보왔던 연기는 아직도 보이고 있는데 그 연기는 무엇이지? 이곳저곳에서 피어 오르고 있는데?

시뻘건 핏자국이 이곳저곳에 흔적을 남기고 있었다. 핏자국은 나무 밑에서 끊겨 있었고 곧 나무 위에서 부스럭거리는 소리가 들렸다. 무엇일까? 무엇이길래 나무 위에서 숨어 있는 것이지? 이렇게 많은 피를 흘리고도 왜 나타나지 않는 거야?

"거기 위에 누구인가? 나오시지 않겠소?"

나는 클레이스와의 대화에 익숙해져 있는지라 입에선 자연스럽게 인간어가 나왔다. 오크 어가 가물가물할 정도로 써보지 않아 이제는 오크 어는 좀 거북스런 언어가 되어 있었다.

나의 말에 나무 위에서 들리던 부스럭거리는 소리는 잠잠해졌고 곧 주위는 아무 소리도 나지 않았다. 왜 아무 대답도 없는 거지? 아! 인간어를 사용해서 그런 것 같구나. 이곳은 오크 마을인데도 왜 인간어를 사용했지? 같은 상황에서 반복된 행동의 정화, 즉 자동화된 수행인 습관 때문인가?

"거기 위에 누구인가? 나오시지 않겠소?"

이번에는 떠듬떠듬 오크 어로 말했다. 오크 어는 단순하기는 했으나 그 발음법이 특이해서 7년 전 클레이스와 대화를 할 때도 오크 어의 발음이 인간어에 자주 나와 클레이스 앞에 민망했었다. 지금은 오크 어에 인간어의 악센트 들어가서 이상하게 들릴 것이 뻔하다.

"당신은 하라만도의 전사이신지요?"

위에서 오크 특유의 발음이 들려왔다. 역시나 나무 위에 숨어 있는 이는 하라만도의 오크 족이 분명하다.

"그렇다오. 하라만도의 자랑스러운 전사 하크라고 하오."

"헛! 하크라고 말씀하셨소?"

갑자기 쿵! 하는 소리와 함께 떨어진 뻘건 피를 뒤집어쓰고 있는 한 오크가 놀라며 나에게 물었다.

"그렇소. 나는 하크요. 한데 이곳저곳에서 피어 오르는 연기는 무엇이며 당신은 왜 그렇게 다쳤소? 그리고 이 평화롭고 자유로웠던 하라만도의 마을이 왜 이렇게 조용하게 되었소?"

"하… 크… 확실히 당신이 하크요?"

내가 하크라고 나의 이름을 밝힌 순간부터 내 앞에 있는 뻘건 피를 뒤집어쓰고 있는 오크가 눈을 동그랗게 뜨며 말하고 있다. 그의 몸 전체에 뻘건 피가 덮여 있는데 거기에 커다란 흰 눈동자가 동글동글 하게 나를 쳐다보고 있으니 왠지 모를 소름이 몸에 돋기 시작했다. 그리고 오랜만에 오크를 본지라 오크의 흉측한 모습에 내 앞에 있는 오크의 눈동자를 마주칠 수가 없었다.

확실히 오크는 흉측하게 생겼군. 어떻하면 이렇게 생길 수가 있을까? 정말 더럽고 흉측하기 짝이 없구나. 참! 나도 오크지… 나도 이렇게 생겼겠지. 다른 인간들이 보았을 땐 나도 이렇게 더럽고 흉측할 테지.

"당신이 샤크로움 하크요? 왜 이제야 나타난 것이오. 샤크로움이여, 우리 하라만도의 자랑스러운 전사들은 당신이 하늘로 올라간 줄 알았소. 우리를 버리고 말이오. 당신이 간 다음부턴 여러 일들이 있었소. 당신의 지휘 아래 우리의 영토로 속했던 작은 인간 마을은 다시 인간 기사들에게 빼앗기고 말았다오. 그 다음부터 서로 그 작은 마을을 뺏고 빼앗기는 상황이 지속되었소. 참으로 부끄러운 일이오. 승리의 종족 우리 하라만도 전사들이 수많은 패배를 얻고 이렇게 우리의 마을까지 침략을 받았으니 말이오."

그동안 수많은 전투가 있었던 모양이다. 하긴 7년의 세월이 지났으니 그렇긴 하겠지만 오크의 성격상 분명히 빼앗기면 민족 자체가 위험할 때까지 전투를 했으리라 생각된다.

"뭐라고? 침략이라고 하였소?"

"그렇소, 샤크로움이시여. 그대가 이곳을 떠난 다음 수많은 전투가 있었던 것은 사실이나 어쩌면 이번 전투가 마지막일 수도 있겠소. 당신은 시간을 딱 맞춰서 왔구려. 자랑스런 하라만도의 전사로서 말이오. 당신이 물었던 연기에 대한 답은 좀 더 들어가면 당신 스스로 알 수 있을 것이오. 샤크로움이시여, 당신은 창조신 샤크로움이 아니오? 그동안 어디에 있었던 것이오?"

오크는 자유의 종족이 아니던가? 내가 언제 가고 언제 돌아오던가 무슨 상관인가?

"샤크로움 하크여! 당신은 우리들의 신뢰를 저버린 것이오? 그것 것이오?"

"나는 신뢰를 저버리지 않았소, 자랑스러운 하라만도의 전사여."

그의 충혈된 눈에서 느껴지는 살기에 나는 몸을 움찔거렸다. 나는 하라만도의 전사가 아니었던가? 같은 종족에게 이토록 살기를 뿜고 있다니. 어쩌면 이들은 나를 원망하고 있을지도 모른다. 하지만 이해가 가지 않는 게 한두 가지가 아니다. 오크는 자유의 종족으로 어느 때나 자신의 자유를 누릴 수가 있었다. 하지만 이 오크의 말을 들어보면 샤크로움으로서 나는 늦게 돌아온 것에 대해 책임을 져야 한다는 듯이 들린다. 그리고 이 살기는 무엇인가? 나를 원망하고 있는 것이 분명한데 이 오크는 하라만도의 전사들의 전투에서 패배는 나의 탓으로 돌리고 있는 게 분명하다. 5개월의 오크 생활로 오크를 이해할 수 있었다고 생각했던 것은 나의 잘못일까? 나는 아직 오크를 모르고 있는 모양이다. 오크로서의 진정한 자유가 무엇인지 말이다.

내가 원하는 자유가 오크로서의 자유와 일치하겠는가? 이 질문의 대답을 확실히 하지 못하겠다. 이곳에 돌아오기 전까지 생각하던 오크로서의 자유는 내가 원하는 자유와 일치하였으나 지금 이 오크의 말에 흔들리고 있다.

"샤크로움이여, 더욱더 깊이 들어가보시오. 당신은 당신이 무슨 잘못을 했나 모르는 모양이구려. 샤크로움이여! 더욱더 깊이 들어가 보시오!"

더욱더 깊이 들어가 보라고? 더욱더 깊이 들어가면 무엇이 있길래 내 앞의 이 오크는 이토록 나를 원망하며 살기를 내뿜는 것일까?

"그러겠소, 하라만도의 전사여. 하지만 그대 먼저 아픔을 이대로 두고 볼 순 없겠구려. Healing(치료)!"

나의 손 바닥 가운데서 발산한 빛은 가루 형식으로 오크의 몸에 떨어졌다. 나의 손에서 나온 가루가 오크의 몸에 닿자 이곳저곳에 굳어버려 얼룩진 피들은 다시 액체로 변해 땅으로 흘러내렸다. 오크의 찢어진 상처는 천천히 달라붙어 뻘겋게 부어오르던 상처는 별 문제 없이 평범한 상태로 원상 복귀되었다.

"이, 이것은 무엇이오, 샤크로움이여?! 어떻게 내 상처가 순식간에 낳아 다시 이렇게 활발히 움직일 수 있는 것이오? 샤크로움이여, 그대는 확실히 창조신 샤크로움이시오. 샤크로움이시여, 조금 전의 저의 무례함을 용서하소서. 용서하소서."

팔다리, 얼굴을 전부 땅에 대고서는 얼굴을 부딪치며 나에게 용서를 구하고 있는 이 오크의 모습에 비열함과 나약함과 순종을 느꼈다. 내 앞에서 이렇게 순종을 하고 있는 오크는 나의 마법을 보고 자신보다 강한 존재라는 것을 알아챈 것이다.

약탈이 존재하고 강한 존재만이 살아남을 수 있는 이 오크의 사회에서 강한 존재란 어떤 것일까? 나는 내 앞에 있는 이 오크보다 강함을 나의 마법으로 인해 증명시켰다. 결국엔 오크의 사회는 약육강식이란 말인가?

내가 그토록 사랑한 오크의 사회에서 약육강식을 지금에서야 발견하게 된 것은 왜일까? 난 충분히 오크 사회에서의 약육강식을 알 수 있는 기회가 많았으나 어쩌면 그것들을 애써 외면했을지도 모른다.

난 그래도 아직까진 순박하고 무식하며 단순한 이 오크들이 좋다. 클레이스 덕분에 내가 이 세계에 와서 회의감에 들었던 인간이란 존재에 대해서 다시 한 번 생각하게 되었지만 오크와 인간 둘 중에 하나를 선택하라면 당연히 오크를 선택할 것이다.

인간의 사회에서는 이기주의, 냉소적인 인간 관계, 그리고 눈에 보이지 않는 양육강식이 난무하고 있다. 어쩌면 신께서 세상을 창조할 시에 약육강식이란 자연의 법칙을 내세워 이를 바탕으로 모든것을 존재하게 했을지도 모른다.

오크의 세계에 약육강식의 면을 새삼 발견했다 해도 자유스런 그들의 행동에서 느껴지는 그들의 순박한 모습은 떠올릴 수 있었다. 편안한 표정으로 커다란 나무 그늘 아래 누워 있는 오크들. 그들의 미소가 다시 한 번 보고 싶다. 비록 더럽고 추한 오크의 얼굴이라고 하지만 그 미소가 다시 한 번 보고 싶다.

"일어나시오, 하라만도의 전사여. 나는 안으로 들어가겠소. 그동안

몸조리 잘하고 주위에 당신과 같이 아픔을 겪고 있는 동지를 찾으시는 게 어떻겠소?"

"그렇게 하겠습니다, 샤크로움이시여."

말을 마친 후 나는 검은 연기가 용처럼 하늘을 향해 치솟아오르고 있는 곳을 향해 뛰어갔다.

"헉! 이게 뭐야? 지옥인가?!"

연기를 뿜고 있는 중앙의 장소를 본 나는 무심결에 지옥 이란 이름이 나의 두꺼운 입술을 열고 튀어나왔다. 짚으로 만든 움막은 커다란 불길에 휩싸여 그 형체를 알아볼 수가 없게 되어 있다.

형체를 알아볼 수 없는 움막의 앞에는 3구의 오크 시체가 불에 그슬려 타죽어 있었고, 그 주위에는 목과 따로 존재하고 있는 시체들이 뒹굴고 있었다. 굴러다니는 오크의 얼굴의 눈에서 흐르는 피와 입에서 흐르는 피가 서로 하나의 강처럼 땅바닥으로 흐르고 있었다. 다른 시체에서도 피들은 하나의 강을 이루어 흐르고 있었다. 아직 죽은 지 얼마 되지 않은 것일까?

오랜만에 피를 본 까닭일까? 나의 가슴은 쿵쾅거리기 시작했다. 피에 대한 두려움과 왠지 모를 희열감이 몸에서 꿈틀대는 것에 대해 참을 수 없어 고함을 한 번 크게 지르고 나자 그제야 조금은 진정되었다.

오크의 절단난 허리 부분에서 흘러나온 누런 색의 창자에 나는 고개를 돌렸다. 하지만 왠지 이상하게 그 창자를 다시 한 번 보고 싶어 힐끔 보고는 더욱더 마을 안쪽으로 깊이 들어갔다.

마을 안으로 들어갈 때마다 곳곳에 널려 있는 오크의 시체들로 나는 점점 두려움에 빠져들기 시작했다. 아무리 6클레스의 마법 지식까지 알고 있다지만 3클레스의 마법까지밖에 쓰질 못하는 까닭에 나 자신을 지킬 수 있을지 걱정이다. 웬만한 기사 4명 정도는 상대할 수는 있겠지만 그 이상이라면 장담할 수가 없다. 더군다나 적에 마법사까지 껴 있다면 나는 발악도 해보지 못하고 여기 다리 부분이 절단되고 목도 어디론가 사라져 없는 시체처럼 되고 말 것이다.

한 발자국을 앞으로 내밀면서 앞으로 계속 나아갈 것인가에 대해 나 자신에게 질문하자 나의 호기심은 그것에 대한 긍정적으로 답해왔다. 수많은 오크의 시체가 널려 있기도 해서 왠지 모를 두려움과 그 속에서 느껴지는 분노가 나를 이끌고 있었다.

나는 한 발자국씩 걸어갈수록 눈앞에 보이는 게 없었다. 그저 두려움과 분노. 그것만이 지금의 나의 마음속을 가득 채우고 있었다. 좀 더 지나가자 또 5구 정도의 시체가 눈에 보였다. 얼마나 많은 오크가 죽어 있는 거야? 아무리 오크라고 하지만 이렇게 무참히 살육해도 되는 건가? 인간들이여, 얼마나 많은 오크들을 죽여야 분을 풀겠는가? 7년 전의 약탈에서 살려둔 인간이 이렇게 많은 오크들을 죽음으로 이끈 것이다.

나는 7년 전 약탈한 마을의 마을 구성원의 마음을 이해하려 하지 않고 그저 이 많은 오크들의 죽음을 그들의 탓으로만 돌렸다.

"휴우~"

한숨 소리가 픽 새어 나왔다. 이 한숨은 적이 없다는 안도감 때문이었다. 마을의 정중앙에 인간은 한 명도 보이지 않아 나는 적들이 그들의 마을 돌아갔을 거라 생각했다. 이 많은 죽음 앞에서의 안도의 한숨은 수많은 시체들의 눈동자를 내 쪽으로 쏠리게끔 만드는 착각이 들었다.

"…사‥ 사‥ 사‥ 사……."

이게 무슨 소리지? 인간의 목소리는 아니고 어린 오크의 목소리인데?

들릴 듯 말 듯한 신음 소리에 소리가 나는 진원을 찾기 위해 주위를 두리번거렸다. 하지만 주위는 누런 창자, 뻘건 심장, 칙칙한 간 등을 내놓고 있는 시체뿐 어디 하나 생명을 가진 이는 없었다.

"…사……."

어디지? 도저히 눈으로 찾을 수가 없어. 청각을 높여봐야겠군.

"Hearing(청각)!"

1클레스의 마법으로 청각을 예민하게 만들어 주위의 미세한 소리 하나까지 놓치지 않게 하는 마법이었다. 마법의 운용으로 소리가 나는 진원지를 알 수 있게 되었다.

하지만 소리가 나는 진원지 주위에는 불이 활활 타고 있었고 그 옆에는 불에 그슬린 목이 잘린 시체 하나, 목부터 허리까지 대각선으로 잘려진 시체 하나, 심장 부분이 관통되어 뻥 뚫려 있는 시체 하나… 이렇게 총 3구의 시체가 있었다.

"헉!"

시체가 몸을 움직이자 나는 움찔하며 뒤로 물러섰다. 자세히 보니 시체가 움직이는 게 아니라 무언가가 시체를 밀어내는 것이었다. 시체를 밀어내는 이를 보니 다리 하나와 손 하나가 잘린, 숨이 곧 넘어갈 듯하게 생긴 어린 오크였다. 어린 오크의 몸은 불로 덮여 있어 불에 타 들어가면서 단백질 타는 냄새가 코를 찌르자 나는 바로 눈을 찡그리며 오른손을 쫙 펴 어린 오크를 향해 뻗었다.

"Healing(치료)!"

죽어가는 생명에게 곧 치료 마법을 써봤지만 이렇게 대단한 화상에는 마법이 조금밖에 효과가 없었다. 나의 마나를 바닥까지 끌어 내어 힐링에 쏟아 붓는다면 이 어린 오크를 살릴 수도 있겠지만 그렇게 된다면 나는 어디에서 나를 지켜보고 있을지도 모를 인간들에 의해 목숨을 위협받게 될지도 모른다.

이 어린 오크를 살리기 위해 나의 마나를 쏟아 부어야 할까? 아무리 주위에 적이 없는 것처럼 보여도 어디에 숨어 있을지 모르는 일이다. 나의 목숨을 담보로 이 죽어가는 어린 오크에게 나의 마나를 쏟아 부어야 할까? 나는 오른손을 이 어린 오크의 머리에 얹었다. 머리 부분도 불에 타고 있어 머리의 불은 나의 오른손을 태우고 있었다. 무척이나 뜨거웠지만 나는 이대로 손을 가만히 두었다. 보다 편한 그것을 위해서.

"Fire Explosion."

입에서 중얼거린 시동어에 의해 어린 오크의 얼굴 전체는 불에 휩싸였다. 내가 오른손을 떼고 뒤로 다섯 발자국 정도 물러나자 어린 오크의 머리는 펑! 하고 터져 버렸다. 나는 가장 순신간에 고통없이 죽을 수 있는 죽음을 어린 오크에게 선사했다. 펑 터지면서 두개골의 파편과 투명한 뇌수들이 이곳저곳으로 튀기면서 나의 눈을 자극했다. 잔인하다. 무척이나 잔인하다. 나는 나의 마나를 쓰지 않기 위해 이 어린 오크에 가장 고통없는 죽음을 선사한 것이다. 이기적인 나! 나는 얼마나 이기적인가? 주위에 적이 없음에도 불구하고 그저 약간의 확률 때문에 무참히 어린 생명을 밟아버린 것이다.

7년 전에 오크를 그렇게 아끼던 나의 마음은 어디로 간 것일까? 죽음의 확률로부터 조금 더 멀어지기 위해 이 어린 생명을 밟아버리다니……. 나는 내가 한 일이지만 믿기지가 않아 그대로 멍하니 터져서 없어져 버린 어린 오크의 목 부위를 바라보고만 있었다.

갑자기 신을 신지 않고 있는 나의 발바닥에 무언가가 닿았다. 고개를 밑으로 내려보니 방금 터진 어린 오크의 얼굴의 한 부분인 눈알이었다. 나는 눈알을 두 손으로 고이 받쳐 든 다음 그대로 소멸시켜 버렸다. 이 지옥 같은 광경을 이 눈을 통해 어린 오크가 바라보지 않게 하기 위해서.

"Memory Find(기억 회생)."

주위로 울려 퍼진 나의 시동어와 함께 나의 손이 어린 오크의 시체로 향했다.

나의 마나가 적은 탓에 이 어린 오크의 한 시간 전 정도의 기억밖에 이끌어내지 못했다.

이 어린 오크는 많은 오크 전사들의 전투를 벌벌 떨면서 구경하고 있었다. 전사로서, 승리의 민족으로서의 긍지는 어디로 가고 벌벌 떨고만 있었다. 그런데 갑자기 어디론가부터 날아온 오크의 시체에 덮여 버려 그대로 묻혀 버렸다. 그 위로 어떤 마법사가 불을 쐈버렸고, 시체들이 불에 타 들어가면서 자신의 몸도 타 들어가기 시작했다. 한 10분 정도 다리만 타면서 엄청난 고통을 느끼던 어린 오크의 눈에 대략 60명 정도의 오크가 줄에 묶여 인간에 의해 어디론가 잡혀가고 있는 게 보였다. 그 뒤로 갑자기 왜소한 어떤 오크가 나타났다. 어린 오크 자신은 이 오크를 향해 구조를 외쳤다. 이 왜소한 오크는 자신의 머리를 향해 오른손을 올렸다.

여기까지가 이 어린 오크의 기억이다. 이 기억 속에 보이는 왜소한 오크는 나인데 내가 이렇게 왜소했던가? 아마 어린 오크의 눈에 비친 내 모습은 이렇겠지.

그런데 많은 오크들이 인간에 의해 어디로 잡혀 갔을까? 왜 수많은 오크들을 데려간 거지? 인간으로서 오크는 노예로 쓸 가치조차 없을 텐데? 눈은 뜨거워짐과 동시에 충분히 충혈되어 있었고 분노로 인해 나의 불끈 쥔 두먹은 부르르 떨리고 있었다.

샤크로움으로서 승리의 민족으로서 자랑스러운 하라만도의 전사로써 나는 어떤 행동을 해야 할까? 7년 간 오크를 잊고 나만을 위해서 살아온 내가 이제 와서 오크의 사회에 끼어드는 나를 다른 사람이 본다면 분명이 위선자라 욕하겠지?

위선자라 욕해도 좋다. 나는 자아의 의지로써 자아의 자유를 집행하는 것뿐이니까. 60명 정도의 오크 인원의 행방을 알기 위해 주위를 두리번거렸다. 하지만 보이는 것은 나를 삼킬 듯한 불이며 강을 이룰 법한 피며 거리를 꽉 메울 듯한 시체들뿐이었다.

인간의 기사들이 어느 곳으로 60명의 인원을 끌고 갔을까? 오크 아이의 기억으로는 남쪽 방향을 말하고 있다. 대부분의 기사들이 오크를 끌고 남쪽으로 향했으니 나도 달리 선택 방법이 없었다.

"Fast Step!"

주문이 있자 다리 밑부분에서 평소와 다른 빛이 나기 시작하더니 누가 보더라도 다리가 무척이나 빠르게 움직인다는 것을 알아챌 정도로 속도는 점점 빨라졌다. 이 지옥 같은 불, 시체로부터 벗어나기 위해 나머지 오크의 행방을 쫓아 남쪽으로 달렸다.

하지만 다리의 운동 에너지를 빠르게 끌어올려 운용하는 마법인지라 평소의 3배 정도 되는 이 빠르기는 3배 이상의 에너지를 소비했다.

30분 정도 달리고 나자 인간의 발자국들이 초원의 들판이 끝나면서부터 모래가 보이기 시작했다.

나는 왜 오크들을 찾으러 가는 걸까? 죽음의 위협이 그토록 심하지 않았던 어린 오크는 살려주지도 않았으면서 수많은 인원을 구하려는 왜 가는 것일까? 인간들은 평화스러웠던 하라만도의 마을을 침략했다. 엄청난 인원의 오크를 죽였으며 불을 지르고 잔인한 행동을 했다. 꼭 오크를 구하러 가는 게 아니라 잔인한 인간에게 자랑스러운 하라만도의 오크로서 복수를 하러 가는 것이다. 나는 승리의 부족 하라만도 오크 족이니까.

내가 생각해도 나의 생각과 행동은 모순 덩어리 그 자체이다. 나만 이런 것일까? 아니면 다른 인간들도 이런 것일까? 자신의 행동을 언제나 정당화시키려고 궤변을 늘어놓고야 마는 나. 언제나 이렇게 정당화시키려고 노력하는 내가 한심할 정도이다.

진흙과 모래 바닥 곳곳에 나타나 있는 발자국을 따라 달려갔다. 힘찬 바람이 맞대응으로 불어와 눈이며 코에 모래가 들어가서 잠시 멈춰 섰다. 모래를 닦은 후 나의 길을 막으려고 하는 거대한 모래 바람에 잠시 주춤하였으나 실드 마법을 쓴 후 그대로 달려갔다. 한 번에 2개의 마법을 운용한다면 평소 마나의 제곱의 마나가 소비된다.

이대로 그들을 따라가서 오크의 인원을 찾는다면 나는 가서 어떤 일을 할 수 있을까? 잔인한 인간들에게 어떤 식으로 복수를 할 수 있을까?

모래 바람의 모래들은 나의 실드에 막혀 나의 눈과 코를 괴롭히지 못했다. 힘이 든다. 내 속에 존재하고 있는 마나가 조금씩 바닥을 드러내고 있다. 저기 커다란 나무가 있군. 그 나무 밑에서 좀 쉬어야겠다.

커다란 나무 밑의 시원한 그늘에 가서 나무에 기대어 앉았다. 1시간 이상을 계속 달리기만 한 까닭에 피곤이 나의 어깨를 누르고 있었다. 이대로 인간의 마을까지 달려간다면 힘이 딸려 내가 복수할 확률은 적어질 거야. 오크들을 구할 수도 없을 것 같아. 어떻게 해야 할까? 그저 따라만 가면 안 될 것인데. 나는 이제까지 무엇을 배워왔는가? 새로운 논문을 준비하면서 그토록 심각한 고민과 많은 경험을 해봤는데 이런 상황 하나 처리하지 못하는 것인가. 헛 배웠어. 사회학 박사라는 명예는 8년 전의 이야기에 불과하다. 이대로 쉬어서는 안 되겠지. 피곤하더라도 어서 인간의 뒤를 쫓아가자!

오른손으로 땅을 딛고 일어나 다시 그대로 달렸다. 달리고 또 달릴수록 피곤이란 존재는 나의 발목을 붙잡으면서 '오크들을 구해서 뭐 해? 너는 가서도 할 수 있는 일이 없어! 너는 네 자유대로 살기만 하면 되는 거야! 네가 구할 필요는 없어! 구하지 마라. 쫓아가지 마라. 네가 위험해질 뿐이야. 봐, 이렇게 피곤하잖아' 하고 유혹하는 듯했다.

하지만 나는 나의 생각을 애써 고개를 가로저으며 뿌리쳤고 마법의 운용에 더욱더 마나를 소비하기 시작했다. 이렇게라도 하지 않으면 꼭 그 유혹에 넘어갈 것 같았다.

피곤함이 드디어 몸을 지배하여 무게 중심을 잃고 그대로 앞으로 쓰러졌다. 엎어져 있는 상태에서 앞을 보니 가물가물하게 인간의 마을 같은 형태가 보였다. 그대로 인간의 발자국은 저기 인간의 마을 쪽으로 향하고 있었다.

이대로 인간들은 오크들을 끌고 인간의 마을로 들어갔군. 여기서 인간의 마을로 어떻게 가야 할까? 나는 지금도 무척이나 힘들다. 마나도 거의 다 소비해 버려서 마법을 더 이상 쓸 수도 없다. 아무것도 할 수 없는 이 오크의 몸으로 인간의 마을 가까이 온 것 자체부터로도 죽음의 확률이 더 높아지고 있는 것이다.

그래도 멀리서 나의 몸을 보면 오크보단 인간으로 볼 정도로 왜소하므로 그나마 멀리서 오크라고 쫓아올 확률은 적다. 나의 얼굴을 가릴 것이 필요하다. 힘이 무척이나 없다. 어떻게 해야 할까? 이 상태론 안 된다.

귀를 땅에 대고 엎드려 있으니 뚜벅뚜벅거리며 다가오는 소리가 들렸다. 대충 40kg 정도쯤 되는 인간 한 명이 이쪽을 향해 오고 있는 것이다. 이 상태로 인간에게 발견되면 나는 오크라는 이유로 죽음을 당할 수밖에 없을 것이다. 나의 몸을 숨기는 데 필요한 마나가 남아 있지는 않은데. 숨을 수는 없는 것일까? 안 되겠다, 죽을 힘을 다 써서 마법을 운용시켜 봐야겠다. 이토록 마나가 남지 않도록 무리하게 실드와 페스트 스탭을 운용했다니… 어리석군. 나는 무척이나 어리석어.

"Hide!"

몸이 뜨거워지고 정신이 가물가물해져서 나의 마법이 완전하게 시행됐나 알 수가 없었다. 오른손을 어깨 뒤로 하여 어깨 뒤에 매어져 있는 도끼 자루를 꽉 잡았다. 만약 인간이 나를 알아보고 나를 죽이기 위해 달려든다면 마지막 있는 힘을 다 쓸 것이다. 눈앞이 희미하다. 무언가가 이쪽으로 다가오고 있다. 혹시나 발견될까? 심장의 박동 소리는 무척이나 커졌다. 나의 귀에는 심장의 박동 소리밖에 들리지 않게 되었다. 눈앞에서 다가오는 희미한 존재는 무엇인가?

나는 눈을 더 크게 떠보고 싶었으나 나의 몸은 나의 마음대로 움직여지지 않았다. 그저 모든 것이 희미하게 보일 뿐이다. 정신도 가물가물해서 곧 쓰러질 것 같다. 어쩌면 나는 마법이 완전하게 운용되지 않아 이 상태로 죽음을 맞을 수도 있다. 하지만 벌써 나를 향해 다가오고 있는 희미하게 보이는 존재는 나의 옆을 스쳐 지나가고 있었다. 인간은 나를 발견하지 못했다! 나의 마법이 완전히 운용된 것이 틀림없다. 하지만 나는 더 이상 나의 몸을 이길 수 없을 것 같다. 쓰러져 있는 이 상태로, 아무 기력이 없는 이 상태로 그대로 눈을 감고 싶다. 여기서 이대로 잠들고 싶다. 피곤해 눈을 감고 싶어. 이 상태로.

아, 안 돼! 이대로 마법이 풀리면 안 돼!

마지막 마나를 소비하고 정신력으로 버티고 있던 마법은 나의 해이해진 정신에 풀리려 하고 있었다. 마법이 풀리지 않기 위해 노력을 기울이고 싶었지만 해이해진 정신력으론 어쩔 수가 없었다.

바로 희미한 존재는 나의 옆에 있다. 조금만, 조금만 더 버티면 이 인간은 나의 옆을 지나갈 거야! 그런데 그때까지를 참을 수 없겠어. 나는 이대로 죽는 것일까? 이 상태로 발견되어 저 희미한 존재에게 죽는 것일까? 특별히 살아야 할 이유는 없지만 살고 싶다. 죽고 싶지 않아. 저 존재는 무엇일까?

정신이 희미해진다. 머리가 복잡하고 어떤 생각을 하고 있는지조차 분간이 안 간다. 희미해진 시야에 허연 것이 움직이려 하고 있다. 대충 길고 단단하게 생겼다. 이 부분은 어떤 부분이지 시야가 희미해서 알 수가 없었다.

나는 살고 싶어. 그러기 위해선 이 옆의 존재를 없애야 해! 죽어라!

나는 Hide의 연속 운용에 실패하고 숨겨졌던 몸이 나타남과 동시에 엎드려 있는 상태에서 등에 있는 도끼를 꺼내 있는 힘껏 앞의 허연 것을 가로로 찍었다. 푹 들어가는 이 느낌. 도끼 자루를 통해 오랜만에 느껴보는 촉감이다. 나의 눈을 향해 빨간 액체가 튀어와서 자동적으로 눈이 감겨졌다. 내 몸속에 흐르고 있는 빨간 액체들과 같은 액체. 허연 것을 찍었을 때 튀겨나온 빨간 액체들이 주위의 모래들을 약간씩 얼룩지게 만들었다.

허연 것을 찍어낸 다음 고개를 들어 윗부분을 쳐다봤다. 둥그스런 물체 밑 부분에 달려 있는 두 개의 가로줄이 열렸다 다물어졌다 한다. 그곳에선 확실히 소리가 나오고 있으나 나의 귀엔 그것들이 무슨 소리인지는 확신할 수 없었다.

뭐라고 말하고 있으나 뭐라고 하는 건지 난 알 수가 없었다. 내 앞의 존재여, 네가 뭐라고 해도 상관없어.

"크르르르……."

나는 그대로 왼손에 잡혀 있는 도끼를 이 존재 윗부분의 둥그런 부분을 향해 던졌다. 둥그런 부분에 도끼를 맞은 내 앞의 존재는 그대로 서 있는 듯했으나 몇 초 후에 나의 옆에 그대로 쓰러졌다. 나의 등은 이 옆의 존재로부터 흘러나오는 뜨거운 빨간 액체에 흠뻑 젖어버렸다.

뜨거운 액체에서 느껴지는 따뜻한 촉감에 나의 입가에 미소가 지어졌다. 그대로 쓰러져 이 뜨거운 액체의 촉감을 느끼니 마치 한겨울에 따뜻한 모포 속에 들어온 느낌이다. 무척이나 따뜻하다. 나는 뜨거운 액체에 얼굴을 부비적거렸다. 크크크…….

내가 정신을 잃었었나? 다행히 나는 살아 있군.

뭔가 이상한 기분이 들어 환한 아침 햇살에 눈을 떠보니 나의 몸은 갈색의 굳은 액체들이 뒤덮고 있었다. 이 갈색 액체들은 피가 시간이 지나고 나서 변하는 것들인데?

옆을 돌아본 나는 헉! 소리와 함께 그대로 뒤로 차츰 뒷걸음질쳤다. 어린 남자 아이의 얼굴에 나의 도끼가 정확히 박혀 있었고, 오른 다리 끝부분에도 나의 도끼가 박혀 있었다. 이 죽은 남자 아이의 시체의 눈은 어느새 까마귀 한 마리가 와서 파먹었는지 파먹힌 흔적이 있었다. 코와 입 사이에 날아다니고 있는 파리와 입에서 흘린 피에서 이상한 벌레들이 기어다니고 있었다. 시체들을 한두 번 보는 건 아니었지만 이렇게 곤충과 동물들에게 파먹힌 시체는 처음 본다. 더욱이 어린 남자 아이가 아닌가. 그런데 이 남자 아이의 시체가 왜 내 옆에 있고 왜 내 도끼가 얼굴과 다리에 하나씩 박혀 있는 거야?

나는 정신을 잃기 전의 기억을 더듬어 보았다. 나는 정신을 잃기 전에 분명히 어떤 허연 존재가 나의 곁에 오는 것을 알아채고 있는 힘껏 모든 정신력과 마나를 Hide 운용에 쏟았고 허연 존재가 내곁에 옴과 동시에 더 이상 버틸 수 없었다. 그 이후론 아무리 생각해도 기억은 나지 않았다.

내 도끼… 왜 이 어린 아이의 몸에 박혀 있는 거지? 또 왜 내 옆에 있는 거야!! 혹시… 내가 죽인 게 아니었을까? 정신을 잃은 후엔 나도 무슨 짓을 했을지 모르니 내가 죽였을 수도 있어. 이 어린아이를 말이지. 아니야! 나는 죽이지 않았어. 그런 기억도 없어! 나는 죽이지 않았어. 이 아이가 내 옆에서 죽은 것과 내 도끼가 박혀 있는 것은 아무 상관도 없어. 어쩌다가 우연히 이런 일이 벌어졌던 것뿐이야. 크크, 나는 이 끔찍한 어린아이의 시체 얼굴에 세로로 박혀 있는 도끼와 오른 다리에 박혀 있는 도끼를 빼내어 등 뒤에 다시 메었다.

나는 이 아이와 아무 상관 없어! 그나저나 이제 인간의 마을에 들어가야 하는 걸까? 어떤 방법으로 들어가야 되지? 그래, 얼굴을 가릴 것이 필요하다. 이 어린아이에겐 미안하지만 옷 좀 빌려야겠군.

피에 흠뻑 젖어 있는 어린아이의 셔츠를 벗겨내었다. 벗겨낸 셔츠를 주위의 강물에 푹 담궈 힘차게 빤 다음 말리자 아주 깨끗한 셔츠가 되었다. 그것을 얼굴 부분에 둘러싸 얼굴이 보이지 않게 하였다. 셔츠를 얼굴에 두르고 있는 사람을 보면 나 같아도 의심이 가겠으나 어떤 사정이 있겠지 하고 넘어 갈 것이다. 그리고 얼굴은 몰라도 단전과 함께 마나의 기운이 모인 곳이라 몸 정도야 마법으로 바꿔 충분히 사람들 눈을 속일 수 있으므로 걱정할 바는 못 됐다.

나는 곤충들에게 먹혀가고 있는 어린아이의 시체를 뒤로하고 공기를 한껏 들어마시며 인간의 마을을 향해 걸었다. 어린아이의 시체에서 조금 벗어나자 시원한 공기가 나의 콧속으로 들어와 몸을 상쾌하게 만들었다.

눈알이 까마귀와 구더기한테 파먹히는 장면이 계속 나의 머리 속에서 떠나질 않았다. 그 남자 아이의 시체. 그게 하필이면 나의 옆에 있었단 말인가! 왜 나의 도끼가 박혀 있었는가!

그 남자 아이의 시체로부터 상당히 먼거리를 떨어져 왔을 때쯤 확실히 눈에는 인간 마을이 보이기 시작했다. 나의 몸이 확실히 잘 위장되어 있나 보기 위해 고개를 밑으로 내려 훑어보았다.

마법으로 인해 나의 몸은 상당히 변해 있었고 얼굴 부분은 어린아이의 셔츠를 이용하여 두건처럼 둘렀으므로 나의 얼굴을 자세히 보지 않는 한 덩치 좋은 인간이라고 생각할 것이다.

우선 오크 특유의 걸음 자세를 조정하기 위해 주위를 한 시간 정도 맴돌면서 연습했다. 자세는 두부, 척추, 골반, 하지 및 이것에 부착하여 조절 역할을 하는 인대 근육 협동 작용에 의하여 유지된다. 오크로서 8년 간 유지됐던 자세가 한 시간의 노력으로 완전히 고쳐질 수는 없었다. 어깨가 상당히 들썩거리는 오크의 걸음 걸이를 그나마 약간이라도 교정하기 위해선 상당한 노력이 필요했다.

자세 교정이 2시간 지나도록 아무 효과가 없었지만 더 이상 시간을 지체 할 수가 없어 인간의 마을로 들어가기 위해 인간의 흔적이 남은 길을 따라 걸어 갔다. 인간은 길을 만들어 자신들만의 영역을 확보하고 더욱더 빠른 교통 수단을 만들었다.

오크들은 길이란 것을 만들지 않는다. 원래 길이란 것은 자연스럽게 생기기 마련이나 인간들은 인조적으로 길이란 것을 만든다.

멀리서 보기엔 중세 때 보던 성을 중심으로 한 마을의 모양이 아닌 것 같다. 가까이 가봐야 확실히 알겠지만 이 마을은 도시가 아니라 그냥 평범한 시골 마을에 속하나 보다.

기사들이 잠시 쉬었다가 지나쳐 가는 작은 평범한 시골 마을. 하지만 규모는 예전에 우리 하라만도 전사들이 습격을 했던 것보다는 상당히 컸다.

사람이 사는 마을이라는 것을 증명하듯 거리가 상당히 먼 이곳까지 커다란 소리들이 들린다. 하지만 아무리 사람이 사는 마을이라도 이렇게 먼 거리까지 커다란 소리가 들리다니… 무슨 일일까?

걸어가는 동안에 엄청난 함성 소리와 야유 등이 혼합된 소리들이 나의 고막을 자극하고 있었다. 내가 마을의 입구에 도착했을 땐 그 소리에 나도 동화되어 가슴이 두근거려졌다.

어떤 일이길래 저렇게 함성을 지르고 있을까?

난 그 함성 소리에 마을 입구를 지키고 있는 기사 두 명의 눈초리가 신경 쓰이지 않았다. 내가 두건처럼 얼굴을 가린 까닭에 기사들은 내가 오크라는 것을 전혀 짐작하지 못했다. 이상하게 다행이라는 생각은 안 들고 당연하다는 생각뿐이었다.

지나가면서 옆으로 흘긴 눈에 보인 것은 기사의 허리에 차고 있는 길다란 검집이었다. 기사는 경계를 엄중히 하고 있다는 것을 보여주듯이 언제나 검을 뺄 수 있게 왼손으로 검집을 잡고 있고 오른손은 검자루에 가 있었다.

기사의 길다란 검집 속에 들어 있는 검에 베이면 무척이나 아프겠지? 저 길다란 검을 빼 들어 나의 목을 내려친다면 나는 죽겠지. 내가 이렇게 안심하고 걸어가는 동안에 몰래 나의 목을 살짝 검으로 찔러 넣는다면 나는 죽겠지. 생물이란 게 이렇게 쉽게 죽을 수도 있는데 생에 집착을 하는 이유는 무엇일까? 나 역시 이유없이 죽음은 싫어 살고 있다.

여러 상점들과 민가들이 아기자기한 모습으로 존재하고 있었다. 오랜만에 인간의 마을 다운 마을을 봐서 그런지 가슴이 두근거렸다.

내가 왜 가슴이 두근거리지? 인간의 마을을 오래간만에 보았다고 이렇게 두근거리는 건가? 나는 오크의 마을에 돌아왔을 때도 오크 마을 그 자체에 두근거리지는 않았는데?

마을 거리를 천천히 걸음 자세에 신경을 쓰며 걷고 있는데 여기저기서 나를 바라보는 시선들이 느껴진다. 처음엔 곳곳에 서서 나를 유심히 보고 있던 사람들도 이내 단지 나를 덩치가 큰 사람으로만 보고서는 그들의 할 일을 하기 위해 다시 몸을 움직였다. 거리에 보이는 사람이라곤 거의 4명 정도. 아무리 시골 마을이라지만 거리는 이렇게 한적한 이유는 아마 저 중앙 쪽에서 나는 커다란 야유와 함성 소리 때문일 것이다. 귀가 간지러울 정도로 커다란 함성과 야유 소리의 이유는 대체 무엇일까?

나는 궁금함을 참지 못해 커다란 함성과 야유가 쏟아지는 곳을 향해 달려갔다. 이 마을 대부분의 사람들이 이곳에 있는 듯 많은 인원이 이곳에 모여 엄청난 야유와 함성을 내지르고 있었다. 많은 사람들이 앞을 가로막고 있어 앞이 자세히는 보이지 않았지만 사람들보다 월등히 큰 나의 키 덕분에 조금은 볼 수가 있었다.

제7장

요크! 마을에서 날뛰다

제7장

오크 마을에서 날뛰다

수많은 사람들을 가로막고 있는 기사들 뒤로는 널찍한 공간이 있었는데 그곳에는 서로 부둥켜 안고 울고 있는 여자 아이, 성인 남자, 성인 여자로 구성된 가족 인원, 그리고 그들을 향해 창칼을 겨눈 기사들, 배가 튀어나온 비계 덩어리 인간이 단상에 올라와 있었다.

"시민 여러분, 진정 하십시오!"

진정하라는 말을 하면서도 비계 덩어리 인간의 얼굴에는 웃음이 펴 있었고 그 비계 덩어리 옆에 있는 시중을 드는 사람도 이상한 미소를 띠고 있었다. 비계 덩어리의 턱이 한 번 흔들거리면서 입이 열리기 시작했다.

"저는 이곳 파리티오 시의 크리오틴님의 사제이자 이단 심문관인 사쿠시라고 합니다! 아시는 분은 아실 테지만 여기 있는 무기점을 운영하는 이 파티스 씨의 가족을 모두들 알고 있으실 겁니다. 이들은 우리 구세주 크리오틴님의 계율을 어긴 것뿐만 아니라, 구원을 얻으려 하지 않고 이단 종교인 파스틴이라는 종교의 우상을 숭배하고 기도도 했습니다. 또 이들은 숭배와 기도로만 만족하지 않고 우리 크리오틴교의 이단자답게, 파스틴이라는 이단 종교의 추종자답게 보석점의 보석이 탐이 나서 보석상 아디스 가족 전체를 살해하였습니다. 우리 구세주 크리오틴님의 성전 갈리오 편의 1장 12절을 보면 '나 이외의 다른 신을 섬기지 말라'. 파스리안 편의 3장 5절을 보면 '너희들은 나의 창조 아래 모두 같은 생명을 가진 자이다. 생명을 앗아가는 자는 모든 자와 나의 노여움을 살 터이니 살인을 하지 말고 살인의 뜻도 가지지 마라'. 또 파스리안 편의 3장 6절을 보면 '세상의 모든 것은 나의 법칙 아래 순환되고 있다. 그러나 그 순환을 어기고 남의 물건을 탐을 내며 자신의 탐욕을 채우는 이는 나와 모든 이의 노여움을 살 터이니 탐욕을 하지 말라'. 이렇게 3가지의 계율을 이들이 어겼으니 그에 따라 화형에 처할 것입니다."

돼지 비계의 위대한 구세주 크리오틴님의 사제이자 이단 심문관이라고 하는 사쿠시의 행동을 가만히 보니 이것은 중세의 전형적인 종교 재판이었다. 이 종교 재판 때문에 내가 살던 세계의 중세에 얼마나 많은 사람이 한을 품고 억울하게 죽어갔던가.

로마 가톨릭 교회가 행한 이단자(異端者)를 탄압하기 위해 13세기에 전 그리스도교 국가를 대상으로 제도화한, 비인도적인 혹독한 재판과 비슷한 성격, 아니, 거의 딱 맞아 떨어지도록 똑같은 성격을 가진 이 재판을 보면서 나는 눈을 찌푸릴 수밖에 없었다. 하지만 주위의 사람들은 이 사제의 말을 듣고서는 무기점의 파티스 씨의 가족을 향해 엄청난 야유를 퍼부었으며 심지어는 돌까지 던지기도 하였다.

파티스 씨 가족의 옷에는 사람들이 뱉은 많은 침들이 묻어 있었으며 그 주위의 바닥에는 더욱더 많은 침들이 떨어져 있었다.

종교를 믿음에도 불구하고 종교의 이름으로 이단 심문, 종교 재판이라고 하는 이 재판은 단순한 '재판'이 아니었다. 이단자의 탐색, 적발, 체포, 재판, 처벌을 포함하는 이단자 박멸을 위한 재판으로 처음부터 이단으로 적발당한 자는 반드시 유죄 판결과 처형으로 귀착되도록 짜여졌던 암흑 재판이었다.

단상 위에 올려져 온몸이 밧줄로 묶여진 무기점의 파티스라고 불리는 사내는 사제에게 큰 소리로 '저는 죄가 없습니다!'라고 외치고 있었다.

"저는 죄가 없습니다, 사제님! 정말입니다. 저는 크리오틴 어린 양에 불과합니다. 그런 저에게 파스틴이란 이단 종교를 믿는 사람이라뇨! 절대 아닙니다. 뭔가 잘못 아신 게 틀림없습니다, 사제님! 그리고 전 사람을 죽인 적이 없습니다. 보석상의 아디스 씨와는 평소에 친밀하게 지냈던 사이입니다. 전 크리오틴님의 성전에 적힌 대로 그 규율에 따라 탐욕도 하지 않았습니다. 어떻게 친구같이 지내던 아디스 씨를 제가 죽일 수 있었겠습니까?"

무기점의 사내는 눈물을 흘리면서 사제에게 호소를 하고 있었다. 하지만 사제는 그런 사내의 눈을 바라보지도 않고 그 사내를 향해 한 번 비웃더니 대중들을 향해 얼굴을 돌렸다.

"이단자여! 당신의 행각은 모두 우리 크리오틴님이 보셨다! 그리고 너의 행각을 본 사람들도 여럿이 된다! 증인들을 데려오너라!"

사제가 손짓을 하며 큰 소리로 외치자 사내 2명과 여인 한 명이 기사들의 호위를 받으면서 나타났다.

"증인들이여, 증언을 하시오!"

"저는 이 마을에서 살고 있는 하롬이라는 사람입니다. 저는 평소에 무기점에도 자주 들렀고 보석점에도 자주 들렀죠. 물론 보석점에서 이 무기점의 파티스 씨를 본 적이 있었습니다. 그때마다 파티스 씨의 눈은 보석점의 아디스 씨에게 가 있지 않고 보석들을 음흉한 눈으로 쳐다보고 있었습니다. 또 한 번은 제가 부인에게 선물할 반지를 사러 아디스 씨의 보석점에 들른 적이 있었습니다. 그곳에서 파티스 씨가 진열장에 놓여 있는 루비 보석을 손에 꼭 쥐고 마치 주머니에 넣는 듯한 시늉을 하고 있는 것을 보았습니다. 물론 제가 오니까 급히 루비 보석을 진열장 위에 올려놨지요. 아리스 씨가 없었기에 저는 그날 반지를 못 사고 돌아왔습니다."

하롬이라는 사람의 눈에 은근한 미소가 피어 오르면서 입은 점점 빨라졌었다. 그는 말이 끝나자 한번 입맛을 다시고는 무기점의 파티스를 향해 이상한 눈웃음을 보낸 후 자신의 자리로 돌아갔다.

"나, 나는 너를 본 적도 없다! 왜 거, 거짓 증언을 하느냐!"

파티스는 얼굴이 붉어지면서 말을 더듬었다. 내가 보기에도 말을 더듬는 파티스의 행동이 조금 의심스럽긴 했지만 사제와 증인들의 야릇한 미소가 신경에 거슬렸다. 마치 짜놓은 것처럼 그들은 서로 눈을 바라보며 고개를 끄덕이기도 했고 서로 야릇한 미소를 짓기도 했다.

"이단자! 증인이 있는데 너는 왜 변명하려 하느냐! 그럴수록 더욱더 죽은 후 크리오틴님의 세계에서 추방당해 영원히 떠돌며 고통을 당할 것이다. 다음 증인!"

신관의 말에 두 번째 증인이 앞으로 천천히 나오면서 다른 사람같이 파티스에게 야릇한 미소를 보냈다. 경멸과 비웃음의 미소. 이 두 번째 증인이 천천히 앞으로 나오자 파티스는 그의 얼굴을 보고서는 놀라며 입을 부르르 떨었다.

"저는 파티스와 평소와 친하게 지냈던 사람입니다. 물론 친구는 아니고 단지 무기점 상인과 그 손님으로 친했죠. 저는 무기점에 간단하게 여행용 단검을 사러 갔었습니다. 하지만 파티스 씨가 없어서 파티스 씨를 찾으러 그의 집 문 앞까지 갔죠. 하지만 파티스 씨를 불러도 나오지 않길래 문을 열었습니다. 물론 허락도 받지 않고 연 건 제 잘못이겠지요. 이렇게 크리오틴님의 성전 앞에 고백합니다. 남의 집 문을 함부로 열고 들어갔다는 걸 말이죠. 하지만 문제는 그게 아니죠. 제가 들어갔을 때는 파티스 씨는 기절해 있었습니다. 파티스 씨 앞에는 수많은 책들이 있었는데 그 책 표지에는 '파스틴'이라고 쓰여져 있었죠. 이단 종교 이름 말입니다. 저는 그 책을 들고서는 호기심에 약간 훑어보았는데 역시나 이단 종교의 책이었습니다. 물론 이단 책을 봤던 제 행위도 무척이나… 처벌해 주십시오. 그나저나 이 사람이 이단 행위를 하고 있다는 생각에 저는 무서운 생각이 들어 그 집에서 뛰쳐나왔죠! 그때 얼떨결에 가지고 나온 책이 바로 이 책입니다. 죄송합니다. 처벌해 주십시오."

"너… 너… 네가 왜? 나에게 이런 짓을? …나의 친구가… 왜 나에게……?!"

파티스는 변명할 생각도 없이 부르르 떨면서 '친구가? 친구가?' 하는 소리만 중얼거릴 뿐이었다. 지금 책을 들고 파티스가 이단자라는 결정적인 증거를 제시한 사람은 파티스의 절친한 친구인 것이다. 파티스가 변명도 못하고 어이없고 당황해서 저런 행동을 하는 걸 보니 파티스 역시 친구가 그런 증언을 했다는 게 커다란 충격인가 보다.

파티스가 이단자인 이유를 말하는 두 번째 증인이 제자리로 가자 세 번째 증인이 나와서 파티스의 행각에 대해서 자세히 말했다. 그때마다 증인들과 사제는 눈을 마주치며 고개를 끄덕였고 눈웃음치기도 했다. 세 번째 증인의 증언이 끝나자 돼지 비계 사제는 앞으로 뒤뚱뒤뚱하면서 걸어나왔다.

　"모두들 조용히 하시오! 모두들 보다시피 이 파티스 씨는 이단자가 확실해졌소. 증거도 있고 증인도 있소. 하지만 파티스 씨는 이 증언들을 모두 거짓이라 외치고 있소. 파티스 씨, 크리오틴님이 지금 당신을 보고 있습니다. 두렵지도 않습니까? 신이 보고 계십니다! 더 이상 변명 하려 하지 마시오!"

　"거짓, 거짓… 거짓말이다! 거짓말이야! 너희들은 전부 나를 죽이려 거짓말을 하고 있어! 전부 거짓말을 하고 있다고! 나는 사람을 죽이지도 않았고 이단을 하지도 않았어!"

　한이 맺힌 듯한 처절한 절규에 나의 가슴이 찡하게 울렸다. 억울하다는 기색이 얼굴에 나타나 있는데도 사람들은 여전히 야유를 하고 침을 뱉고 있었다. 그들이 이 파티스란 사람에게 침을 뱉든 야유를 하든 나하곤 상관이 없지만 내가 봐도 이 사람은 정말로 살인을 하지 않을 사람 같았다.

　"이단자는 조용히 하시오! 더 이상 말하지 마시오! 그대는 구세주 크리오틴님의 규율을 어겼소! 살인을 하지 말라! 탐욕하지 마라! 나 이외의 다른 신을 섬기지 마라! 크리오틴님이 당신을 보고 있소! 더 이상 말하지 마시오! 여러분! 이 이단자를 규율에 따라 한 시간 후에 화형에 처한 후 다음 재판이 있을 겁니다. 그럼 한 시간 후에 봅시다."

　뭔가가 이상하다. 왜 저렇게 짜고 하는 듯이 고개를 끄덕이고 서로 눈빛을 마주칠까? 어쩌면 지금 이 종교 재판 역시 중세의 재판같이 한 사람을 억울하게 죽음으로 밀어넣고 있는 게 아닐까? 왜 증인에게 유리한 변호를 할 변호인은 나오지 않는 거지?

이 종교 재판 역시 우리 세계의 종교 재판과 정말 비슷하단 말인가? 피고에게 유리한 변호는 일체 허용되지 않고 불리한 증언만 허용되었으며, 밀고는 비록 친자식, 형제 사이의 것이라도 정의라는 이름으로 칭송을 받았었다.

나는 더 이상 유죄가 정해져 있는 억지 재판인 이 종교 재판이 보기도 싫고 듣기 싫어 뒤로 빠져나가려고 몸을 뺐다. 사람들을 헤집고 걸어다니면서 머리도 식힐 겸 오른쪽 길가의 끝에 있는 건물을 돌아 천천히 걸어갔다.

그때 마침 반대 편에서 조금 전에 파티스의 증언을 했던 3명의 증인과 그 재판을 맡았던 사제이자 이단 심문관인 사쿠시가 걸어오고 있었다. 나는 나도 모르게 몸을 건물의 뒤쪽으로 숨겼다.

"Hearing Extension(청각 확장)."

아무리 3배 이상의 좋은 청각을 가진 오크라지만 이 먼 곳까지 대화 내용이 들리지 않으므로 2클레스의 주문을 외웠다. 귀에 온 신경을 집중하자 그들의 말이 점점 가까워지면서 순식간에 확 트이는 느낌이 들더니 그들의 대화 내용이 들리기 시작했다.

"심문관님."

파티스의 탐욕을 증언하던 하롬이라는 눈꼬리가 올라가 비열하게 생긴 사내가 사제의 얼굴을 쳐다보며 말했다.

"왜 그러는가?"

"심문관님, 정말 고맙습니다. 이 은혜를 어찌 갚아야 할지……."

심문관이자 사제인 사쿠시를 보니 사쿠시는 뒷짐을 턱 지면서 대답 대신 시선을 하늘로 한 채 오른손으로 내밀고 있었다. 그것을 본 증인 세 사람은 알았다는 듯이 고개를 끄덕이더니 각자 주머니에서 금화를 꺼내 한 주머니에 모으기 시작했다. 세 사람이 모은 금화는 어느새 주머니를 꽉 채우고도 남을 정도가 되었다.

하롬은 그 주머니를 내밀고 있는 사쿠시의 오른손 위에 올려놓았다. 금화 주머니가 자신의 손으로 내려오는 것을 본 사제 사쿠시는 비열한 웃음을 띠며 맘에 든다는 듯이 고개를 끄덕였다. 하지만 정작 금화 주머니가 자신의 오른손에 놓이자 그 무게를 이기지 못해 바닥에 주머니를 떨어뜨리고 말았다. 금화가 주머니에서 빠져나와 길거리에 많은 금화가 떨어졌다.

눈이 휘둥그레진 사쿠시는 몸을 숙여 금화를 하나씩 주워 훅훅 불어 털고서는 어느새 찬 허리춤의 주머니에 하나씩 넣기 시작했다. 돈에 환장한 사람처럼 도로로 굴러가는 금화를 따라 엉거주춤한 자세로 뛰기 시작한 사쿠시는 금화가 가속도가 붙어서 더 빠르게 굴러가자 금화 위로 자신의 육중한 몸을 던져 굴러가는 금화를 막아냈고 이어서 그 금화를 주워서 자신의 주머니에 넣고서는 또다시 비열한 미소를 지었다.

돈에 환장한 사람이었다. 방금 전의 재판은 역시 짜여져 있던 극이었던가? 이 증인 3사람과 사제가 짠 극인가. 역시 인간이란 게 이런 거겠지. 더 이상 인간에게 뭘 바라겠는가? 사람을 죽일 만한 권력을 가진 사제라는 사람이 돈 몇 푼 때문에 다른 사람을 무참히 죽여 버리려 하다니. 난 상관할 바는 아니지만 정말 인간이란 동물은 어쩔수 없는 것 아닌가?

"그럼 안녕히 가십시오, 사쿠시 이단 심문관님!"

증인 세 사람이 허리를 구십 도로 굽혀 돈을 다 주워서 돌아서서 걸어가는 심문관을 향해 커다랗게 인사를 하였다. 사쿠시가 떠나고 나자 이 장소에는 건물 뒤에 숨어 있는 나와 가만히 서 있는 증인 세 사람만 남아 있었다.

"하롬, 저 돼지 같은 심문관을 어떻게 생각하나?"

재판에서 책을 들고 이단을 주장하던 파티스가 절친한 친구라고 생각했던 이가 탐욕을 주장했던 하롬을 향해 물었다.

"크크, 저것도 인간인가? 난 심문관을 인간으로 생각하지 않네. 그저 이익에 눈이 먼 돼지에 불과하지! 크크. 저놈도 저놈 나름이지만 나도 참 대단한 놈이지! 크크, 장사가 안 된다고 라이벌 상점의 주인인 파티스를 죽일 생각을 했으니 말이야. 난 저 이단 심문관 사쿠시란 사람이 우리의 의뢰를 쉽게 들어줄 줄은 생각도 못했었네. 그렇게 쉽게 금화를 받고서는 종교 재판을 열다니. 자네도 봤지 않나? 우린 우리 손으로 파티스를 죽이지 않았어! 죽인 건 저놈의 심문관이지. 우린 그저 그걸 지켜만 보고 있었던 것이야."

"그렇지. 우린 파티스를 죽이지 않았어! 죽인 건 저놈의 돼지 같은 사쿠시란 놈이지. 우린 절대 아니거든. 하하, 조금 뒤면 파티스의 상점은 내 것이 되는 건가? 파티스의 가족이 전부 죽으면 그의 대리인으로 등록되어 있는 내가 바로 그것을 이어 받거든. 파티스, 정말 너는 나의 진정한 친구다. 죽으면서 나에게 이런 선물을 주고 가다니!"

"하하, 그래. 우린 정말 죽이지 않았어! 난 저놈의 파티스 자식이 평소에 보기 싫었거든! 이번 기회로 인해 죽을 테니 얼마나 좋은 일인가? 저 파티스는 나에겐 악연이지만 자네들이겐 좋은 인연인 듯싶으이. 하롬, 당신에겐 더 좋은 시장을 주고 프린토, 당신에겐 무기 상점을 주고 죽으니 말이오! 나는 그가 죽은 것만으로도 족하오! 그가 나보다 더욱더 많은 재산을 얻고 더욱더 이쁜 아내를 얻다니! 이젠 다 뺏기고 죽을 테니 만족하오. 크크크."

가만히 저들의 대화를 듣고 있자니 속에서 끓어오르는 부아 때문에 주먹을 꽉 쥐고 부르르 떨 수밖에 없었다. 그러니까 저들의 말은 저 증인 세 사람. 파티스의 탐욕을 주장했던 사람은 라이벌 없는 시장 상권을, 이단을 주장했던 파티스의 절친한 친구인 프린토는 파티스의 상점을, 세 번째 증인을 했던 사람은 평소에 파티스 그 자체의 죽음을 위해 사제를 금화로 매수했다는 것이다.

그걸 의뢰한 사람이나 의뢰를 받고 한 사람이나 마찬가지다. 저들은 자신들이 파티스를 죽음에 이르도록 만든 주범이지만 그것을 왜 부정하고 있을까? 나도 오크로서 살아가면서 살인을 많이 했었다. 그때마다 나도 정당화시키려 했지만 저들과 나의 정당화는 차원이 다르다.

자신들이 파티스를 죽인다는 것을 알고 있지만 말로는 왜 자신들이 죽이지 않고 전부 돼지 사제 사쿠시에게 그 책임을 돌리는 걸까? 수십 년을 친한 친구로서 사랑했던 이에게 배신을 당했다는 슬픔을 파티스는 지금 어떻게 참고 있을까? 그리고 친한 친구의 재산이 탐나 친구를 죽이는 저 인간의 미소는 뭘까? 정말 죽이고 싶다. 저런 더럽고 이기적인 인간은 죽이고 싶다! 아무리 내가 오크라지만 같은 인간의 마음을 가진 존재로서 저들을 죽여 버리고 싶다. 하지만 나하고 상관이 없다! 참아라! 나는 오크다!

나는 두 손으로 꼭 잡고 있던 도끼로부터 손을 천천히 풀어 허리 옆으로 가져다 놓았다.

갑자기 아까보다 더 큰 함성 소리가 들려오자 나는 저들을 죽여 버리고 싶다는 욕망을 그 자리에서 버린 채 함성 소리가 들리는 곳으로 향했다. 역시 종교 재판이 이루어지고 있는 자리였다.

"우리 주 크리오틴님의 이름으로 이단을 처벌하겠노라!"

금화를 받고 헤헤거리던 사쿠시 사제라는 더러운 돼지의 탐욕스런 입에서 엄중한 목소리가 나오자 달려가서 그의 목을 도끼로 그어버리고 싶었다.

더러운 인간 사쿠시의 말이 끝나자 검정 마스크를 쓴 두 사람이 따라가지 않으려는 파티스의 양손을 붙잡고는 처형대 위로 끌고 갔다. 나무 장작 위로 길다란 통나무가 서 있었고, 검정 마스크를 쓴 사람이 이단자를 끌고 가 그 통나무에 묶어버리는 모습. 중세 영화에서 보던 화형의 전형적인 준비 모습이었다.

파티스는 고래고래 침을 흘리면서 자신은 죄가 없다고 소리를 질렀지만 사람들은 아무도 그의 소리를 듣지 않고 더욱더 야유를 하고, 침을 뱉으며, 돌을 던졌다.

'인간들아! 파티스는 죄가 없다!' 라고 소리치고 싶었지만 입에서만 맴돌 뿐 밖으로 나오진 않았다.

"죽여 버려! 이단자를 죽어 버려!"

또다시 들리는 엄청난 야유와 함성 소리. 이 중에는 증인이었던 세 사람도 어느새 사람들의 대열에 합류하여 더욱더 힘차게, 더욱더 용맹하게 소리를 지르고 있었다. 더러운 인간들! 자신의 친구를 죽이려

하다니. 아무 죄도 없는 사람에게 누명을 씌우고 말이야.

"집행을 시행하라!"

돼지 사제의 말이 끝나자 검정 마스크를 쓴 두 사람이 각각 한 손에 든 횃불을 사용하여 파티스가 묶인 장작 아래 불을 붙이기 시작했다. 저녁이라서 어둑어둑해질 때쯤이라 많은 장작이 타는 모습은 흡사 불꽃 놀이와 같았다. 그런 모습에 취해서일까? 사람들의 함성 소리는 시간이 갈수록 불이 더욱더 커질수록 따라 커졌다. 파티스는 이제 모든 것을 포기한 채 자신의 죽음을 기다리는 연약한 인간 같았다. 커다란 통나무에 묶여 몸은 꼼짝달싹 못하고 밑에서 올라오는 불에 타죽어야 하는 연약한 인간.

파티스의 발 밑에 있는 장작이 거의 타 들어가 그의 발로부터 몸으로 올라오려 하고 있었다. 불이 발에 닿자 파티스는 고통의 소리를 내지르면서 고개를 좌우로 마구 흔들었다. 단백질이 타 들어가는 냄새. 파티스의 발 밑부분이 타 들어가는 냄새가 사방으로 퍼지자 사람들은 더욱더 열광했고 대부분은 그런 파티스에게 돌을 던지고 있었다.

"여보… 여보… 흑흑."

"아빠! 아빠!"

젊고 이쁜 아내, 귀여운 딸. 단 두 사람 파티스의 가족만이 파티스의 고통을 자신의 눈물에 비례하도록 눈물을 흘리고 있었다.

고통에 얼굴을 엄청 찡그리며 이리저리 흔들던 파티스는 눈을 부릅뜨 자신에게 화형을 선고했던 돼지 비계 사제를 쳐다보면서 말했다.

"야이! …으… 얼어죽을! 크리오틴이냐! 주 크리오틴의 이름으로 이렇게 무고한 사람을 죽이다니! 사제고 뭐고 너희들은 전부 악마다! 정말 개 같은 크리오틴이다! 그 크리오틴 이름 아래 나를 이렇게 쉽게 죽이다니! 으으… 아아악! 돌을 던지지 마라! 너희들은 전부 악마다! 그래, 내가 죽였다! 나 혼자 죽였다! 나의 가족과 나와는 아무 상관이 없다! 으아아아악! 나의 가족들에게 손을 대지 마라! 나의 가족은 나와 상관이 없다! 손만 대면 그대로 저주를 뿌리리라! 으아악—! 아빠이만 간다! 여보! 잘 있으시오! 딸아! 아빠 맘 알지? 아빠는 딸을 무척이나 사랑한다! 여보! 으아아아악!"

하반부로터 올라온 불이 얼굴을 덮어버리자 파티스는 그대로 정신을 잃었는지, 아니면 그대로 하늘로 크리오틴이라는 신을 만나러 간 건지 말을 잇지 못하고 하나의 단백질 덩어리가 되어 통나무에 묶여 타 들어가고 있었다. 불길로 뒤덮인 단백질의 형태는 이내 보이지 않게 되고 활활 타면서 비린내 비슷한 냄새만 풍기면서 불길은 하늘로 치솟아오르는 듯하였다.

신음도 고통 소리도 더 이상 단백질 덩어리에선 나오지 않았다. 불이 정신없이 춤을 추면서 단백질 덩어리를 먹어버려 화형이 끝나고 남은 뒤에 검게 타서 재처럼 생긴 통나무에 묶인 단백질은 형태도 알아 볼 수 없을 정도로 심하게 타 들어가 있었고 겉은 탄 흔적으로 새까맣게 되어 있었다.

"주민 여러분, 이단자의 처형이 아직 끝난 것은 아닙니다! 여기 이단자의 가족들이 남아 있습니다. 이들 역시도 이단자들입니다. 주 크리오틴님의 이름으로 이들을 처벌할 것입니다. 이단자는 화형! 그들의 가족은 파스토니우형입니다! 여봐라! 파스토니우를 준비해라!"

마스크를 쓴 사람이 힘들게 가져온 파스토니우는 우리 한국에서 말하던 작두와 비슷했다.

커다란 판에 가운데 큰 원이 뚫려 있었고 그곳에 인간의 신체를 집어넣으면 위에서 내리찍는 칼에 의해 절단될 것이다.

이미 타버린 단백질이 되어버린 파티스의 가족은 파티스의 남은 단백질 덩어리를 보면서 눈물을 흘리고 있었다. 얼마나 울었을까? 오랜 시간 동안 울어서인지 그들의 눈은 부어 있었고 충혈되어 있었다. 파티스의 죽음도 억울한데 이들까지 죽인단 말인가! 신관! 사제! 네가 정녕 신을 모시는 사제란 말인가? 정말 잔인한 인간들이야!

"집행해라!"

돼지 사제의 말이 끝나기 무섭게 마스크를 쓴 사람은 남은 가족 2명 중 부인을 끌어냈다. 부인이 저항을 하자 개를 잡듯이 부인의 머리를 잡아끌었다. 부인의 몸은 어느새 파스토니우라 불리는 작두 앞에서 벌벌 떨고 있었다. 검정 마스크를 쓴 사람이 부인의 팔을 잡아당겨 둥그런 원을 통과하게 만들었다. 마스크를 쓴 사람이 그대로 신관을 쳐다보자 신관은 고개를 끄덕였다. 작두의 칼을 높이 들어 그대로 내리찍자 부인의 비명 소리와 함께 빨간 피들이 마스크 위를 덮었다. 검정 마스크 위에는 빨간 피들로 덮여 있어 마치 지옥에서 온 악마들같이 보였다.

몸과 분리되어 잘려져 밑으로 툭 떨어진 오른팔. 그곳에서 쉴 새 없이 흐르는 피들. 잘려진 팔에서 흐르는 피는 단상을 타고 관중들을 향하는 듯 흘렀다. 고통의 소리를 내지르고 있는 부인을 향해 침을 뱉는 관중들은 한결같이 '이단자를 죽여! 죽여!' 라는 소리를 외칠 뿐이었다.

다시 검정 마스크를 쓴 사람의 손은 부인의 왼팔을 잡아다가 끌어 작두대 아래 가져다 놓았다. 반복되는 칼의 움직임! 몸으로부터 분리되어 잘려서 떨어지는 왼팔. 또다시 뿜어 오르는 피. 이렇게 네 번을 반복하자 팔다리는 전부 잘려져 바둥거리는 연약한 인간으로 변한 채 단상 위에서 처절하게 쓰러져 있게 되었다.

사지가 잘려 과다 출혈로 이미 이 세상 사람이 아닌 부인과 파티스의 딸인 어린 소녀가 기사들 사이로 처형대에 비집고 들어가 사지가 잘려 죽은 어미의 시체를 부둥켜 안고 고함을 내지르면서 울고 있었다.

내가 아무리 살인을 많이 했다지만 이런 잔인한 광경에 서는 눈을 돌리며 속에서부터 올라오는 울컥함에 마음을 진정시키지 않을 수 없었다. 이제는 딸의 차례인가? 저 어린 생명까지 짓밟고 죽일 것인가? 나도 이곳에 오면서 어린 오크의 생명을 죽이긴 했지만 그건 그 오크의 고통을 덜어주기 위한 것이었지 지금의 경우와는 다르다! 시체를 부둥켜 안고 놓지 않는 딸을 떼어내기 위해 검정 마스크를 쓴 사람은 어린 소녀에게 강한 발길질을 했다. 후에야 어린 소녀는 시체에서 손을 놓게 되었다

작두를 향해 끌려가는 소녀의 얼굴을 보면서 나는 흠칫 놀랄 수밖에 없었다. 소녀의 얼굴은 나의 딸 은희와 비슷했다. 아니, 똑같았다. 나의 딸인가? 나의 사랑스런 은희인가?

나는 머리가 어지러워졌다. 눈엔 어린 소녀밖에 보이지 않았다. 주위의 함성 소리도 들리지 않았고 오로지 눈물을 흘리고 있는 어린 소녀의 얼굴밖에 보이지 않았다. 어린 소녀의 얼굴과 나의 딸 은희의 얼굴이 겹쳐지면서 은희와 관계된 추억이 하나둘 떠올랐다.

처음으로 아장아장 걷는 모습을 보고 너무 기뻐 눈물을 흘렸었다. 귀여운 조그만한 입으로 '아빠' 하고 말하던 은희의 귀엽고 사랑스러

운 모습! 내 딸 은희가 저기 있구나! 왜 마스크를 쓴 사내가 은희를 붙잡고 있는 거지? 나의 핏줄이자 내가 살아가는 이유였던 은희, 나의 딸.

나의 귀여운 딸 은희… 은희야, 보고 싶었다. 은희야, 아빠가 가마! 은희야!

그런데 왜 내 딸 은희가 저 검정 마스크를 쓴 괴한에게 끌려가고 있는 거지? 납치를 당한 건가? 은희야, 왜 끌려가고 있는 거니! 아빠가 구해주마! 아빠가 구해주마!

갑자기 어디선가 날아온 돌이 나의 딸 은희의 얼굴을 때렸다. 그 돌에 의해 사랑스런 은희의 얼굴에 상처를 만들고 피를 흐르게 만들었다.

나의 딸에게 돌은 던진 놈이 누구야! 주위를 둘러보니 은희에게 돌을 던진 사람은 한두 사람이 아니었다. 너무 많은 사람이었기에 나는 그 사람들을 저지하는 것보단 날아오는 돌을 막기 위해 은희에게 가까이 가려 했다. 나의 앞에는 수많은 사람들이 있었지만 나는 나의 사랑스런 딸 은희를 보호하기 위해 주위의 사람들을 밀어붙이고 그곳으로 뛰어가려 했다. 하지만 조금 뚫리는가 싶으면 다시 막히고 하는 사이에 날아오는 돌은 나의 딸의 몸 곳곳으로 쏟아져 찢어진 옷 사이로 보이는 하얀 피부에 상처를 만들고 있었다.

검정 마스크를 쓴 두 사람이 은희의 팔을 동그란 판 위에 올려놓는다. 돼지 사제가 뭐라고 말한다. 칼이 내려온다. 은희의 팔이 잘려졌다. 피가 뿌려진다. 은희는 엄청난 고통에 신음한다.

지금 무슨 일이 일어난 거야?! 나의 딸 은희의 팔이 잘려진 건가? 믿을 수 없어! 하지만 저기 잘려진 채 단상 위에서 흔들거리는 잘려진 팔은 누구 것이지? 정말 나의 딸 은희의 팔이 잘려진 것인가?

잘려진 은희의 팔을 보고 정신이 없는 사이에 또다시 검정 마스크를 쓴 사람은 은희의 반대 편 팔을 붙잡고 동그란 원 위에 올려다 놓았다. 사신의 낫처럼 내리찍는 칼날에 잘려 단상에 떨어진 팔에서 나오는 피를 보았다. 엄청난 피를 흘리는구나. 지금 뭐 하는 거야! 지금 이 상황은 뭐야! 왜 나의 딸 은희의 팔을 자르는 거야! 너희들은 뭐야! 으아아아아아아아아악! 믿을 수 없어!

나는 이 상황을 믿지 않으면서 나의 주위를 막는 것들을 밀어버린 후 그곳을 향해 뛰어갔다.

뛰어가는 동안에 또다시 검정 마스크의 사람에 의해 파스토니우 위에 올려지는 은희의 발이 눈에 띄었다. 또다시 사신의 낫은 은희의 매끈하고 흰 다리가 탐이 나서 그런지 은희의 발을 잘라 버렸다.

으아이악! 은희야! 은희야! 왜 네가 죽어가고 있는 거야! 은희야! 아빠가 보호해 줄게. 아빠가 보호해 줄게! 기다려, 은희야! 아빠가 보호해 줄게!

"야이, 자식들아! 그만두지 못해! 너희들 다 죽여 버리겠어!"

소리를 지르면서 달려가는 나의 몸을 막는 사람은 없었다. 없었다기 보다는 내가 밀치면서 앞으로 나아갔다는 말이 맞을 것이다.

헉헉. 이렇게 시간이 오래 걸리지? 이래선 은희를 보호할 수 없어! 내가 은희를 구해줘야 하는데. 으아이아아아악! 저건 또 뭐야! 또…….

나의 눈에 보이는 건 이미 양팔의 손, 오른쪽 다리가 잘려진 은희의 몸에 달랑 하나 남겨진 왼쪽 다리를 다시 작두 위에 올리는 것이었다. 또다시! 또! 으아이악!

나는 떨어지는 칼날을 더 이상 볼 수가 없어 두 눈을 질끈 감았다.

죽여 버린다!

'내 딸을 나의 눈앞에서 처절하게 죽인 저 마스크를 쓴 인간을 죽여 버린다!'

은희의 죽음 앞에 나는 정신이 혼란스러워 주위의 함성 소리든 나의 앞을 막고 있는 것이든 상관할 바가 아니었다.

은희야… 은희야… 아빠가… 아빠가…….

나는 단상에 사지가 잘라진 채 피를 흘리는 은희의 모습을 보면서 끊임없이 눈물을 흘렸다.

나의 얼굴이 창백해지고 식은땀이 났고 심장이 두근거리면서 다리에 힘이 빠져 버려 움직일 수가 없었다.

'왜 내 몸은 내 말을 듣지 않는 거야! 난 은희를 보호해야 돼! 난 아빠라고! 은희야! 아직 죽지 않았지! 너는 아직 살아 있어, 은희야! 아빠가 가마! 아빠가 널 보호해 줄게!'

나의 딸이 피를 흘리며 단상 위에 너저분하게 쓰러져 있었다. 그런데 사람들은 나의 딸 은희에게 야유를 퍼붓고 사랑스런 나의 딸 은희를 향해 있는 힘껏 돌을 던지고 있었다.

나의 아가 은희에게 돌을 던지면서 입가에 미소가 띠고 있는 사람들을 보니 나의 분노를 막을 수 없었다. 하지만 어떻게 할 수가 없어 그저 속만 태우면서 가슴을 꽉 쥐고 있었다.

무척이나 가슴이 갑갑하여 크게 고함이라도 치고 싶다. 사람들은 군중 심리에 의해 돌을 던지고 나의 딸을 비웃고 있다. 웃지들 말라고! 돌을 던지지 말라고!

사람들은 군중 속에 일체화되어 자기 의식을 잃어버리고, 개개인의 행동이 불분명하므로 책임 소재가 불분명하고, 정보가 한정되어 있기 때문에 상상과 억측으로 판단한다. 또 인과 반응의 상승 작용으로 격앙된 흥분 때문에 감정적으로 변하고 군중의 관심이 하나에만 집중되어 있기 때문에 저렇게 자신을 잊어버리고 인간의 폭력성의 본질로써 나타나 돌을 던지는 것이다. 더욱이 웃긴 것은 위의 무책임성, 무명성, 감정성 때문에 군중들 서로 간에 일체감과 친밀감을 느끼게 된다는 것이다.

이미 사지가 잘려 죽어버린 나의 딸 은희에게 사람들은 돌은 던지고 있었다!

"야이 자식들아! 돌은 던지지 말라고! 은희에게 던지지 말라고!"

하지만 함성 소리에 나의 소리가 묻혀 주위 사람에게 들리지 않았는지 사람들은 여전히 은희를 향해 돌을 던지고 있었다.

나의 딸 은희는 이제는 조금의 미동도 없었다. 가끔씩 움직이는 이유는 자신의 의지로 움직이는 게 아니라 돌의 운동 에너지가 딸의 몸을 밀어내는 것이었다.

눈을 감은 것도 아니어서 눈동자를 볼 수 있었는데 그토록 커다랗게 생기가 철철 흐르고 귀엽고 깨물어주고 싶은 눈은 이제는 옅은 갈색으로 변해 사팔뜨기처럼 각각 따로 놀고 있었다. 흰자위는 보이지 않고 피 때문에 빨갛게 충혈되어 보였다.

사람들이 돌은 던질 때마다 나의 딸 은희의 피로 만들어진 강은 그 돌에 의해 잔잔하게 물결을 만들었다.

잔인한 인간 새끼들! 돌을 던지지 말라고 하지 않았나! 왜 내 딸 은희에게 돌을 던지는 거냐! 던지지 마라! 던지지 말라고! 더러운 자식들아! 은희야, 아빠가 보호해 주러 가마! 가마! 가마… 가마……

나는 은희를 구하러 앞으로 나서려 했지만 뒤에서 밀치는 사람에 의해 몸이 흔들거렸다. 뒤에 있는 사람들은 나의 딸 은희의 피로 만들어진 축제를 즐기고 있었다.

"이단자를 죽여!"

"심장을 꺼내! 이단자를 죽여 버려!"

"저주스런 이단자! 저 어린 년도 이단자인가! 이단자! 죽어라!"

"심장! 죽여! 죽여! 죽여! 심장을 파버려!"

이미 죽어 있는 나의 딸 은희의 시체를 향해서 커다랗게 외치는 소리가 곳곳에서 들려왔다. 잔인하다고 표현할 수밖에 없는 단어들이 입 밖으로 튀어나오는 사람들을 한 번씩 노려봤다. 이대로 그들을 죽일 수만 있다면! 이대로 나의 도끼로 그들의 목을 그어버릴 수만 있다면! 이대로 나의 마법으로 그들의 심장에 구멍을 내줄 수만 있다면!

난 죽어 있는 은희를 향해 소리를 지르는 이들을 더 이상 두고 볼 수가 없었다. 참을 수 없어!

나의 등 뒤로 손이 슬금슬금 이동했다. 나의 손은 등 뒤에 숨기고 있던 도끼의 자루를 꼭 쥐었다.

"더러운 저 이단자 년을 죽여 버려! 심장을 파버리라고!"

더 이상 참을 수 없다! 이대로 두고 볼 수도 없고! 이 이상 참았다가는 내가 미쳐서 혼자 자멸하고 말 것이다. 인간들이여, 전부 죽어라! 죽어라! 다 죽여 버리겠다!

아무리 나와 같은 모순을 가진 존재라도 죽어 있는 딸에게 그런 행동을 하다니. 내 딸이 너희들에게 무슨 잘못을 하였는가? 내 딸을 왜 욕하고 돌은 던지는가! 다 죽여 버리겠어! 전부 죽여 버리겠다고! 돌을 던진 이곳에 있는 사람들 전부 죽여 버리겠어!

너희들에게 똑같이 되돌려주겠다!

나의 가슴을 메우고 있던 분노의 감정이 나의 손으로 집중되었다. 오크를 죽이라는 소리가 들리는 바로 내 뒤의 사람을 향해 몸을 돌려 오른손에 있는 힘껏 뒷 사람의 이마를 찍어버렸다.

뒷 사람의 이마를 찍자 튀기는 피를 뒤집어쓴 옆 사람들은 아무 소리도 지르지 못하고 그저 이마가 찍혀 시체가 되어버려 바닥을 뒹굴고 있는 이만 바라보았다. 한순간 옆 사람 두 명이 세상이 찢어지도록 비명을 내질렀다. 그 옆 사람도, 그 뒷 사람도, 그 앞 사람도… 비명은 전파되어 모든 사람들이 나의 이 살인 행각을 보면서 비명을 지르고 있었다.

그래! 다 죽여 버린다! 이 상태로 전부 죽여 버리마! 은희야, 아빠가 곧 가마! 기다려라!

시체에 박혀 있느 도끼를 내가 허리를 숙여 빼내자 주위의 사람들은 비명을 지르며 나의 곁에서 멀어지며 재빠르게 도망치고 있었다.

"무슨 소리야!"

어디선가 중엄한 목소리의 남자는 커다랗게 소리를 질러대고 있었다.

"옛! 살인입니다, 기대장님!"

"어서 잡아들여!"

나를 잡으라고? 하지만 그들은 나의 곁에 올 수가 없었다. 이미 혼란스러워진 이 사람들 사이에 비집고 이곳까지 올 수가 없을 것이다. 사람들은 저 혼자 살겠다는 듯이 앞을 지나가는 사람을 밀치고 발로 차면서 입에 담을 수 없는 욕을 하며 도망쳤다. 나는 내 앞을 바로 스쳐 도망가는 사람의 등을 향해 도끼를 던졌다. 그 사람은 허수아비처럼 그대로 쓰러져 버렸다. 또 누군가 내 옆을 스쳐 지나 도망가고 있다. 그 도망가는 이의 목덜미를 오른손으로 잡아 멀리 집어 던져 버렸다. 나는 오크니까 충분히 인간을 던질 정도의 힘은 있었다. 던져진 인간은 바로 위쪽으로 도망가고 있는 인간과 부딪쳐 그 상태로 쓰러져 일어나지 못했다. 자신만 살기 바쁜 인간들은 나에게 던져져 길거리에 쓰러진 인간은 신경도 쓰지 않고 나에게 던져진 이의 등, 얼굴, 다리, 팔 모든 부위를 밟고 또 밟으며 도망치느라 정신이 없었다.

도망치지 마라! 인간들이여! 너희들은 전부 죽어야 한다! 죽어라! 이 자식들아!

은희에게 행동한 만큼 똑같이 너희들의 사지를 자르고 그 위를 짓밟겠다.

한 명, 두 명, 세 명, 네 명, 다섯 명. 계속 쓰러진 인간을 밟고 밟았다. 쓰러진 인간은 일어나려고 발버둥쳤으나 계속 밀려오는 사람들에 의해 다시 밟히고 또 밟혔다. 나는 도끼를 도망가는 사람을 향해 재차 휙 던진 후 밟히고 있는 사람을 쳐다봤다. 밟힌 사람은 손을 부르르 떨며 입에서 피를 토하고 있었다. 하지만 누구 하나 그에게 신경을 쓰지 않고 그저 내 주위로부터 멀어지기 위해 그를 죽여가고 있었다. 밟혀지던 이가 수십 번 이상 밟혔다. 어떤 건장한 남자가 쓰러져 있는 그가 귀찮은지 그의 머리를 세게 발길질을 하고 재빠르게 도망쳤다.

'저놈은 뭐야?'

그때 쓰러진 이를 계속 의도적으로 머리를 밟고 머리를 패면서 입가에 미소를 띠는 사람을 발견했다. 길거리에 쓰러져 있는 사람을 일으켜 주진 못할망정 이 혼란을 이용해서 마음껏 패면서 자신의 욕구를 풀며 입가에 미소를 띠고 있는 이.

어느 정도 시간이 지나자 나에게 던져져 쓰러져 인간들에게 밟히고 차였던 인간은 손가락 하나 꿈틀거리지 않고 아무 미동도 없었다.

죽어버린 걸까? 인간들은 왜 이런 거야? 싫다. 너무 이기적이야. 인간들! 너무 잔인한 인간들! 자신들이 살고자 쓰러져 있는 이는 상관도 안 하고 발로 차면서 도망가는 이가 있는 한편, 의도적으로 쓰러져 있는 이를 발로 차며 즐거워하고 있는 이 정말 싫다. 인간이란 존재는! 인간의 마음을 가지고 있는 내가 싫다! 나는 인간이 아니야!

계속 의도적으로 청년을 밟고 찼던 사람은 죽어서 시체가 되어버린 청년을 그래도 계속 차고 있었다.

이기적인 인간 놈! 너 죽어봐라! 너도 시체가 되어서 너를 밟고 있는 또 다른 이를 한번 쳐다보아라. 나는 의도적으로 청년을 밟고 차고 있는 사람 곁으로 달려갔다. 그 주위에서 나를 지켜보고 있던 사람들은 내가 가까이 달려가자 또다시 비명을 지르며 도망치고 있었다.

내가 가까이 갔는데도 시체를 밟고 차던 사람은 전보다 더욱더 심하게 걷어차며 웃고 있었다.

이 자식 나를 알아채지 못하고 있군! 그렇게 재미있나? 사람을 향해 몰래 폭력을 행한다는 게? 죽여본다는 게? 나는 가까이 가 시체를 밟고 차고 있는 이의 목덜미를 세차게 잡아 위로 잡아 올렸다. 그 사람은 위로 들려져 두 발을 허둥대며 나를 바라보고 있었다.

"사, 살려줘… 살려줘… 살려……."

나는 이 인간을 도저히 용서할 수가 없었다. 이기적이고 나의 딸 은희에게 돌을 던지면서 소리를 지르던 개새끼가 아닌가! 왼손으로 목덜미를 잡고 있고 나는 오른손을 쫙 펴 그의 얼굴을 덮어버렸다. 그는 나의 손을 치우느라 손을 허우적댔으나 아무 소용도 없는 짓이었다.

"Fire Force!"

3클레스 마법의 시동어를 힘차게 외치자 나의 오른손은 불에 휩싸였다. 그러나 나는 불에 의해 전혀 뜨겁거나 화상을 입지 않았다.

"으! 아악~!"

불 그 자체가 된 나의 오른손은 나에 의해 목덜미가 잡혀 있는 청년의 얼굴을 태워 들어가고 있었다. 참을 수 없다는 듯이 몸을 아주 심하게 몸부림을 쳐 왼손으로 잡고 있던 난 그의 목덜미를 놓쳐 그는 그대로 나의 밑에 쓰러져 버렸다. 얼굴이 타버려 엄청난 고통을 겪고 있는 청년을 보며 사람들은 모두 벌벌 떨며 구경하고 있었다.

나는 은희가 사지가 잘려 죽었으니 그대로 이 청년의 팔을 잘랐고 다리를 잘랐다. 피가 튀기면서 나의 얼굴에 묻자 나는 그 더러운 피를 닦아내었지만 한편으론 은희의 복수에 대한 감정이 살아나 나를 뿌듯하게 만들었다. 왜 이런 잔인한 행동을 보고서도 떨고만 있고 도망을 가지 않는 건가! 인간들이여! 그렇게 사람이 고통을 겪으며 죽어가는 게 보고 싶은가? 그럼 너희들도 똑같이 해주지!

나는 불에 의해 얼굴이 타버려 흉측하게 변해 버린 사내를 들어 올려 그대로 사람들을 향해 던졌다. 역시나 아까와 같은 일이 반복되었다. 사람들은 나의 다음 행동이 두려워 도망을 치느라 나에게 던져진 이를 상관 안 하고 발로 차며 도망을 치고 있었다.

이로써 바닥을 뒹굴며 밟혀 죽는 이가 또다시 탄생하겠군.

"그래, 밟혀 죽어가는 너의 기분은 어떤가? 사람들이 너를 밟으며 너란 존재를 아예 무시하고 있다. 무관심! 가장 무서운 말이지. 어때! 무관심을 바로 체험해 보니 어떠냔 말이다! 이제 곧 너를 차는 데 재미를 붙인 또 다른 어리석은 인간이 너를 죽음에 이끌게 만들겠지! 기대해라! 그리고 지옥에 가서 네가 발로 밟고 차서 죽인 이와 한번 만나 진솔한 대화를 나눠보거라! 은희야, 너는 이런 인간들에게 죽은 거다! 아니다, 은희야! 너는 아직 죽지 않았어! 아빠가 보호해 주러 가마!"

나는 쓰러져 있는 사지가 잘린 채 죽어 있는 이를 향해 알아들을 수 있도록 인간어로 또박또박 큰 소리로 외쳤다. 확실히 알아들어 자신 자체를 반성할 수 있도록 말이다.

"넌 어떤 놈이냐! 이 살인귀 녀석! 너 같은 놈은 우선 죽이고 나서 생각해 봐야겠다!"

무척이나 커다란 목소리! 서서히 커지는 소리에 뒤를 돌아 보니 3명 정도의 기사가 나를 향해 철컹거리는 갑옷 소리를 내고 칼을 일직선으로 세우며 뛰어오고 있었다.

"너희들도 나의 딸 은희를 죽인 놈들이지! 다 죽여 버리겠어! 전부 사지를 뜯어버릴 테다!"

천천히 몸이 뜨거워지면서 그 기운을 오른손과 왼손으로 모았다. 3클레스 운용을 머리에 차분히 생각하면서 눈을 감았다. 평균치보다 커다란 3개의 마나가 나를 향해 다가오고 있다. 점점 가까워지고 있는데 이 정도 거리라면 충분히 마법의 운용은 성공으로 끝날 수 있다!

"High Fire Arrest(불의 포박)."

내가 두 손을 모아 가리킨 곳에 커다란 불길이 솟아 올라왔다. 그 불길에 달려오던 기사들은 깜짝 놀라 뒤로 뒷걸음을 쳤다. 하지만 곧이어 뒤에서도 커다란 불길이 솟아오르더니 좌우로 또다시 불길이 솟아 올랐다. 그 불길은 빠르게 원의 형태로 번지기 시작해서 결국엔 기

사들을 꼼짝 못하게 묶어놓게 되었다. 기사들은 불을 피해 도망칠 곳
이 없자 소리를 치며 좌우를 훑어보았다

"마법사다! 어떻게… 마법사가……?"

결국에 한다는 행동이 그 한 단어를 말하는 게 고작이냐? 무척이나
엄중한 목소리를 내며 뛰던 그들은 이제는 완전히 살기 위해 발버둥
치는 벌레같이 보였다.

"High Fire Explosion(불의 폭발)!"

기사들을 포박하고 있는 둥그런 원 중앙에 아주 커다란 불길 하나
가 치솟아 올라왔다. 그 불길을 미처 피하지 못한 기사 한 명이 공중
으로 튀어오르며 비명을 질렀다. 마법의 힘이 폭발할 때쯤 되자 나는
뒤로 슬그머니 물러났다. 내가 물러남과 동시에 동그랗게 원을 만들
어 기사들을 포박하고 있던 불과 가운데 치솟던 불은 폭발을 하며 기
사들을 날려 버렸다.

무엇이 내장이고 무엇이 뇌인지 알 수 없도록 불에 타버리고 일그
러져 버린 인간의 몸속에 있는 것들은 주위의 사람들 얼굴에 덕지덕
지 붙어 있었다. 기사들의 갑옷이 산산조각이 났고 기사들의 얼굴, 몸
등은 수십 조각으로 터져 버려 주위엔 단백질의 고기들만 너저분하게
널려 있었다. 주위 사람들은 얼굴을 무척이나 찡그리며 그것들을 손
으로 닦아냈고 어린 아이들은 시끄럽게 울어댔다.

"어떻게… 마법사가……? 마, 마법사다! 모두 조심해!"

나의 근처에서 두 손으로 장검을 꽉 쥐고 있던 기사 한 명이 뒤를
돌아보며 말했다. 그 기사는 말을 그치자마자 자신이 몸소 나에게 죽
음을 선사하겠다는 듯이 두 손으로 장검을 꼭 쥐고 위로 높게 쳐들며

나에게 달려들었다. 점점 가까워지고 있군. 나는 오늘 많은 인간들을 죽인다. 아니다. 인간이 아니라 은희를 죽인 동물들이다!

"살인귀! 마법사여, 받아라!"

두 손으로 꼭 쥐어진 장검의 길다란 검신이 나의 눈앞에 점점 다가오자 나의 반사 신경은 오른손에 잡혀 있는 도끼를 치켜 올려 그 검에 대응하게 만들었다. 달려든 그의 검과 나의 도끼가 맞부딪치자 상당한 묵직한 충격이 도끼 자루를 통해 나의 손에 전달되었다. 그도 그런 충격이 예상외였는지 동그란 눈을 하고 나를 쳐다보았다.

도끼와 검의 힘 대결을 하면서 우리는 서로의 눈을 쳐다보았다. 내 앞에 있는 이 기사의 눈에는 당황한 빛이 역력하게 보였다. 아마 마법사는 힘이 약하다는 편견을 가지고 나와 맞대응해서 그런가 보다 했는데 점점 그의 반응이 이상했다. 그의 눈은 더욱더 커지면서 조금씩 흔들리는 것을 볼 수가 있었다. 그의 입이 조금씩 열리면서 뭐라고 말을 하지만 주위의 혼란스러운 소리에 그의 중얼거리는 말을 잘 알아들을 수는 없었다.

'오… 오… 크? 오크?' 중얼거리고 있는 입 모양을 보니 분명히 이런 식의 음성을 내고 있는 것 같았다. 이 인간 기사가 알아챈 것일까? 하긴 그렇기도 하겠지. 서로의 얼굴을 쳐다보았으니 말이야. 이렇게 가까운 거리에서 말이지.

갑작스런 배에서 느껴지는 충격에 나는 뒤로 밀려 나가면서 넘어졌다. 이 인간 기사가 그의 검과 나의 도끼가 힘 싸움을 하고 있는 사이에 발로 나의 배를 밀어 차버린 것이다.

나는 당황하면서 급하게 일어나려고 하였으나 위에서부터 찔러 들어오는 인간의 검에 몸을 뒹굴 수밖에 없었다. 좌우로 인간의 검이 대략 다섯 번 정도 위에서 나를 찍어내리려 했으나 나는 그때마다 운이 좋아 목숨을 연명할 수 있었다.

다리! 발목! 옆으로 뒹구르면서 이 인간의 발목이 눈에 보였다. 나는 그대로 왼손의 도끼로 그의 발목을 찍어버리고 오른손의 도끼로 다른 발의 발목을 찍어버렸다.

"으~ 아악!".

나에게 양쪽 발목을 찍혀 버린 기사는 허리를 굽혀 그의 발목을 문지르면서 그대로 쓰러져 버렸다. 나는 재빨리 도끼를 집고 일어나 양 발목을 잡고 바닥을 구르는 인간을 위에서 밑으로 내려다보았다.

엄청난 고통을 증명하듯 그의 비명 소리에 나는 조금은 미안한 감정이 들어 그의 목과 이마에 도끼 자국을 만드는 일을 머뭇거렸다.

아니다. 이 자식은 나의 딸 은희를 죽이고 돌을 던지면서 쾌락을 느꼈다! 죽여 버린다, 인간. 그 자리에서 점프를 하여 양손에 든 도끼를 높이 치켜든 후 떨어지는 속도를 이용하여 바닥을 구르고 있는 기사의 목과 이마를 동시에 향해 내리찍었다.

나의 도끼 자루의 날에 흘러내리고 있는 기다란 피가 그의 몸을 타고 점점 땅으로 향했다. 피를 흘리고 있는 기사의 시체를 보면서 나의 눈가와 입가엔 약간의 미소가 지어져 있었다. 입꼬리가 살짝 올라가고 눈은 충혈되어 인간의 시체를 내려다보았다. 조금씩 조금씩 나의 입가에 있는 미소는 커지면서 결국엔 크르르르 하는 웃음소리가 입 밖으로 새어 나왔다.

나의 눈앞에 쓰러져 있는 것은 나의 도끼에 의해 죽은 더러운 인간이다. 나의 딸 은희에게 욕하고 돌을 던진 더럽고 이기적인 인간이란 말이다!

하지만 이건 뭐지? 왜 나의 입가엔 미소가 지어져 있는 걸까? 이것은 은희의 복수에 대한 성취감의 감정일 것이다. 피를 만져 보고 싶다. 인간의 눈! 눈을 한번 뽑아 보고 싶다. 인간의 혀! 혀를 뽑아보고 싶다. 인간의 귀! 한 번 잘라보고 싶다. 이것들을 자른다면 그곳에선 엄청난 피를 흘리며 지금까지 보지 못했던 장면을 볼 수 있겠지. 너희들보다 더 잔인하게 복수해 주마! 은희야, 잘 봐라!

나의 손은 점점 그의 목을 향해 가고 있었다. 주위의 소리는 귀에 들려오지 않고 나의 손은 도끼에 의해 찍혀 버린 인간의 목을 쓰다듬었다. 따뜻한 피와 부드러운 피부가 나의 입가에 미소에 더욱더 영향을 줬다.

인간의 목. 이것은 인간의 생명의 연결선이지. 인간의 생명이라. 이렇게 단순하게 한 번의 도끼질에 죽을 것이면서 나의 은희에게 돌을 던진 건가? 생명이여, 잘 가거라. 나중에 저승에서 보자.

인간의 눈을 뽑기 위해 오른손이 슬글슬금 목을 타고 코를 지나 눈 밑에 도착하였다. 오른손을 살짝 들어 올려 그대로 밑을 향해 찔러 넣었다. 해삼을 만지는 듯한 물컹물컹한 동그란 원의 형태가 나의 손을 통해 뇌에게 이것은 눈이다! 라는 것을 말해 주었다.

인간의 눈이구나. 이 눈이 나의 딸 은희를 보았던 눈이구나. 너같이 더러운 인간은 나의 사랑스런 딸을 보았던 눈이 필요가 없다!

손에 동그란 물체가 잡혔다. 살짝 꺼내보려고 하였으나 속에서 뭔가 걸리는 게 있어 쉽게 빠지지 않았다. 손에 더욱더 힘을 주어 위로 치켜들면서 동그란 물체를 빼버렸다. 나는 오른손을 쫙 펴 내가 인간의 얼굴로부터 꺼낸 물건을 쳐다보았다. 흰자 위에 눈동자. 수많은 잔 핏줄과 알 수 없는 기관들. 그 기관들을 덮고 있는 피들.

"뭐 하는 거냐, 살인귀! 당장 멈춰!"

나에게 살인귀라고 했나? 내가 지금 뭘 하고 있는 중이지? 내가 왜 살인귀인가? 인간이여, 나는 잔인한 너희 존재들을 이 세상에서 없애고 있는 중이다. 또한 나를 정당 방위를 하고 있으며 오크의 복수도 하고 있다. 내가 살인귀인가? 내가 살인귀냐고! 나의 오른손에 올려져 있는 인간의 눈동자는 뭐지. 싫군. 자신의 죽음을 원망하는 듯한 이 눈동자가 싫다. 너희가 한 행동은 생각하지 않나? 너흰 나의 딸 은희를 죽였어!

은희를 죽였다고! 야 이자식들아~!

오른손을 힘을 주어 꽉 쥐자 손가락 사이사이로 피와 흰색의 물컹한 젤리 같은 것들이 삐져 나왔다. 좋은 느낌이긴 하지만 이 상태로 나를 향해 달려오는 저들을 상대할 순 없다. 생명을 잃고 물리적인 힘에 의해 알아볼 수 없을 정도로 눌려 있는 눈을 밑으로 버렸다. 하지만 손에는 여러가지 미끌미끌한 것들이 남아 있어 그것들을 가슴에 한번 쓱 닦고서는 나에게 다가오는 인간들을 쳐다보았다.

나는 나의 행동에 너무 심취한 나머지 이렇게 많은 인간 기사들이 다가오는 것을 못 느끼고 있었다. 그래서 그런지 나의 앞에는 어느새 10명 이상의 인간 기사들이 나를 향해 달려오고 있었다.

10명이라……

"High Fire Arrow."

커다란 마나의 형태를 10개의 형태로 나눠 날카로운 화살의 모습을 상상하며 오른손에 몸에 퍼져 있는 마나의 기운을 모았다. 오른손 위에는 10개의 날카로운 화살 모양의 불덩이가 생성됐지만 많은 수의 형태를 만드느라 평소의 크기보다 훨씬 작은 것들이 대부분이었다.

과연 이런 작은 위력의 Fire Arrow로 저들을 상대할 수 있을까? 당연히 없다. 그럼 어떻게 하란 말인가. 이것저것 생각하지 말자. 복잡할 뿐이야!

오른손 위에 10개의 화살 형태의 불이 저 각각의 인간에게 날아가는 모습을 상상하면서 High Fire Arrow 의 마법 운용의 마지막 단계에 들어섰다. 통쾌함과 쾌속함이 가슴을 확 틔우면서 날아가는 10개의 불화살에는 약간의 의구심이 들었다. 과연 저것들이 이 기사들에게 타격치를 줄 수 있을까?

잘도 날아간다, 화살들이여! 그래, 그대로 쭉 날아가서 저들의 목을 꿰뚫어 버려라. 꿰뚫은 그 장소로부터 저들의 머리끝부터 발끝까지 불로 태워 버려 저 잔인한 존재들에게 잔인함이란 무엇인지 맛보게 해주어라, 나의 화살들이여!

은희야, 잘 봐라! 저들의 죽음을! 화살들이여! 더 타올라라! 더 불타라! 더 빨라라! 더 신속해라! 10개의 화살들이 눈앞의 기사들을 향해 날아가자 눈앞에 보이는 기사들은 날아오는 화살들을 없애 버릴 듯한 장검들을 직각으로 세우고 그 자리에 일정한 간격을 두고 정렬해 섰다.

이 대로 저들의 목을 꿰뚫어 버려 세상 끝까지 나아가라, 불의 화살들이여! 나의 분신들이여! 나의 자아들이여!

"Shield."

5명씩 2열로 나를 마주 보고 서 있는 기사 집단의 뒤에서 Shield 방어 주문을 외우는 목소리가 나의 귀에 들려왔다.

역시 기사들 옆에 마법사가 없을 리가 없지. Shield의 상태를 보니 최소 2클레스 이상의 마법인데 몇 클레스의 마법사일까?

기사들 주위에는 커다란 투명한 원의 막이 생겼고 그 막에선 은은한 기운을 내뿜으며 나의 불의 화살들을 막았다. 인간들의 목을 꿰뚫기 위해 날아간 나의 불의 화살이 Shield와 맞닿자 실드의 막과 불화살의 끝에선 그 충격으로 인해 강한 불빛이 새어 나왔다.

10번의 타격음. 이 화살 10개를 만들 마나를 모아 하나의 화살을 만들었다면 실드는 쉽게 깨졌을 수 있으나 작은 힘으로 분산시켜 그 힘을 제대로 쓰고 있지 못한 상황이었다.

기사들 주위를 형성되어 있는 투명한 구에 의해 나의 불의 화살이 무참히 실패로 돌아가자 나의 얼굴은 점점 달아올라 몸에서 내뿜는 열에 땀이 한두 방울 맺히기 시작했다.

"Fire Arrow(불의 화살)."

기사들 뒤에 있는 마법사는 실드에 의해 나의 마법의 운용이 실패로 돌아가자 그의 입에선 곧 바로 불의 화살 주문이 흘러나왔다. 빛과 열이 그 마법사의 손으로 모이기 시작하더니 곧 화살과 같은 형태가 만들어져 오른손 위에 떠 있었다. 그 마법사의 이글거리는 불의 화살이 나에게 성난 사자처럼 달려들자마자 10명의 기사들 역시 사자의 뒤를 따르는 무리처럼 나에게 돌진하였다.

"High Fire Explosion(불의 폭발)."

나는 기사들이 달려들고 있는 땅의 앞부분에 마법력을 집중시켜 한 번에 땅을 폭발시켰다. 하지만 훈련된 기사들답게 폭발이 일어나자 그에 맞는 반사 신경을 이용하여 전부 위험을 피하고 더욱더 성난 듯한 기세로 나에게 돌진하였다. 조금만 있으면 10개의 창과 검이 한껏 어우러져 나의 목을 꿰뚫고 이마를 그어 내리겠지. 하지만 여기서 죽을 수는 없어. 이대로 죽기는 싫다. 왜 이렇게 무모한 행동을 하였을까. 조금만 참고 후일을 기약했으면 좋았을 것을.

죽음에 대한 미련을 버렸다고 생각을 했지만 막상 죽음이 눈앞에 다가오자 나는 가슴을 진정시키며 살아 나갈 방법을 궁리했다.

내가 Fast Step(빠른 걸음) 마법을 써서 이곳에서 도망치려 한데도 저쪽 마법사는 가만히 있지 않을 것이고 또 도망을 치지 않자니 이곳에서 10명의 기사들에게 그대로 죽음을 선물 받을 것이다.

"살인귀에게 진정한 죽음이란 무엇인지 보여주자!"

"옛, 기대장님!"

"살인귀여, 진정한 죽음을 맛보아라."

엄청난 살기의 음성이 나의 귓속을 파고들었다. 너나 죽어라, 잔인한 인간이여! 하지만 나의 본능에선 두려움에 몸이 떨리고 있었다. 은희의 복수를 생각하면서도 나의 죽음 앞에선 이렇게 나약해져 버렸다.

이대로 죽는 건가? 이렇게 많은 인원은 상대할 수 없어. 이들은 정예 부대란 말이다. 죽는 건가! …약한 생각은 하지 말자.

내가 이러지도 저러지도 못하고 기사들을 쳐다보면서 도끼 자루에 힘을 주고 있을 때쯤 어디선가 날아온 돌에 뒤통수를 맞고 엄청난 고통을 느꼈다. 그런데 날아오고 있는 한두 개의 돌 뒤에는 수십 개의 돌이 뒤따르고 있었다.

어디서 날아오는 돌인가? 인간들의 군중 심리일까?

"이 살인귀! 어서 죽어!"

"살인귀! 죽어라, 죽어! 모두 저 자식을 죽여 버립시다!"

수십 개의 돌이 날아오는 진원지는 나의 전투를 구경하고 있으면서 그룹을 형성한 인간들이었다. 하지만 날아오는 돌에만 신경을 쓸 수 있는 상황은 아니었다. 수십 개의 돌쯤이야 마법을 사용하면 충분히 방어를 하겠지만 그에 신경을 쓰면 앞의 기사들을 어떻게 상대하겠는가. 앞의 기사들만이라도 충분히 벅찬데.

나의 판단 끝에 내린 결론은 '상대할 수 없다'라는 것이다. 운 좋게 3명의 기사를 죽여 버릴 수는 있었으나 행운은 한 번일 뿐 두 번의 행운이란 없다. 하지만 전부 죽여 버리고 싶다. 나의 딸 은희를 욕했던 이를 전부 죽여 버리고 싶다.

그렇지만 상대할 수 없다고 판단한 순간부터 더 이상 전투를 하고 싶은 의욕이 들지 않았다.

단지 죽여 버리고 싶을 뿐이었다. 전투를 하기 싫은데 죽여 버리고 싶다는 이중적인 마음이 나의 마음을 흔들고 있었다.

"Shield!"

뒤에서 날아오는 돌에 다시 뒤통수를 맞기는 싫어 할 수 없는 듯이 방어 주문의 시동어를 외쳤다. 더 이상 힘은 들지 않고 그저 어떻게 저들을 상대할 뿐인가만을 생각했다. 10명의 기사들이 나에게 뛰어오는 장면은 나의 목을 베어 몸에서 분리시키려는 거대한 사신의 낫처럼 보였다. 사신의 낫으로부터 도망칠 수 있는 것은 아무것도 없다. 나는 모든 것을 체념한 채 주위를 둘러보았다. 연약한 인간들의 그룹은 나에게 돌을 던지고 있었다. 그들의 돌은 나에게 타격치를 가할 순 없었으나 상당히 신경에 거슬렸다.

아! 인간! 그 방법이 있었지. 크르르르~

나의 머리를 스치고 지나가는 기발한 발상에 기묘한 미소를 띠며 불의 힘의 원천과 거리 구석구석에 모여 나와 인간 기사들 간의 전투를 구경하고 건물의 창문 밖으로 빼꼼이 나를 보고 있는 인간들을 생각했 냈다.

"High Fire Arrow!"

나의 손 위에서 타고 있는 20개의 이글거리는 불의 화살에 사람들은 아! 하는 탄성을 터뜨렸다. 감탄을 할 때가 아니다, 인간들아. 너희들 자신을 보호해라! 나아가라! 꿰뚫어라, 불의 화살들이여!

20개의 화살이 날아가는 방향은 일정하지 않고 곧 사방팔방으로 한 개씩 흩어졌다. 상당히 멋진 광경이긴 했지만 인간들은 자신들을 향해 날아오는 불의 화살에 비명을 질러대며 바닥에 서로 엎드리며 공간을 조금이라도 더 차지하려고 밀치면서 욕을 하였다. 건물의 창문에서 빼꼼이 보이던 인간의 얼굴도 불의 화살이 그에게 다가가면서 그의 얼굴이 보이지 않았다.

화살을 빠른 스피드로 날아가게 하여 인간들의 목에 화살의 맛을 보여줄 수는 있겠지만 그렇게 한다면 나는 도망을 갈 수가 없다. 기사들과 마법사가 나의 생각대로 움직이게 하기 위해 화살을 평소의 반 절 정도의 속도로 날려 보냈다. 인간들과 기사들은 나의 생각대로 움직이겠지.

"기대장님! 저 살인귀가……!"

"앗! 시민들이 위험하다. 5단으로 나눠 시민들을 보호한다!"

"하지만 살인귀는 어떻게 합니까?"

"이렇게 길게 말할 때가 아니다! 어서 2명씩 짝을 이루어 저 마법을 막아라! 어서! 아니다! 10단으로 나눠 한 명씩 하나의 화살을 맡아라!"

"하지만… 화살은 대략 20여 개가 넘는 것 같습니다. 기대장님, 시민들은……!"

"어서! 어서! 나머지 10개는 마법사가 알아서 해주겠지. 마법사! 열 개의 화살을 부탁하오! 어서 움직여라! 살인귀는 각각 알아서 잘 맡아라. 시민들의 안전이 최우선이다!"

인간의 3배 이상이라는 시각을 가진 오크라는 신체적 이점도 있겠지만 어짜나 기사들은 목소리가 큰지 이렇게 시끄러운 상황에서도 상당히 거리가 떨어져 있는 나에게도 소리가 잘 들렸다. 저들은 나의 예상대로 움직이려 하고 있다. 기사들은 모두 하나같이 나를 신경 쓰지 않고 입술을 깨물며 사방으로 날아가는 화살들을 쫓아 재빠르게 움직였다.

시민들을 구하기 위해 나를 포기하고 뛰어가는 인간과 내가 살기 위해 인간들의 목숨을 담보로 도박을 했던 나. 누가 더 나은 존재일까? …그이겠지…….

"저런 살인귀 녀석! 으……."

10명의 기사들은 20개의 불의 화살에 무척이나 당황했는지 내가 접근전에도 강하다는 생각을 잊어버린 듯이 마법사를 혼자 남겨두고 모두 뿔뿔히 흩어져 불의 화살을 쫓았다.

"Fast Step."

발의 스피드를 평소보다 3배 이상 빠르게 한 다음 홀로 남은 마법사에게 다가갔다. 갑자기 다가오고 있는 나를 바라보고 있던 마법사는 안절부절못하며 실드의 주문을 외웠다. 사방으로 퍼진 화살에 인간들을 보호하려는 실드를 만드려면 상당한 시간이 걸릴 것을 예상한 일이었다.

"마법사, 너만 홀로 남았군. 곧 죽음이란 무엇인지 알려주마. 사신에게 안부나 여쭈어 다오! Fire Force!"

불의 힘을 나의 도끼에 담자 도끼는 불에 휩싸여 엄청난 위압감을 뿜어냈다. 마법사는 그런 나의 도끼를 보고 뒤로 한 발자국씩 물러서며 여전히 실드의 주문을 중얼거리고 있었다.

　마법이란 게 운용의 법칙을 생각한 후 주문을 외운 시점부터는 멈췄다가는 마법에 쏟았던 마나가 물리적인 충격으로 나타난다. 이 마법사도 마음으론 자신이 외우고 있는 마법의 주문을 멈추고 불에 휩싸인 나의 도끼에 대비를 하고 싶을 것이다. 커다란 실드의 주문이 완성되어 인간들을 보호한다면 기사들은 곧 나에게 죽음이란 검을 가지고 돌아오겠지. 저 마법사가 마지막 실드를 외치기 전에 어서 죽여 버려야겠다.

　무방비인 인간을 향해 도끼를 두 손으로 꼭 잡고 어깨 뒤로 도끼를 덜컹거리는 채 달려갔다. 인간이 눈에 가까워지면서 한 번 도약하면 도끼로 내리찍을 수 있는 위치에서 도약을 시도했다. 마법사는 도약을 하고 있는 나를 보고는 뒷걸음치다가 스스로 돌에 걸려 뒤로 자빠져 버렸다.

　점프를 한 상태의 나의 몸은 공기에서 느껴지는 피의 냄새에 쩌들었고 죽음을 가리키는 나의 도끼가 서서히 인간을 향해 움직였다. 뒤로 자빠지면서도 실드의 주문을 외치고 있는 인간을 보고 혀를 내둘렀다. 왜 자신을 위한 실드를 형성하지 않는 거지? 시민들을 위한 실드를 중간에 거두어들인다 해도 죽음보다는 가치없는 물리적인 충격일 텐데. 왜 실드를 형성하지 않는 것이지?

　마법사! 이기적인 인간인 주제에 시민들을 위하는 행동을 한답시고 자신의 몸을 희생하겠다는 건가! 너는 이기적인 인간이란 말이다! 네 주제를 알란 말이야!

적에게 자신의 배의 살갗이 드러났음에도 불구하고 시민들을 위해 방어의 주문을 외우고 있는 마법사를 보니 나 자신이 악인, 살인귀, 광인이 된 것 같은 기분에 마법사를 탓하며 도끼 자루를 더욱더 세게 움켜잡았다. 인간 마법사에게 더욱더 확실한 고통을 주기 위해서 말이다.

"이기적인 인간! 죽어라!"

도끼가 인간의 배를 향해 직각으로 내리찍어 오는데도 불구하고 인간은 눈을 가만히 감은 채 피하지 않았다.

더욱더 괘씸한 인간이군. 이기적이야! 나의 딸 은희에게 돌을 던지고 욕을 하지 않았나. 이제는 그런 인간을 위해 죽겠다는 건가. 이기적이야! 인간! 너는 내 딸 은희를 죽였어! 드러난 인간의 배에 배꼽이 나의 시야에 꽉 찼다. 그 작은 배꼽에도 불구하고 왜 인간의 배꼽이 이렇게 크게만 느껴지는 거지? 아니, 배꼽뿐만이 아니라 왜 이 마법사가 크게만 느껴지는 것이지? 이런 커다란 인간을 죽여야 하는 건가. 할 수 없다! 너를 죽이지 않으면 곧 수많은 기사들이 나의 목을 뚫기 위하여 달려들 것이다.

"이기적인 인간이 내 딸 은희를 죽였다! 죽어라, 인간!"

배꼽뿐만 아니라 자신을 희생하는 이 마법사가 크게만 느껴졌다. 그대로 배를 향해 도끼를 내리찍는 것은 나 자신의 내면에서 거부하고 있었다. 나는 두껍고 까칠한 입술을 피가 나도록 질끈 깨물었다.

"High Fire Force."

이대로 가다간 이 마법사를 죽일 수 없을 것 같아 더욱더 강한 불의 힘으로 도끼를 뒤덮었다.

"정말로 이번이 마지막이다!"

죽음이 눈앞에 다가오는 이 순간까지 마법사의 실드 주문은 완성되지 않았다. 경우는 2가지. 이 인간의 클레스가 낮음에 불구하고 거대한 실드를 생각했거나 말 그대로 아주 거대한 실드를 만들려고 시도를 하고 있는 경우였다. 가만히 누워서 눈을 감고 주문을 가만히 외우고 있는 마법사의 드러난 배를 향해 도끼를 내리찍었다.

전혀 쾌감이나 즐거움은 없었다. 푹— 뱃속으로 들어가면서 등 뒤의 척추의 딱딱한 느낌에 입속의 씁쓸함을 꿀꺽 삼키면서 힘을 더욱 주어 척추를 끊어 배 끝까지 도끼를 찍어내렸다.

누구 하나 이 마법사의 죽음에 신경을 쓰지 않았다. 시민들을 위해 죽은 마법사의 시체에서 나오는 피가 시체를 뒤엎었고 바람이 일 때마다 피가 점점 바람 방향 쪽으로 쏠렸다.

"화살들을 막아라! 화살들을 막아!"

멀리서 들리는 소리에 마법사의 죽은 시체에서 눈을 떼 뒤쪽으로 눈동자를 돌렸다. 사방으로 날아가고 있는 나의 불화살을 막은 몇몇 기사들은 다른 화살들을 막기 위해 몸을 날리고 있었고 이미 나의 불화살에 심장에 구멍이 뚫린 시민들의 시체가 바닥을 굴러다녔다. 나에게서 가장 가까운 시체의 옆에서 울고 있는 어린 아이 한 명과 성인 남자 한 명이 시체를 흔들고 있었다.

"엄마… 일어나 봐, 엄마. 나를 봐, 엄마!"

"여보! 여보!"

그들은 울면서 가만히 나를 쳐다보았다. 그들의 눈동자에서 흘러내리는 눈물과 충혈된 눈은 원망의 소리를 지르는 듯하였다.

나를 그런 눈으로 쳐다보지 마라. 너희들 인간은 나의 딸 은희를 죽이고 돌은 던졌어! 난 똑같이 돌려줬을 뿐이다!

아무리 스스로를 정당화시키려 노력하였으나 그들의 눈에서 나는 눈물 때문에 죄책감이 가슴에 스며들 뿐이었다.

약해지지 마라! 여기서 더 이상 주저하다간 잡히고 말겠군.

"Fast Step."

나를 지켜보는 이들은 자신들의 가족을 죽이거나 나에 대해서 호기심을 느끼는 인간들뿐 기사들은 나를 신경 쓰지 않아서 심장에 구멍이 뚫리고 그 주위가 불에 타서 죽어버린 여자의 시체와 그 시체를 흔드는 어린 아이의 모습이 눈에 거슬리는 것을 빼면 행동하는 데 어려움은 없었다.

이대로 마을 밖으로 나가기에는 마을 외곽을 지키는 기사나 경비병들 때문에 무리가 있었다. 하루 정도 지나면 경비가 허술해질 것이라 생각하고 내가 몸을 숨길 곳을 찾기 위해 주위를 두리번거리면서 이곳저곳을 뛰어다녔다. 거리엔 이상할 정도로 사람이 없고 나의 마법과 나의 도끼에 죽어버린 시체들이 있는 곳에서 웅성거리는 소리만 멀리서 들릴 뿐 그곳에서 멀리 떨어진 이곳은 조용하기만 하였다.

길의 끝에 있는 커다란 건물의 모퉁이를 돌자 거대한 나무가 눈에 들어왔다. 주위를 둘러보니 이곳에는 바람에 흔들리는 나뭇잎뿐 나를 지켜보는 어느 하나의 눈도 없었다.

"이 정도의 크기의 나무면 되겠군. 충분히 나의 몸을 숨길 수가 있겠어."

나는 제자리에서 점프를 하여 오른손으로 가지를 잡고 재빠르게 나무 위로 올라갔다. 예상대로 나의 몸을 숨기기엔 충분하여 나뭇잎이 무성한 곳으로 자리를 옮겨 몸을 쭈그려 밖으로 노출되지 않게 하였다.

피곤하다. 오늘 하루 종일 마법을 남발하며 다녔고, 도끼질도 많이 하였으며, 소리를 격하게 내지르며 흥분을 한 까닭에 몸 이곳저곳 피곤하지 않은 곳이 없구나. 피곤해… 피곤해…….

숨어 있어서 안전하다고 생각이 들었는지 전투 시에는 느끼지 않았던 피곤한 느낌이 눈꺼풀을 무겁게 만들었다. 눈을 깜빡거릴 때마다 눈에선 뜨거운 느낌이 눈동자를 덮었다. 눈꺼풀이 무거워져 더 이상 잠을 이기지 못한 나의 눈은 스르르 감기었다. 편안한 기분에 스스로 만족감이 들어 미소를 띠었다. 하지만 눈을 감을 때 은희의 모습이 떠오르는 것 같았다.

＊　　　　＊　　　　＊

이상한 기분이 들어 팔을 쳐다보니 숭숭 털이 나 있던 오크의 팔이 어느덧 인간의 팔로 바뀌어 있었다. 다리도 몸도 믿기지 않아 얼굴을 더듬으니 자그마한 인간의 얼굴이었다. 인간인 나는 수많은 시체에 둘러싸여 혼자 외로이 서 있다. 수많은 시체들의 죽음의 이유를 찾아보니 심장에 뚫려 있거나 목이나 이마에 도끼 자국이 나 있었다. 나는 하늘로 천천히 날아올라 상처를 입고 죽어버린 인간들의 시체를 내려다보았다.

시체들에서 흘러나오는 피는 나를 따라 하늘로 천천히 올라왔다. 내가 뭐라고 중얼거리자 나를 따라 하늘로 올라왔던 피는 다시 인간들의 몸으로 들어갔다. 그렇게 오랫동안 인간들의 시체를 위에서 내려다보며 커다란 웃음소리와 함께 몸이 들썩거렸다.

턱. 턱. 턱.

땅을 손바닥으로 치는 소리가 들리면서 죽은 인간들의 시체들이 땅을 짚으면서 스르르 일어섰다. 배가 갈라져 허리와 다리가 분리된 로브를 입은 시체는 나를 향해 하늘 높이 날아 올라왔다.

천천히 밑에서부터 올라오더니 두 손으로 나의 발목을 잡았다. 나의 발목을 잡는 것을 본 수십 명의 시체가 밑에서 나를 향해 올라왔다.

*　　　　*　　　　*

"헉! 헉……."

이상한 꿈이었다. 수십 명의 시체가 나의 발목을 잡기 위해 하늘 높이 치솟아오르다니……. 요즘 들어 꿈을 꾼 건 처음이었다. 오래간만에 꾼 꿈이 이런 공포스런 분위기의 꿈으로 꽉 차버려서 기분이 더러워졌다. 이런 더러운 기분을 잊고자 두 손으로 얼굴을 비비면서 눈에 낀 눈곱을 떼어냈다. 나무 위에서 쭈그려 자서 그런지 옴몸이 뻐근해서 기지개를 한껏 켠 후에 목을 조심스레 나뭇가지 밑으로 내밀어 주위를 살펴보았다. 어느새 날이 밝아 잠을 자기 전에 어두웠던 황량한 거리는 사람들의 발걸음 소리와 아이들의 뛰노는 소리로 메워져 있었다. 오른쪽에서 이 커다란 나무 그늘 밑으로 두 청년이 다가오고 있다.

왜 오는 거지? 귀찮게 이곳으로 너희들이 오면 나는 자유롭게 움직일 수가 없잖아! 커다란 키의 청년과 통통한 몸을 가진 청년이 뭐라고 이야기를 하면서 나무 그늘 밑으로 와서 휴식을 취했다.

"카리, 어제 종교 재판 봤나? 이단 심문관님의 재판 말이야."

"당연하지. 나도 그 자리에 있었는걸."

"좀 잔인하긴 했어. 하지만 짜릿했지. 그렇게 순진하고 선량한 무기점의 파티스 씨가 이단이라니 믿기지가 않았지만 크리오틴님의 말을 받는 사제님이 그렇다고도 하셨고, 증거도 있고 증인도 있었지. 파티스의 아름다운 부인 세레데스도 사지가 잘려 죽었고 그의 딸 아리네스도 사지가 잘려 죽었지. 하지만 잠시 뒤의 사건이 가관이었어."

"카리, 어제 일 말인가? 그 살인귀 말이야? 그 이야기를 들었나?"

키가 커다란 청년이 통통한 청년의 얼굴을 쳐다보며 말했다. 살인귀? 어제 나는 열 명 이상의 사람들을 죽이고 이곳으로 숨어들었지. 이 청년이 말하는 살인귀란 나겠지?

"당연하지, 세리스. 어제 일을 들은 것뿐만 아니라 나는 집에 숨어서 창문으로 그 살인귀의 살인 행각을 지켜보았지. 왜 그런지 모르지만 자신의 딸에게 돌을 던지지 말라고 하더군. 아리네스와 자신의 딸을 착각한 걸까? 정말 미친 사람 같더군. 정말 무서웠어. 섬뜩했지."

"그런가, 카리? 지금 우리 마을의 기사들은 그 살인귀 때문에 엄청난 곤욕을 치르고 있지. 기사 10명과 한 명의 마법사가 그 살인귀를 당하지 못해 패배의 쓴맛을 보았으니 말이야."

"세리스, 어제 일을 자네는 보지 못해서 그렇다네. 그 살인귀는 정말 대단하더군."

"대단하다고? 어떤 점이 말인가. 자네 살인귀를 칭찬하려는 것은 아니겠지? 자네 아크리라고 알지?"

"당연하지 아크리라면 우리 마을의 제일의 악동이 아닌가?"

"그래, 그 아크리. 그 아크리 어머니 또한 어제 살인귀의 마법에 의해 돌아가셨다네. 그래, 살인귀는 어떻게 생겼던가?"

이 청년들은 어제의 일을 이야기하고 있었다. 나는 이들의 대화 내용을 더 자세히 듣기 위해 나뭇가지 아래로 귀를 대었다. 이들의 대화 내용을 들으면 어느 정도 이 마을의 상황에 대해 알 수 있겠지.

"살인귀 말인가? 엄청난 장신이더군. 자네도 큰 키지만 자네보다 얼굴 하나가 더 달렸다고 생각하면 될 걸세. 이상한 점은 얼굴을 보지 못하도록 두건을 썼다는 것이라네. 왜 두건을 썼는지는 모르지만. 아마 그 살인귀는 우리가 잘 아는 이가 아닐까? 자신의 얼굴이 발각되면 누군지 알게 될 테니 말이야."

그래, 너의 말이 맞다, 청년이여. 나는 너희들이 잘 아는 이지. 한번 보면 잊을 수 없는 못생기고 흉측한 오크의 얼굴이지. 크르르르……

"카리, 어제의 일에 대해서 자세히 좀 알려주게. 이곳저곳에서 주워듣기는 했으나 자세히는 모른다네."

"그러지. 어제 종교 재판이 열렸었다네. 물론 여느 때하고 마찬가지였어. 그냥 끝났구나 할 찰나에 살인귀가 나타났지. 그 살인귀는 머리에 이상한 천을 두르고 있었는데, 무자비하게 사람을 죽였어. 정말 잔인하더군."

"나도 그 살인귀를 꼭 보고 싶었는데. 그래서 사람들이 살인 행각이 벌어지고 있다는 말에 급히 달려갔지만 이곳저곳에서 마법에 심장이 관통해 있는 시체를 붙들고 울고 있는 사람들뿐이었지."

"맞아. 어제 많은 살해 행각이 벌어졌었지. 그리고 왕궁 마법사 파스톤님의 제자 크리스텐이라고 아는가?"

"아! 파스톤님의 제자 말이지. 당연히 알고 말고. 이 왕국의 유망한 마법 후계자 아니신가? 그런데 왜?"

"어제 그 파스톤님의 제자가 그 살인귀에게 살해당하셨다네. 자세한 이유는 모르겠지만 3클레스의 반열에 들었으니 엄청난 마법사라고 해야 맞겠지. 난 그 파스톤님의 제자가 살해당하는 과정을 이 두 눈으로 똑똑히 보았다네. 살인귀는 파스톤님의 제자를 밀어붙인 후, 그 자리에서 새처럼 높이 떠서 도끼로 찍어버렸다네. 얼마나 끔찍했는지 두 눈을 질끈 감았다네."

어제 내가 죽였던 마법사가 파스톤이라고 하는 궁정 마법사의 제자인가? 3클레스의 마법이면 대단한 마법사인가? 흠, 그렇지만 난 궁정 마법사의 제자를 민 적은 없어. 자신이 돌뿌리에 걸려 넘어졌을 뿐이지.'

"아… 아… 파스톤님의 제자가 살해당했는가. 아쉽네. 이 왕국의 유망한 마법 후계자였는데. 한데 도대체 그 살인귀는 어디로 간 것인가?"

"그건 나도 모르겠네. 난 살인귀가 파스톤님의 제자를 해친 후 주위를 두리번거리며 돌아다니는 것만 본 후엔 아크리가 울고 있는 모습을 보고 밖으로 나갔다네. 지금도 살인귀는 어쩌면 이곳에 있을지도 모르지. 혹시 이 나무 위에서 우리의 대화를 듣고 있을지도. 허허."

아무리 장난 식으로 말한 것이라도 나는 청년의 말에 한순간 놀라며 조금만 실수를 했더라도 그대로 나무 밑으로 떨어질 뻔했다. 그랬으면 아마도 기사들이 몽땅 몰려왔겠지. 심장이 아직까지도 나의 혈관들을 때리면서 쿵쾅거렸다.

"정말 대단한 살인귀네. 보통 사람들이 그 살인귀를 뭐라고 부르는지 아는가?"

"그것은 나도 들었다네. Red Squall(적색 돌풍) 하지? 그 살인귀는 3

클레스의 마법도 사용했으며 불화살을 엄청나게 만들었다지. 한데 어떻게 3클레스의 마법이나 배운 자가 인격도 갖추지 못한 채 살인을 저질렀단 말인가?"

청년이여, 내가 인격을 갖추지 못했다고 했는가? 그대는 인격을 얼마나 갖춘 거지? 사지가 잘려 발버둥치면서 죽은 사람을 향해 돌을 던지면서 히죽거리던 자네들이 나를 욕할 자격이 되는가?

"그러게 말이세. 세상이 이렇게 돌아가서야. 오크와의 전투에서도 승리를 이끈 기쁨도 어제의 사건으로 모두 사그라져 버렸다네. 살인귀 Red Squall은 어디로 갔는지. 정말 대단한 놈이지. 3클레스란 대단한 마법이기도 하지만 두 손으로 도끼를 가볍게 휘두르다니… 정말 대단한 놈이었지. 기사 3명도 거뜬히 불태워 죽여 버리더군. 후후, 그 3명의 기사 중에 내가 싫어했던 시크라는 놈이 있었지. 나보다 언제나 잘난 녀석이었지. 검술도, 약혼자의 미모도. 크크, 잘 죽었어. 나는 그 살인귀가 맘에 든다네… 무척이나!"

"카리, 무슨 말을 그렇게 하는가? 그는 우리 마을 사람들을 죽인 자이네! 아무리 자네가 싫어하는 자를 죽였다 해도 그는 우리 마을의 사람을 죽였어! 그는 살인귀일 뿐이야!"

"알아, 알아. 그냥 말이 그렇다는 거지."

카리라고 불리는 청년은 내가 마음에 든다면서 크크크 하고 살짝 웃음소리를 내었다. 인간이란 게 이런 거겠지. 저런 이기적인 인간을 위해 자신을 희생하는 마법사같이 무모한 멍청이가 있는 한편 자신을 싫어하는 사람이 죽었다면서 좋아하는 이기적인 인간이 있는 것이다.

더 이상 들었다가는 인간에 대한 혐오가 더 심해질 것 같아 고개를 위로 들어 나뭇가지에 자리를 잡고 편안한 자세로 누웠다. 나뭇잎 사이로 들어오는 햇빛이 나의 눈을 찡그리게 했지만 따뜻한 기분에 다시 눈을 감았다.

내가 눈을 떴을 땐 나뭇잎 사이로 빛은 새어 나오지 않고 주위는 어둡기만 하였다. 역시 내가 나뭇가지 밑으로 고개를 살짝 내밀었을 땐 어떤 사람도 거리엔 있지 않았다. 나는 최대한 소리가 나지 않도록 고양이처럼 나무 위에서 살짝 뛰어내렸다. 전기가 들어와 밝은 조명이 거리를 밝히고 있는 것이 아니고 간혹 가다가 보이는 횃불만이 거리를 쓸쓸하게 밝히고 있다.

이렇게 두 발로 땅을 느끼면서 걸으니 하루 종일 나무 위에만 있었던 나 자신의 인내심에 감탄만 나올 뿐이었다. 도시의 외곽의 담은 커다란 돌들이 밑을, 굵고 기다란 통나무들은 세로로 벽을 만들고 있었다. 우선 이 위험한 마을로부터 탈출하기 위하여 돌을 발로 딛고 높이 점프하여 통나무를 손으로 잡았다. 팔에 힘을 줘서 나의 몸을 위로 끌어 담 밖을 내다보니 기사들은 보이지 않고 끝없이 황량한 들판만 보였다.

"High Jump(점프)."

다리에 나의 마나를 집중하여 한순간 힘을 방출하였다. 이런 담쯤이야 우습다는 듯이 나의 몸은 담을 넘어 담 밖의 들판에 착지했다. 아주 조용히 바람 소리만 나는 이 황량한 들판을 바라보서 한숨을 쉬었다.

이제 어떡해야 하지. 오크들이 붙잡혀 온 곳은 이곳이 아니라 이곳은 잠시 지나쳤던 곳에 불과한 것 같다. 그럼 오크들이 붙잡혀 간 곳을 향해 가야겠는데… 이거야 원, 알 수가 있어야지.

나는 어떤 행동을 취해야 할까 생각이 통 나지 않았다. 오른손으로 뒤통수만 긁적이며 언제 이곳을 순찰할지도 모르는 기사들은 생각도 하지 않은 채 바람에 휘날리는 나뭇잎들을 멀뚱히 쳐다보며 그 자리에 주저앉았다.

이 마을이 중간 지점이라면 남쪽으로 쭉 가던 도중에 들렀겠지. 개중에 몇 명이 이곳에 남아 나와 전투를 벌였고. 이대로 남쪽으로 가면 오크들을 찾을 수 있겠지!

마나를 소비하지 않기 위해 Fast Step을 쓰지 않고 내 힘 그대로 천천히 걸어갔다. 아무도 보이지 않고 나뭇잎들만 바람에 날아다니니 왠지 이 세계에 나 혼자 살아 있는 것 같은 외롭고 쓸쓸한 기분이 들었다.

하늘엔 환한 보름달이 있었는데 보름달은 구름에 가려 완전한 원을 형성하지 않고 그곳에서 나오는 달빛을 내몸에 내려주었다. 달빛이라도 없었다면 어떻게 이 쓸쓸한 황량한 들판을 지나갈 수가 있었겠는가?

나의 몸과 옷은 어제의 전투로 인해 피에 물들어 이제는 굳어버려 원래 흰색 계통이던 옷이 이제는 갈색으로 변해 있었다. 천천히 남쪽으로 향하면서 모래 사이에 껴 있는 큰 돌들을 발로 힘껏 찼다. 나에게 차인 돌은 차인 방향으로 날아갔다. 커다란 나무들도 낮에는 생명의 빛을 내뿜었으나 저녁에는 외로움만을 나타내고 있을 뿐이었다.

"후우……."

나의 입에선 저절로 한숨이 새어 나왔다. 언제야 끝이 날까. 이 외로운 황량한 들판은 벌써 3시간을 걷고 있는 중이다. 아무리 마법을 쓰지 않았다 하더라도 3시간 정도면 마을과 마을 사이를 걷기엔 충분한 거리지만 내가 향하고 있는 마을은 눈에 보이지도 않았다.

길을 잘못 든 게 아닐까? 남쪽으로만 나가는 게 아니라 남동이나 남서로 갔을 수도 있겠지. 도중에 사람을 만나면 좋을 텐데. 이 3시간 동안 사람이라곤 단 한 명도 눈을 씻고 봐도 찾아볼 수도 없었으니. 걱정이구나, 이대로 길을 잃어버리는 게 아닌지. 아니지, 난 제대로 가고 있는 중일 거야! 조금만 있으면 마을이 보일 거야!

신이 보기에 내가 가여워서일까? 걷기에 싫증을 낼 때쯤 내 눈 앞에 마을의 형태가 조금씩 보이기 시작했다. 불빛이 엄청나게 많이 이곳까지 환하게 보이는 걸 보니 커다란 마을이 분명하다. 나는 나도 모르게 크르르 하고 웃음소리를 내며 마을의 형태가 있는 곳으로 달려갔다.

가까워질수록 마을의 모습이 어둠 사이에서 슬금슬금 고개를 내밀어 나에게 자신의 모습에 대해 말하려 하는 것 같았다.

중세 영화에서 봤던 아주 높은 견고한 성벽이 마을을 둘러싸고 있었고, 성문 앞에는 플레이트 메일을 잘 차려입은 경비병 두 명이 창을 서로 엇갈리며 성문을 막고 상엄한 경비를 하고 있었다.

마침 그때 성벽을 따라 걷고 있던 어떤 한 사람이 성문을 통과하려고 발을 성문에 디디자마자 경비병 두 명은 창을 챙 부딪치며 통과하려는 사람을 막고 뭐라고 말하고 있었다.

"Hearing Extension(청각 확장)."

귀가 뜨거워지면서 간지럽기도 했으나 대화 내용에 집중하기 위해 간지러운 것은 신경을 쓰지 않고 오로지 대화 내용을 듣기에 전념하였다.

"죄송하지만 통과증 좀 보여주시죠."

"아… 예! 여기 있습니다."

통과증을 받아 든 왼쪽에 서 있는 경비병은 통과증을 훑어보더니 다시 성문을 지나려는 사람에게 돌려주었다.

"맞군요. 환영합니다. 어서 들어오십시오."

"예, 고맙습니다. 그럼."

경비병이 고개를 살짝 숙여 환영의 인사를 하자 통과증을 보여준 사람 역시 고개를 살짝 끄덕여 답한 후 성안으로 천천히 들어갔다. 이런! 통과증이 있어야 한단 말인가? 왜 이렇게 경비가 삼엄한 거지. 정말 귀찮아지겠군.

그가 성문 안으로 들어가자 경비병 둘은 서로를 바라보며 뭐라고 대화를 하려 하고 있어 나는 다시 그 대화를 듣기 위해 집중했다.

"이런! 요즘에 이런 일을 하는 우리가 조금은 싫군. 매일 보고 지내며 웃고 울으면서 어렸을 때부터 같이 커온 사람의 앞을 창으로 막은 다음 전혀 모르는 사람처럼 신분증을 보여 달라고 하기는 싫네그려."

"나도 그렇지만 할 수 없지 않은가. 지금 수십 마리의 오크를 성안으로 잡아 들여왔으니 경비를 좀 삼엄히 해야 하지 않겠는가? 그리고 지금 떠도는 소문에 저 앞 마을 시클에서 엄청난 살인귀가 나타났다고 하더군. 그러니까… 10명의 기사와 1명의 마법사를 물리치고 유유히 사라졌다고 하더군. 약 20명의 사상자가 발생했지. 기사들에겐 수치스런 일이겠지만 우리 같은 성문을 경비만 하는 이들이 기사도에 대해서 뭘 알겠나. 그저 그렇다면 그렇다고 아는 거지. 살인귀는 엄청난 마법까지 간단하게 운용하면서 마을을 불로 휩싸이게 만들었다군. 내가 1명의 마법사를 살해했다고 말했지? 그 마법사가 누군지 아나? 바로 왕정 마법사 파스톤님의 제자일세."

그 일이 하루가 지났다지만 여기까지 소문이 퍼져 있는 걸 보니 어쩌면 그 소문은 더욱더 빠르게 이곳저곳으로 퍼져 나갈 것이다. 이곳에는 소문이 과장되지 않았지만 소문이란 게 퍼져 나가면서 과장 되는 것이므로 소문이 마지막 도착점에는 내가 수천 명을 살해했다고 퍼질지도 모르겠다.

"뭐라고? 파스톤님의 제자라고? 나도 적색돌풍에 대한 소문은 들어서 조금은 알지만 그말은 금시 초문이군."

"그런가? 그래서 지금 그 적색돌풍의 수배지를 만들어 각 성에 부착하고 있다네. 현상금도 5,000골드라서 누구나 탐을 낼 정도지. 하지만 그 살인귀가 내 눈앞에 있다면 난 무서워서 벌벌 떨며 오줌을 흘릴걸?"

"허허, 이 친구! 그나저나 정말 문제군. 살인귀가 날뛰지 않나 오크들이 발광을 하지 않나. 이 7년 동안 발광하려는 오크들을 진압하려고 엄청난 기사단을 투입했었지? 그때마다 어디선가 모여서 끈질기게 복수하려는 오크들에 의해 기사단의 피해도 막심했지만 그래도 다행이지 않나. 이렇게 넓은 들판을 두고 전투를 했던 오크의 한 부족을 섬멸해 버렸으니. 넓은 들판은 이제 넓은 식량의 곡창 지대로 성을 더 부강하게 할 걸세."

"성이 부강해진다면 좋겠지만 성은 부강해지지 않고 전부 성주의 주머니로 들어갈 걸세. 사실 7년 전에 크리클이라는 작은 마을을 약탈한 것에 대한 복수를 내세워서 왕국 기사단을 끌여들었지만 자신의 부귀를 축적하기 위한 성주의 계략으로 왕국 기사단을 끌여들이기 위한 수단일 수도 있지."

"이놈의 성주… 확 죽어버리지 않나?"

"어이… 이 사람… 말 조심하게. 누가 들으면 어쩌려고 그러나?"

"들으려면 들으라고 해!"

결국 이들의 말을 들어보니 이 성주는 자신의 성을 더 부강하게 하기 위해 넓은 들판을 차지하려고 왕국 기사단을 시켜 우리 하라만도의 전사들을 섬멸시켜 버리고 그 증거로 오크들을 데려간 것이겠군. 자신의 이익을 채우려고 아무리 적이라지만 한 부족 전체를 섬멸시켜 버리다니. 성주 이놈, 용서할 수 없구나! 죽여 버리겠다!

나는 흥분 때문에 가슴이 갑갑하여 오른손으로 가슴을 턱! 턱! 치면서 숨을 한 번 크게 들이마셨다. 살인을 자주한 까닭일까, 요즘 들어 흥분을 할 때마다 그 흥분의 대상을 꼭 죽이고야 말겠다는 생각이 든다.

하지만 지금은 성안의 오크들을 구하고 성주를 죽여 오크들의 복수를 하는 일보단 그것들을 행하기 위해서 이 높은 성벽가 상엄한 경비를 피해 성안에 들어가야 하는 게 우선이다. 대화 내용을 계속 듣고 있었으나 대화 내용은 점점 주점의 새로 들어온 아가씨 엉덩이가 빵빵하다던지, 잡화점 주인이 무척이나 불친절하다던지 자신의 마누라 음식맛이 무척이나 맛이 없다든지 하는 사소한 대화거리에 불과하여 집중했던 마나를 다시 몸속으로 거두어들였다.

어떤 방법으로 성안에 들어갈 수가 있을까? 아! 그 방법이 있었지. 번뜩 떠오르는 생각에 가슴을 한 번 탁 친 후 입을 크게 벌려 기쁨을 표현했다. 주위에 주먹만한 돌을 주워 들어 힘껏 경비병을 향해 던졌다. 돌은 획— 소리를 내며 경비병에게 날아가더니 오른쪽에서 하품을 크게 하고 있는 경비병의 다리를 때렸다.

"악! 누구얏!"

경비병은 내가 힘껏 던진 돌에 다리가 맞아서 아픈지 다리를 두 손으로 쓱쓱 문지르면서 돌이 날아온 방향을 향해 소리를 내질렀다.

"왜 그래! 톰슨. 어떤 자식이 자네에게 돌을 던졌나! 내가 혼내줄까? 하하!"

돌을 맞은 경비병에 왼쪽에 위치해 있는 또 다른 경비병은 다리를 쓱쓱 문지르고 있는 경비병에게 조롱조의 어투로 말했다.

"누군지 몰라도 정말 죽여 버리겠어! 성주 자식 때문에 화가 치밀어 죽겠는데 어떤 자식이 나에게 돌을 던졌지? 죽여 버리겠어! 나에게 돌 던지 놈! 거기~!"

내가 있는 방향, 즉 돌이 날아온 방향을 향해 경비병이 큰 소리로 내지르면서 창을 좌우로 힘차게 내질렀다. 마치 돌을 던진 자를 정말로 죽여 버리겠다는 듯한 창은 공기를 가르며 힘찬 소리를 내고 있었다. 하지만 저 성문 앞에 있는 횃불 덕분에 나는 저 경비병이 보이지만 이 칠흑 같은 밤 하늘의 밑에 있는 나무 뒤에 숨어 있는 나는 절대 보이지 않을 것이다. 나는 돌을 던진 자리에서 일어나 몸의 움직임이 발각되지 않도록 조심하면서 반대 편 나무 뒤로 숨었다. 하지만 내가 던진 돌에 맞은 경비병은 돌을 던진 자가 어디에 있는지는 모르고 단지 돌이 날아온 방향으로 갈 것이다. 역시나 돌을 맞은 경비병은 창을 세우고 인상을 찡그리며 돌이 던진 방향으로 향했다.

"어이, 톰슨! 이 친구야! 무서우면 내가 같이 따라가 줄까?"

"이 자식, 플론슨! 내가 돌을 던진 놈을 죽여 버린 후 돌아와서 자네를 죽여 버리기 전에 조용히 하게!"

"허허, 무서워서 조용히 할 수밖에 없겠군. 톰슨, 무척이나 무섭네. 몸이 떨릴 정도로 말이세. 허허허!"

"플론슨, 이… 이… 성주 같은 놈!"

"뭐라고! 톰슨! 그 말 취소 안 하겠나? 그런 엄청난 욕을 하다니! 디룩디룩 살이 쪄서 턱 밑의 목이 보이지 않고 서민들의 피로 채워진 배로 인해 자신의 발도 보지 못하는 성주 같은 놈에게 비유하다니!'

"크크크, 잘 보게. 내가 돌을 던진 놈을 어떻게 처리하고 오나."

저 경비병 두 명은 주위의 눈이 없다는 것을 안 후부터는 성주의 욕을 농담처럼 하였다. 어느새 이 마을의 사람들에겐 탐욕에 찌든 성주는 욕 그 자체가 되어 있었다. '죽여 버리겠다' 라고 중얼거리면서 다가오는 경비병의 입가엔 알 수 없는 미소가 떠어져 있었다. 경비병은 돌을 던진 쪽인 커다란 나무를 향해 천천히 걸어가면서 알 수 없는 욕을 혼자 지껄이고 목을 한 바퀴 돌리고 팔도 휘두르면서 돌을 던진 자를 얼굴이 알아볼 수 없을 정도로 패주겠다며 몸을 풀기 시작했다. 20미터, 10미터…….

천천히 다가오는 경비병과 내가 처음에 돌을 던졌던 커다란 나무에서의 거도도 조금씩 줄어들면서 한 손에 피로 물들어 갈색의 빛깔을 내는 도끼 자루를 잡고 있는 나의 심장 박동은 평소의 배 이상으로 쿵쾅거렸다.

조그만 더 와라! 조금만 더 와. 5미터, 1미터.

"이쪽 커다란 나무 근처였는데… 이 자식, 어디 있는 거야! 어딨어! 나한테 돌을 던지다니 간이 부은 개자식! 지금 나오면 얼굴만 살짝 다듬어줄게. 어서 나와라. 안 나오겠다, 이거지. 발견되면 이 나무처럼 즉시 이 창으로 너의 목을 꿰뚫어주고 너의 심장을 잘근잘근 씹어 삼켜주겠다."

내가 돌을 던진 커다란 나무에 도착한 경비병은 아무도 이곳에 없자 혼자 씩씩거리며 흥분을 하면서 두 손으로 창을 일자형으로 꽉 잡고서는 나무를 향해 찔러 들어갔다. 멋있게, 힘차게, 용맹하게 창을 나무를 향해 찔러 들어간 것까지는 괜찮으나 찔러 들어간 창을 빼지 못해 끙끙거리며 나무를 발로 차고 있었다. 나는 경비병 뒤로 살짝 다가갔다. 나는 이 경비병에게 미안하지 않았다. 한 명의 인간 생명보다는 수십 명의 하라만도 전사들의 생명이 더 중요하다.

잔인한 인간이여, 나는 그대에게 미안하지 않다. 그대 인간들은 나의 딸 은희를 짓밟고 욕을 했으며 침을 뱉었다. 나는 그대들보다 잔인하지 않다.

나는 창을 빼기 위해 끙끙거리는 인간의 뒤에 서서 결심을 단단히 하고 왼손에 휘어감으며 그의 입을 막고 뒤로 끌어냈다. 무기를 갖고 있지 않은 인간은 자신의 입이 나의 왼손에 막힌 채 뒤로 끌려가는 자신의 몸을 보면서 황당하다는 듯이 눈을 동그랗게 뜨긴 했으나 곧 그 눈은 나의 오른손에 존재해 있는 달빛에 번뜩이는 도끼를 보고서는 두려움으로 변하기 시작했다.

"엄… 엄!!"

인간의 버둥거리는 상당한 몸부림 때문에 왼손으로 입을 막고 오른손에 들려 있는 도끼로 그의 목을 위협한 후에야 저항하지 않아 순순히 끌고 풀 숲으로 들어갈 수 있었다.

이제 아무도 나의 행동을 절대 볼 수 없겠지.

"안녕하시오, 인간. 손을 입에서 풀 것이오. 하지만 소리를 질렀다가는 이 도끼가 가만히 있지 않을 거요."

나의 힘에 꼼짝없이 잡혀 있는 경비병은 고개를 힘차게 끄덕였다.

"나… 나… 를 죽이지 마시오……. 나… 나… 를 죽이지… 마시오… 마시오……."

경비병은 부들부들 떨면서 나의 눈을 쳐다보지 못하고 오른손에 들려 있는 도끼만 보면서 눈을 떨구고 있었다.

"죽이지 마시오. …살려주시오. 죽이지 마시오."

이상하다. 이 감정은 뭐지?

살려달라고 비는 이 인간을 보며 나의 가슴 한구석에서 피어 오르는 새로운 감정에 의아함을 느꼈다. 우월감! 내 앞에 있는 존재의 생명을 내 손안에 쥐고 있다는 우월감이 나의 몸을 감싸 안았다.

우월감이란 감정은 정말 좋은 느낌이었다. 나는 이 우월감을 더욱더 느끼기 위해 이 인간의 입을 막고 도끼를 쳐 올렸다. 번뜩이는 도끼의 날이 자신의 머리 위에서 빛나고 있자 심하게 떨고 있던 경비병의 몸은 더욱더 심하게 떨고 숨까지 헐떡거리며 공포 그 자체를 나타내었다.

좋아. 나는 이 경비병보다 우월한 더 강한 존재야. 더 강한 존재란 말이다. 더욱더 떨어! 더욱더 떨란 말이다! 나는 너의 생명을 손에 쥐고 있는 존재다.

우월감에 휩싸여 경비병을 넘어뜨린 후 입을 막은 후 도끼로 천천히 그의 허벅지부터 발끝까지 그어 나갔다. 엄청난 고통이 이는지 입을 막고 있었는데도 그 신음 소리가 밖으로 조금 새 나왔다. 눈에서 눈물이 흐르고 고통 때문에 입술을 깨물었는지 입가엔 피를 흘리며 온몸을 떨고 있는 경비병을 보자 더욱더 기분이 좋아졌다.

나는 이 존재보다 우월해! 더 강해! 크르르르…….

이 인간을 잡아다가 Sleeping(수면 마법)을 걸어 잠을 재운 후 갑옷을 뺏어 입고 경비병으로 위장해 성안으로 들어가려 했던 처음의 계획은 생각도 나지 않고 오로지 이 존재보다 강한 존재라는 느낌만 선명하게 느껴져 왔다.

오른손에 들려 있는 도끼를 경비병의 목에 대어 천천히 누르면서 경비병이 고통에 신음하면서 죽어가는 모습을 보는 나의 입가와 눈가에는 미소만 짙게 퍼져 있었다.

무척이나 기분이 좋다! 신선하고 새로운 기분이야! 크르르르······.

경비병의 심장이 뛰지 않고 숨도 쉬지 않게 되어서야 번뜩 하는 생각에 시체를 다시 쳐다보았다. 목 깊숙히 가로로 도끼가 박혀 있었고 허벅지부터 다리에 나 있는 기다란 상처에서는 피가 흘러나와 있었다.

난 지금 뭘 한 거지? 이렇게 허무한 기분은 뭐지. 내가 지금 뭘 한 거야. 단지 이 인간을 잡아다가 갑옷만 뺏어 입으려고 했는데 살인을 저지르고 만 것인가. 이 목에 박혀 있는 도끼는 또 뭐야. 내가 한 거란 말인가?! 이건 내가 아니야! 또 다른 내가 내 속에 들어 있어. 나는 이렇게 잔인하고 살인에 미쳐 있는 살인마가 아니란 말이다! 하지만… 이들 인간은 나의 딸 은희를 죽였어!

아무리 은희를 잔인하게 죽인 인간이라고 되새겼으나 사실상 이 경비병은 은희를 죽인 인간은 아니라는 생각이 머리에 떠올라 두 눈에 눈물이 흐를 뿐이었다.

찰스 맨슨, 제프리 다머, 존 웨이 게이시, 프레드 코웨인, 스탠디 베이커 내가 살던 세계의 희대의 살인마들이다. 영화에서 다큐멘터리에서 이들을 보았고 이들의 살인 행각을 보면서 어떻게 살인을 즐기고 미소를 지으며 쾌락을 느낄수 있었는지 이해가 가지 않고 이해하려고도 하지 않았다. 그러나 지금의 나의 행위는 이 희대의 살인마하고 똑같은 짓이었다.

그래, 이건 내가 아니야! 내가 한 짓이 아니야. 나는 이렇게 살인을 즐기고 하는 그런 잔인한 존재가 아니야. 나는 단지 오크들의 복수를 해주었을 뿐이지. 나는 자랑스러운 하라만도의 전사! 샤크로움 하크이다!

죄책감과 허무감을 이기려고 자기 방어를 해보았지만 나의 눈에선 눈물이 계속해서 흐르고 있었다.

내가⋯ 아니야⋯ 이건 내가 아니야⋯⋯.

죽어버린 경비병의 시체를 내려다보니 고통을 참으려고 애쓴 흔적인 이빨 자국들이 입가 주위에 있었다. 나의 눈에서 나오는 눈물이 이빨 자국의 상처에서 나오는 피에 떨어지자 피들은 눈물과 혼합되어 주위로 번져 갔다.

나는 인간이 쓰고 있던 투구며 갑옷을 천천히 벗겨내어 내가 두건으로 쓰고 있던 옷으로 갑옷에 묻은 피를 깨끗이 닦아내었고 시체에서 흐르고 있는 피도 깨끗이 닦아내었다.

아직도 쏟아져 내리는 나의 눈물이 나의 몸 전체로 흐르면서 느껴지는 죄책감에 더 이상 참을 수 없어 나의 얼굴을 두 주먹으로 스스로 때리면서 자학을 했다. 나의 몸에 고통이 느껴질 때마다 죄책감은 조금씩 사그라드는 듯했으나 고통이 다시 가시면 여전히 죄책감이 밀려왔다. 계속 반복되는 자학에 몸 구석구석에 상처가 없을 정도였다. 자학으로 인한 고통이 몸에서 나를 괴롭히자 그제야 죄책감이 가시는 것 같아 자학을 멈추고, 마법을 쓰지 않고 손수 구덩이를 파서 인간의 시체를 밀어 넣고 묻어줬다.

인간이여, 미안하오. 다시 말하지만 그건 내가 아니었소. 당신들이 싫어하던 이곳의 성주를 죽여 버리겠으니 용서하시구려. 성주를 죽이겠다고 생각하자 또다시 입가엔 미소가 띠어졌다. 하지만 이내 그 미소는 내 스스로 '이것은 이 인간의 마지막 소망이고 또 오크들의 복수일 뿐이다' 라는 생각을 내새워 억지로 미소를 잠재웠다.

나는 더 이상 살인으로 쾌락을 느끼고 싶지 않다. 난 살인마가 아니야. 이번 성주만 죽이고 최대한 살인을 하지 않아야겠다. 어떠한 경우에도. 나는 8년 전까지 사회학 박사였어. 지식에 맞는 행동을 하자. 옷을 입은 상태로 경비병이 입었던 갑옷과 투구를 쓰자 가까이서 보더라도 감춰진 몸으로 인해 오크란 것을 알아챌 수 없을 것 같았다.

제8장

으크! 형제들을 구출하자!

제8장

오크! 형제들을 구출하지!

경비병의 체격이 나랑 비슷해서인지 플레이트 갑옷 사이즈는 내 몸에 딱 맞았다. 플레이트 갑옷이라서 움직일 때마다 무겁고 덜컹거리는 소리가 귀에 거슬렸다.

"Voice Copy(음성 복사)."

시체가 되어 땅에 묻혀 있는 경비병 톰슨의 목소리를 생각해 내며 2클레스의 마법을 운용했다.

"아! 아!"

Voice Copy에 대한 마법 이론은 알지만 한 번도 운용해 본 적이 없어 정말로 목소리가 똑같이 나오는지 시험하기 위해 소리를 내어봤다. 확실히 그 경비병과 똑같은 목소리가 나오기 시작했다.

성문 앞에 도착했을 때 성문을 지키고 있던 경비병 한 명이 나를 쳐다보았다. 그런 경비병의 시선에 경비병을 죽이면서 쾌감을 느끼고

입가에 미소를 지었던 것에 대한 죄책감이 들어 경비병을 똑바로 보지 못했다

"톰슨, 자네 투구까지 쓰고 웬일이지? 그 투구 쓰면 멋있긴 한데 갑갑하지 않나? 하긴 자네 못생긴 얼굴을 안 보니 시원하긴 하지만 말이야, 웬만하면 벗지 그래?"

플론슨이란 경비병이 나를 전혀 오크라고 생각하지 않고 평소 때의 톰슨을 대하듯 하였다.

"플론슨, 자네도 한번 이렇게 제대로 차려입어 보게나. 멋있으면 그만일세. 하하."

음성이 똑같다 하더라도 톰슨이라는 역할을 잘 이행하기 위해선 어투 역시 똑같아야 했다.

"그런데 톰슨, 자네에게 돌을 던진 놈은 어떻게 했나?"

"내가 저쪽으로 나에게 돌을 던진 놈을 죽여 버리려고 갔지 않은가? 그런데 가보았더니 어떤 남자가 하나 있더군. 그래서 몇 대 패주고 창으로 찌르려는 듯한 모션을 취하니 멀리 도망가 버리더군. 꼭 도망가는 뒷모습이 성주 같았지."

"성주 같다고? 이런, 정말 그 사람 그렇게 추하던가? 투구 좀 벗지 그래? 갑갑해 보인다네. 아무리 멋있다고 해도 말이야. 하하하."

"그렇다네, 정말 추하다네. 꼭 성주처럼 말이야. 나 잠깐 집에도 갔다 올게. 내가 투구를 왜 썼겠나? 내 마누라에게 이 모습 보여주려고 썼지. 하하."

손을 올려 투구를 쓰다듬으면서 최대한 어투가 비슷하게 말하도록 노력했다. 밤이라서 덥지는 않은 날씨였지만 신경을 쓰느라 이마와 관자놀이에 땀이 맺혀 천천히 흘러내렸다.

"그럼 어서 갔다 오게나. 자네 못생긴 얼굴을 멋진 투구로 가렸으니 자네 마누라가 자네를 보자마자 반가워하며 투구에 키스를 할 걸세. 하하."

"뭐야! 이… 이… 성주 같은 놈."

나는 톰슨과 플론슨이라는 경비병의 대화 내용 중 톰슨의 이 '이… 이… 성주 같은 놈'이라는 대사가 무척이나 마음에 들어 꼭 이 말을 써보리라 생각했었는데 이렇게 쓸 기회가 오자 바로 반격에 들어갔다.

"성주 같은 놈이라니! 취소하게!"

"그나저나 자네, 이곳에 기사들에게 잡혀온 오크들에 대해서 아는가?"

나는 플론슨의 말을 무시한 채 하하 하고 웃으면서 톰슨의 말을 맞받았다.

"당연하지. 자네는 모르는가? 이상하네. 자네하고 나하고 같이 경비단장에게 들었을 텐데… 기밀이지 않은가. 조용히 말하게."

"미안하네. 그때 나는 잠시 딴생각을 했었던 모양이야. 들은 기억이 없네. 오크들은 어떻게 되었나?"

"오크들은 이제 대부분 수도의 키코루소에 들어가게 되어서 전투로 생명을 이어 나가야겠지. 강한 자일수록 오래 살아남겠지만 결국엔 전부 죽고야 말 테지. 조용히 듣게. 오크들은 현재 성주의 성 지하 감옥에 갇혀 있다네. 경비대장이 그러는데 이 말은 기밀이라고 하더군. 왠지는 모르겠지만. 또 궁금한 게 있나? 없으면 어서 그 잘난 투구를 마누라에게 보여주고 오시게나. 하하하."

키코루소라. 내가 살고 있던 세계의 이탈리아 로마에 있는 투기장

콜로세움과 같은 용도의 장소이다. 고대 로마 시대의 검노(劍奴), 검투사(劍鬪士)들이 자신의 목숨을 내걸고 싸우는 곳이 이 키코루소다. 하지만 로마 시대의 검투사와 이 세계의 검투사의 다른 점이라면 자유가 있다는 점이다. 로마 시대 때의 검투사는 전쟁 포로, 노예, 범죄인 등으로 구성되어 교습소에서 훈련을 받았지만 이곳에서는 전쟁 포로나 노예가 아닌 용병이나 검술을 익힌 사람들로, 자신들의 실력을 시험해 보거나 많은 돈을 벌기 위해 전투를 하는 것이다.

"그럼 갔다 오겠네."

성안으로 들어섰다. 성안으로 들어서자 과연 성안의 마을이라고 할 수 있을 정도로 주위의 화려한 불빛에 나는 눈을 찡그려야 했고 간간이 들리는 웃음소리에 마음이 편안해졌다.

열려 있는 주점의 문 사이로 보이는 광대와 남자들이 맥주를 마시는 모습, 잡화점에서 수다를 떨고 있는 여편네들, 나무 칼을 들고 뛰어다니는 남자 아이와 그 아이로부터 도망 다니는 여자 아이들. 전형적인 평화로운 도시였다.

나는 창을 오른손으로 들면서 부드러운 걸음으로 평화로운 도시를 구경하면서 천천히 걸어갔다. 이렇게 커다란 마을은 이 세계에서 처음이라 주위를 두리번거리면서 걸었다. 내가 지나갈 때마다 곳곳에서 사람들이 고개를 숙이며 인사를 하기도 하였다. 톰슨이라는 내가 죽인 경비병은 많은 사람들과 교류를 하며 지냈던 모양이다.

"안녕하세요, 톰슨 아저씨."

"어… 그래."

나는 알지도 못하는 꼬마가 나에게 말을 걸어 당황하였으나 곧 가슴을 다듬었다.

"아저씨! 멋있는데요! 웬일이세요, 투구를 다 쓰시고. 멋있어요, 아저씨."

"그래, 고맙다. 그럼 이 아저씨 그만 가마."

"아저씨, 왜 그러세요? 평소 때하고 다르네요……."

꼬마의 말에 대답도 하지 않고 꼬마를 뒤로하고 걸었다. 나의 뒤에서 나는 '이상하네' 하고 중얼거리는 꼬마의 소리가 무척이나 귀에 거슬렸다. 꼬마는 내가 톰슨과 다른 존재임을 눈치 챈 것일까? 어떻게 몇 마디의 대화로 알아챌 수가 있을까? 이 톰슨과 절친한 친구라 보이는 플론슨이라는 경비병과도 많은 대화를 했지만 나를 알아채지 못했지만 아이들은 순수한 마음으로 나를 바라보며 평소와 다른 나임을 알아챈 것 같구나. 오크들이 성주의 성 지하 감옥에 있다고 했지?

성주의 성은 무척이나 커서 마을 어느 곳에서라도 성의 웅장한 모습을 볼 수가 있었다. 성주가 살고 있는 거대한 성 밖에서 근엄한 척을 하며 서 있는 기사 4명 정도가 플레이트 메일을 완벽하게 착용한 나를 보고서는 서로 뭐라고 쑥덕거리며 웃더니 나를 향해 말했다.

"어이, 톰슨. 뭐 그렇게 갑옷을 잘 차려입고 다니나! 하하하, 자네 얼굴이 안 보이니 정말 보기 좋군. 톰슨! 언제나 투구를 쓰고 다니도록! 하하."

4명의 기사는 서로 약속했는 듯이 뭐가 그렇게 좋은지 배꼽이 떨어지도록 힘차게 웃어 젖히기 시작했다. 그들의 흰색 흉갑에 박혀 있는 검정 독수리가 칼을 잡고 날아가고 있는 문장은 이 나라의 기사단을 상징하는 문장이었다.

이 톰슨이라는 자보단 신분이 더 높은 기사들이지. 아무리 내가 톰슨이 아니라도 이렇게 대놓고 모욕을 당하니 기분이 무척이나 나쁘

군. 플론손이란 경비병은 친구라는 이름 아래 장난을 친 것일 뿐이지만 이들은 모욕 그 자체이다.

신분 제도란 게 이런 것일까? 각 신분 간에는 귀천, 상하의 구별이 설정되어 있고 지배를 영속화하여 이를 불가침의 것으로 하기 위해 온갖 종교적, 세속적인 의례, 신화, 제도에 의해 지배의 존엄성을 내세우는 게 이 신분 제도란 것이다. 이 기사들보다 신분이 낮은 톰슨으로 속인 나는 어쩔 수 없이 이 기사들에게 나의 Fire Line 과 Fire Arrow 와 도끼 맛을 보여주고 싶지만 나의 목숨을 부지하기 위해 소란을 피워 주위의 이목을 끌지 않게 하기 위해 모욕을 참고 있을 수밖에 없었다.

"기사님들, 그렇게 웃지 마십쇼. 제가 아무리 못났어도 그러는 것은……."

"왜? 톰슨! 거슬리는가?"

발끈거리며 성을 내는 기사 한 명을 바라보다가 그의 오만한 얼굴빛이 싫어 고개를 돌렸다.

"아닙니다요, 기사님들. 이만 들어가 봐도 될런지……."

"그럼. 들어가게, 정의의 기사 톰슨이여. 하하하!"

오만하게 뒤로 고개를 젖히면서까지 웃는 기사들의 모습에 나도 모르게 도끼 자루에 슬그머니 손을 가져갔다. 도끼 자루가 손에 닿자 나 스스로 소동을 피워선 안 된다는 생각을 하면서 다시 평소처럼 행동하였다. 그저 기사들의 장난감 역할을 충실히 하여 헤헤 하고 웃으면서 성안으로 들어갔다. 이렇게 헤헤거리며 웃는 것 자체가 무척이나 싫었지만 고통을 받고 있는 하라만도 전사들을 생각하면서 입술을 꽉 깨물었다.

성안에 들어서자 첫 번째로 보이는 것은 은은한 갈색의 고풍적인 카펫으로, 바닥에 깔려 있어 성안의 분위기는 따뜻하면서 아름다웠다. 하지만 좀 더 들어가니 거대한 유리 수공예품으로 이곳의 성주라 생각되는 이의 유리가 아까울 정도로 못생긴 모습 때문에 눈을 찡그렸다.

통일된 복장을 입은 하녀들이 주위를 오가며 청소를 하고 있었다. 나는 성주의 유리 동상을 정성스레 닦고 있는 하녀에게 다가갔다.

"저기, 실례 좀 하겠습니다."

"예, 그러세요. 앗! 톰슨 씨 아니세요? 정체를 숨기고 싶으셨으면 톰슨 씨의 가슴에 아들이 새겨놓은 'DAD TOM' 이란 글자를 지우던가 하셔야죠. 목소리도 바꾸고요. 얼굴만 가린다고 제가 몰라볼 줄 알았나요?"

이 하녀도 톰슨을 아는가? 잘못 짚었군. 웬만하면 나는 톰슨을 아는 이를 만나지 말아야 한다. 하지만 이 톰슨이란 놈은 아는 사람도 무척이나 많아 길을 걸을 때도 수많은 사람이 아는 체를 했고 여기 성안의 하녀도 나에게 아는 척을 한다. 어쩌면 톰슨은 성주까지도 알지 모른다.

"하하, 계획이 실패했군. 난 또 투구를 썼으면 몰라볼 줄 알았지~"

"톰슨 씨도. 그런데 이곳엔 무슨 일 때문에?"

"기밀이라네, 기밀. 쉿!"

내가 검지손가락을 세워 입가의 투구에 가져다 대면서 쉿 소리를 내자 하녀는 어울리지 않는다면서 검지손가락을 잡고 손을 밑으로 잡아 입에서부터 끌어 내렸다.

"그럼 난 이만 가네. 아참! 성주님 방과 지하 감옥에 갈려면 어떻게 가야 하지?"

"톰슨 씨도 참. 3층이 전부 성주님의 방이잖아요. 이 오른쪽 모퉁이를 돌면 계단이 나오잖아요. 거기서 3층으로 가면 성주님의 방이 나오고 지하로 가면 지하 감옥이 나오잖아요. 하지만 요즘따라 이상하게 지하 감옥에 많은 경비병이 있어요. 톰슨 씨도 그 경비병에 합류하려고 가는 건가요?"

"기밀이네."

"기밀을 물어봐서 죄송하군요! 톰! 슨! 씨!"

나의 대답에 하녀는 기가 막힌다는 듯이 흥 하고 콧방귀를 뀐 후에 눈 한 번 흘기지 않고 자신이 하고 있던 유리 동상 닦는 일에 열중하였다. 나도 귀찮은 하녀가 떨어지자 다시 일부러 말을 붙이고 싶진 않았다. 하녀가 가리킨 대로 갑옷에서 나는 철컹거리는 소리와 함께 오른쪽 모퉁이를 향해 걸었다. 모퉁이를 돌자 하녀의 말대로 지하로 가는 계단과 위층으로 가는 계단이 나타났다. 탐욕스런 성주를 먼저 죽이고 오크들을 구하러 갈까? 아니면 오크들을 구하고 성주를 죽이러 갈까? 성주를 죽인다면 커다란 소란이 일어날 거야. 그러면 이 성안에 있는 경비병들이 성주를 향해 모일 것이고 그때를 틈타 오크들을 구하면 되겠군.

첫번째 발을 위층으로 올라가는 계단을 밟아 천천히 올라갔다. 등 뒤에 숨긴 도끼는 나의 불안한 마음을 메꾸며 나에게 용기를 줬다. 3층에 도착하니 성주의 방문을 지키는 근육이 우람한 근위 기사 2명이 나를 훑어보며 의미심장한 눈빛을 보냈다.

"허허, 톰슨인가? 성주님껜 뭔 볼일이지?"

"아예… 기사님, 마을의 경비를 맡고 있어서 그런지 마을의 경비에 신경이 무척 쓰입니다. 그래서 주민들의 안전을 위하고 더욱더 편안한 날들을 주민들에게 주기 위해서 고민을 한 결과를 성주님께 알려 드리려고 그럽니다.”

"톰슨, 자네답지 않군. 허허. 그래, 들어가 보게나.”

나는 방문을 열기 전에 슬리핑 마법 주문을 속으로 외치고 있었다. 문을 열자마자 보이는 고급스러운 가구들과 카펫 때문에 조금은 당황하였으나 조용히 'Sleeping' 이라고 중얼거리니 나를 향해 오만하고 거만한 눈빛을 띠며 뭐라고 큰 소리를 내지를 것 같던 비계 덩어리의 성주는 아무 말 못하고 잠에 들었다.

잠든 성주 바로 앞에 가서 목에 오른손을 가져다 대었다. 목에도 어찌나 살이 쪘는지 물컹물컹한 비계들이 성대를 감추고 있는 듯하였다.

"Small Fire Line"

손에서 잠깐 번뜩하면서 생성된 불의 줄은 성주의 목을 꿰뚫은 후 바로 공중으로 사라졌다. 아주 작은 불의 줄이기 때문에 성주의 목에도 불에 탄 흔적이나 구멍이 나 있지 않았다.

이렇게 편안한 죽음은 그동안 주민들의 뼈를 발라 먹고 살을 파먹으며 피를 마신 성주에게는 너무 약한 것이었다. 이곳에 오면서 성주를 어떤 방법으로 고통스럽게 죽일까 하는 생각에 몸에 전율이 왔지만 계획대로라면 이곳에서 자연스럽게 연기를 해야 하기 때문에 피를 튀기지 않는 방법이란 이것밖에는 없었다.

너무 손쉽게 죽어서 입을 '쩝' 한 번 다시고는 커다랗게 소리를 내질렀다.

"기사님들~ 기사님들~ 성주님이 이상해요!”

나의 커다란 외침에 문 밖에서 대기하고 있던 기사 2명이 문을 힘차게 열며 들어왔다. 그들은 책상에 엎드려 편안하게 잠들어 있어 보이는 성주를 보고서는 휴~ 하고 안심을 한 후에 나를 쳐다보았다.

"톰슨! 이게 뭔 짓인가. 성주님이 잠들어 계신 게 보이지 않는가?"

"기사님들, 자세히 보세요. 잠드신 게 아닌 것 같아요."

"뭐?"

기사 두 명은 성주 가까이 가서 성주의 코에 손을 대보고 등에 귀를 대보면서 서로를 황당한 눈으로 쳐다보았다.

"성주님, 일어나세요!"

기사 한 명이 성주의 귀에 대고 크게 소리를 내질렀으나 성주는 죽은 시체의 몸이므로 그 소리를 들을 리가 없었다. 성주의 몸에서 반응이 없자 기사 두 명은 서로 쳐다보았고 곧 그들의 입가 끝이 올라가면서 미소가 지어졌다.

"크큭… 성주가 죽었군. 크큭, 이 돼지 비계 성주가 죽었군."

기사들은 이상한 웃음소리를 내며 통쾌해하였다. 나도 그들이 그렇게 통쾌하게 웃는 모습을 본 후 사람을 죽이고 난 후에 느끼는 죄책감 같은 것은 없고 가슴이 뿌듯해졌다.

이 성주는 사람이 아니야. 자신의 부만 탐내는 돼지에 불과해. 크르르……

"내가 평소에 이 성주를 얼마나 죽이고 싶었는지 모르네. 돼지 같은 입으로 명을 할 때마다 입 냄새가 나서 미칠 지경이었네. 정말 잘 죽었지. 이런 자식도 성주라니. 좋은 집안에서 태어나 호강을 누리다가 이렇게 편하게 죽다니, 세상도 참."

"어이, 이보게. 누가 들으면 자네를 의심하겠네. 그나저나 톰슨! 자네가 이곳에 들어왔을 때 뭔가 수상한 점은 없었나? 아무리 성주가 죽어서 좋다지만 따질 건 따지고 넘어가야지. 이제 곧 왕성에서 검찰단을 파견할 텐데……."

"제가 기사님들을 뵙고 이곳에 들어가니 성주님이 엎드려 자고 계시더군요. 저는 평소에 경비에 불만이 쌓였던지라 이번에는 꼭 말씀드리려는 생각으로 가까이 가서 성주님을 조용히 깨웠죠. 놀라지 않게 말이죠. 하지만 성주님은 제가 몇 번이나 깨웠지만 일어나시지 않고 하나의 미동조차 없어서 의심이 들었죠. 이 성주님이 죽으셨나 말이죠. 그래서 등에 귀를 대고 숨소리를 듣자니 정말로 숨소리가 없었죠. 그래서 바로 그 뒤로 기사님들을 부른 겁니다. 전 정말 모릅니다요."

나는 정말 모른다는 듯이 손짓을 이리저리 해보면서 기사들에게 대답했다. 기사들은 그런 나를 보고서는 둘이 한 번 씨익 웃고서는 아무렇지 않다는 듯 대수롭지 않게 말했다.

"여보게, 톰슨. 자네를 의심하는 건 아니네. 이런 돼지 같은 성주 죽은 게 어떻나? 이제 감사관이 모래면 내려올 테니 맨 처음 발견자인 자네 말을 듣는 게 순서 아닌가. 흠, 하기야 자네는 들어가자마자 소리를 내질렀으니 그럴 리가 없지. 그만 돌아가게나. 자네의 불만을 들어줄 이 돼지 성주는 죽어버렸네. 아마 돼지같이 음식을 처먹다가 음식에 목이 막혀 죽었을 테지. 아니면 이 돼지가 그토록 좋아하던 커다란 다이아몬드에 키스를 하다가 모르고 삼켜 버려 목이 막혔겠지. 이 돼지가 하는 일이 뻔하지 않나? 먹는 일, 자는 일, 싸는 일. 하하하, 그만 돌아가서 자네 아내에게 내 안부나 전해주게나. 오늘은 무척 경사스러운 일이니 어서 나가서 주민들에게 이 일을 퍼뜨리고 다니게나. 하하하."

나는 고개를 숙여 기사들에게 인사를 한 후 미소를 지은 후 밖으로 빠져나왔다. 성안을 돌아다니면서 주방장이나 하녀들에게 이 사실을 말하니 모두 기쁜 얼굴을 하면서 소문을 퍼뜨리러 돌아다녔다.

이들에게 성주의 죽음은 기쁨 그 자체였다. 성주 자신이 죽자 이렇게 모든 사람이 좋아한다는 사실을 안다면 어떨까? 성주에겐 가족도 없는 모양으로 혼자 독신으로 살아가고 있는 모양이다. 가족도 있었으면 성주의 죽음을 기뻐했을까?

가족. 나의 세계에 있던 가족. 그들은 어떻게 되었을까? 비록 정이 들어서 결혼한 것은 아니지만 나의 아내 정애, 귀여운 내 딸 은희는 지금 어떻게 하고 있을까? 내가 이곳 세계로 떨어지면서 그 세계의 나는 없어졌을 텐데. 나는 이미 실종된 한국의 남자일 텐데. 가장 없는 집안을 정애는 잘 이끌어 나갈 수 있을까?

은희… 은희… 귀여운 입술을 웅얼거리면서 아빠 하고는 달려들던 나의 딸 은희. 난 왜 이렇게 오랜 시간 동안 가족을 잊고 살았던가. 나도 역시 인간인지라 한순간의 쾌락과 만족에 과거를 생각지 않았던 것 같군. 은희. 내 딸 은희가 보고 싶구나.

나는 두 눈에서 은희를 보고 싶다는 생각에 눈물이 흘렀으나 투구를 쓰고 있어서 성주의 죽음을 기뻐하는 사람들은 모르고 있었다.

성주, 불쌍한 인간이군. 누구 하나 자기의 죽음을 애도하는 사람이 없으니. 그렇게 자신의 몸을 부풀리며 먹을 것을 탐내며 보석을 탐내면 뭐 하는가. 죽으면 이렇게 사람들이 자신의 시체 앞에서 대놓고 웃어 젖히니 말이야. 죽으면 다 그만인 것을. 은희야… 은희야… 보고 싶구나. 나도 이곳에서 이 성주처럼 외롭게 죽어야 하는 건가. 아참! 이러고 있을 때가 아니야. 어서 나의 전우들을 구하러 가야지.

나는 투구 속으로 손을 살짝 넣어 눈물을 훔치고서는 지하 감옥으로 내려갔다. 감옥의 벽에 열쇠 꾸러미가 걸려 있었는데 아마 그게 감옥 열쇠일 것이라. 내려가자 아직 성주의 죽음 소식을 모르는 감옥의 경비병들은 플레이트 메일을 장비하고 내려오는 나에게 적대감을 나타내었다

"어이, 자네들. 모르는 것 같아 소식을 전하러 왔네."

"자네라니? 우린 자네를 모른다네. 그나저나 뭐 말인가? 우선 그 투구를 벗고 말하시지."

"허허, 그런 것 따질 때가 아니네. 현재 성주님이 돌아가셨다네. 그 돼지 성주가 죽었다고. 크크, 자세한 건 위에 올라가 보면 알 거야."

경비병들은 내 말에 환한 미소를 띠면서도 아직 믿지 못해 나만을 멀뚱히 쳐다보았다.

"정말이라네. 왜 이렇게 믿질 못하나. 한번 위에 올라가서 시녀에게 물어보고 오면 될 것 아닌가?"

"정말인가? 어이, 가린스. 자네가 한번 올라가서 알아보고 오게."

왼쪽의 경비병이 가린스라 불리는 경비병의 어깨를 툭 치며 말했다.

"알았네. 기다리게."

경비병 가린스는 창을 벽에 놓고서는 계단을 밟으며 위층으로 올라갔다. 시간이 대략 3분 정도 지난 다음에 내려온 가린스의 얼굴엔 함박꽃이 펴서 질 줄을 몰랐다.

"여보게들, 정말이라네. 정말 성주가 죽었다네! 크하하! 돼지 성주가 말이야."

가린스의 말에 감옥 곳곳을 지키고 있던 경비병들이 하나둘 모여 10명이 넘는 숫자를 만들어냈다. 10명의 경비병은 함성 소리를 내지

르며 서로 손을 잡고 어린아이들처럼 좋아했다. 지하 감옥에 갇혀 있는 죄수들도 모두들 커다란 웃음소리를 내며 와하하 하며 경비병들처럼 함성 소리를 내질렀다. 얼마나 소리가 큰지 이 지하 감옥에 그들의 소리가 울리면서 나의 고막을 때리는 듯하였다.

"여보게들, 이럴 때가 아니네. 나가서 맥주 한잔하게나. 그놈의 성주가 죽었으니 말이야! 오늘을 국경일로 정하세. 크크크."

가린스의 말에 경비병 모두들 다시 한 번 함성을 지르더니 이 지하 감옥에서 위층으로 빠져나가기 시작했다.

"어이~ 여보게. 자네는 우리하고 왜 같이 가지 않나?"

'경비병들이 빠져나간 이 지하 감옥은 내 세계다' 라는 생각을 할 때쯤 위에서 들려오는 소리에 흠칫 놀라며 가슴을 안정시켰다.

"아니네. 자네들 모두 이곳에서 나간다면 이 죄수들은 누가 지키는가. 아무리 죄없는 사람이 많이 있다고 해도 살인범들 같은 흉악범도 있다네. 그러나 전부 감옥에 갇혀 있으니 내가 혼자 지킨다 해도 무리는 없을걸세. 무슨 일이 있으면 바로 위로 올라가서 알리겠네. 걱정 말고 어서 마시러 가게나. 오늘은 국경일 아닌가?"

"그럼 미안하지만 수고하시게나."

뚜벅뚜벅하는 걸음 소리가 점점 멀어지면서 이곳에는 정말로 경비병 하나 남아 있지 않았다. 나는 벽으로 가까이 가 벽에 걸려 있는 열쇠 꾸러미를 잡아 끌어냈다. 많은 열쇠들이 주렁주렁 달려 있어서 예상하지 못한 열쇠들의 무게에 놓칠 뻔했었다.

하라만도 전사들은 어디에 잡혀 있는 거지? 이곳에 이제 누가 내려오진 않겠지만 어서 구하고 같이 성 뒷문으로 빠져나가야겠다.

오크들을 찾기 위해 열쇠로 잠겨진 문들을 열면서 감옥 이곳저곳을 걸으니 자신을 꺼내달라며 소리를 지르는 죄수들의 소리에 귀를 막을 수밖에 없었다. 이들을 꺼내면 어떤 귀찮은 일들이 일어날지도 모른다. 설사 죄없는 이들이라 할지라도 후에 이곳의 기사단이 꺼내주겠지.

"크르르르…… 형제들은 어디에 있는가?"

감옥 주위를 돌았으나 오크들을 찾을 수가 없어 오크 어로 크게 외쳤다. 오크 어의 소리가 감옥을 메우면서 메아리쳤다. 죄수들은 나의 투구 속에서 이상한 언어가 나오자 나를 멀뚱히 쳐다보았다.

"누군가! 우리 형젠가?"

어딘가부터 커다란 오크의 소리가 들려오기 시작했다. 오크의 소리가 난 곳으로 다가가니 커다란 벽에 막혀 있어 벽만 있을 뿐 아무것도 있지 않았지만 그 벽의 뒤에서 오크들의 소리가 들려오고 있었다. 어딘가에 이 벽을 들춰내는 기관이 있을 텐데 도저히 찾을 수가 없었다.

"나는 자랑스러운 하라만도의 형제요. 거기 벽 뒤에 있는가, 형제들이여?"

"그렇다. 우리들은 여기 있소. 이곳까지 오다니 자네도 안됐구려. 자네도 인간에게 붙잡혀 온 것인가?"

"자랑스런 하라만도 형제들이여, 잠시 그곳에서 뒤로 물러서시오."

"알았소."

나는 벽 뒤에서 소리가 나는 게 확실하자 뒤로 물러서며 3클레스 마법의 운용 법칙을 생각하며 중얼거렸다.

"Silence and High Fire Explosion(침묵과 불의 폭발)."

엄청난 불길이 벽을 휘감으며 내가 더욱 뒤로 물러서자 한순간 불이 폭발하면서 나와 하라만도 전사들을 가로막고 있던 벽은 그대로 무너져 버려 작은 돌조각들로 변하면서 주위로 튀었다. 한순간에 3클레스 마법을 동시에 두 개나 운용하자 가슴이 갑갑하면서 숨이 턱 막혔다. 하지만 다시 주위의 기운에 집중을 하자 숨이 천천히 돌아왔다. 6클레스까지의 마법 지식을 가지고 있지만 3클레스의 마나까지밖에 없으니 정말 한탄할 노릇이었다.

갑자기 막혔던 벽이 무너지자 어떻게 이 많은 수의 오크들을 가둘 수 있었는지 할 정도로 밀실에 갇혀 있던 오크 수십 마리가 크르르 하고 소리를 내지르며 나의 곁에 모여들었다.

크라임에 들여보내 인간 검투사와 전투를 벌이게 하기 위해 이들에게 고문을 가하진 않았는지 하라만도 전사들의 몸엔 전쟁의 상처 빼고 고문으로 인한 흔적은 없었다.

인간들은 오크들을 위해서 고문을 가하지 않은 게 아니라 그들을 더 확실한 장난감으로 만들기 위해 온전한 상태로 보관한 것일까? 그렇겠지. 크라임(콜로세움)에 들어서게 하려면 무엇보다도 오크들이 건장해야 할 테니까.

하라만도 전사들은 플레이트 갑옷을 장착하고 있는 나를 보고서는 뒤로 물러섰다. 나는 이들이 나의 갑옷과 투구 때문에 그런다는 것을 안 후에 두 손으로 투구를 살짝 벗었다.

"앗! 그대는 샤코로움 하크 아니오?"

투구를 벗자 수십 명의 오크의 리더로 보이는 듯한 거대한 몸집의 오크 형제가 말을 걸었다.

"그렇소만."

"역시 우리들의 희망인 샤코로움이시군요. 나는 당신을 어렸을 적에 봤었지요. 벌써 오래전의 일이지요. 하라만도 전사답지 않게 날렵

한 몸집을 가진 샤코로움이라 불리는 당신이 무척이나 특이해 보였소. 이렇게 인간의 갑옷을 입을 정도니 말이오. 수십 명의 인간 기사와 전투를 벌인 후 승리의 부족인 우리들이 이곳에 갇히게 된 것은 어쩌면 샤코로움 당신과 만나게 하기 위한 신의 뜻일 수도 있겠소. 우리들은 전투가 일어나기 전에 여자와 아기 전사들은 다른 곳에 피신을 시켜놓았었소. 지난 전투에 우리의 모든 것을 걸리라 하는 생각으로 말이오. 죽음을 각오하고 싸웠지만 저 인간들은 우리를 죽이지 않고 이곳으로 데려오더군요. 더러운 인간들, 크샴도 전투로 인해 죽고 형제들이 죽어 나가자 차라리 죽고 싶었습니다. 패배를 맛보았으니 말이죠. 하지만 우리들은 기회가 있을 것이라 생각하고 죽지 않았죠. 신은 우리를 승리의 부족으로 만드셨으니 언젠가는 승리를 맛볼 날이 있을 거라 생각하면서 말이죠. 샤코로움, 당신은 우리들의 신이십니다."

자랑스런 하라만도 전사의 리더는 기다란 말이 끝나자 입, 코, 손, 발을 땅에 대고 엎드려 나에게 절을 하듯 하였다. 뒤의 수십 명의 전사들도 리더를 따라서 '샤코로움'이라고 소리치면서 나에게 엎드렸다. 안도의 감정과 우월감, 성취감의 감정이 뒤섞여 나에게 다가왔다.

"일어나시오, 자랑스러운 형제들이여. 어서 이곳을 빠져나가 다음에 인간들에게 패배의 느낌을 전해줍시다."

나는 수십 명의 오크들을 한 명 한 명 일으키면서 말했다.

"샤코로움 하크여, 우리들을 인도하소서."

그들의 말에 나는 몸을 반대 편으로 돌려 차근히 걸어갔다. 내가 수십 명의 하라만도 전사들을 데리고 감옥을 걷자 감옥에 갇혀 있는 많은 사람들은 우리의 모습에 경악을 금치 못하면서 말을 못하며 더듬고 있었다.

그런 그들을 바라보자 그들은 나의 모습에 흠칫 놀라면서 뒷걸음치기 시작했다. 왜 무서워하는 것인가, 인간들이여? 난 그대들보다 잔인하지 않다. 외모의 기준이 바로 너희들 인간인가? 하긴 나도 아직 오크들이 아름답게 보이진 않는다. 어쩔 수 없는 거겠지. 그렇지만 미의 기준을 너희 멋대로 지어놓고 나를 보고 추하다 생각하며 뒤로 물러서는 너희들의 악마성을 돌이켜 보거라. 너희들은 너희 인간 존재 그 자체로 추하다.

우리 전사들의 모습을 보면서 뒤로 넘어지는 죄수들을 뒤로한 채 계단 앞에 모여 섰다.

"이제 나를 따르시오. 승리의 존재인 우리들이 패배란 걸 맛보았소. 하지만 참아야 하오. 인간들을 죽이고 싶더라도 참아야 하오! 인간들이 길을 막더라도 참아야 하오! 나의 뒤만 따르시오! 다리에 온 힘을 모으시오! 자… 가겠소! 달리시오, 형제들이여!"

나는 모여 있는 수십 명의 전사들을 향해 외친 후 계단으로 뛰어 올라갔다. 내가 계단을 다 올라가자 투구를 벗은 나의 모습에 맨 처음 이곳에서 보았던 시녀는 들고 있던 접시를 떨어뜨리면서 뒤로 뒷걸음치기 시작했다. 인간들은 언제나 같은 반응이다. 나만 보면 이렇게 뒷걸음을 치니. 악마 같은 자신들을 돌이켜 보지도 않고 나의 모습만 보고 나를 경멸하며 두려워하며 뒷걸음치니.

"크르르르……. 인간, 너희들은 악마다!"

성주의 성문까지 뛰어가는 우리 전사들의 발걸음 소리에 주위의 시선이 쏠리고 있었다. 역시 한결같은 반응으로 우리의 모습에 인간들은 놀라면서 뒷걸음을 쳤다. 나를 보고 뒷걸음치는 인간들이 꼴 보기가 싫어 그대로 앞으로만 질주하였다. 나의 뒤로는 수십 명의 오크들이 도끼를 들고 인간에 대한 분노의 고함을 지르면서 따르고 있었다.

"오… 오… 오크다! 오크가 나타났다!"

우리들이 성주의 문을 지나고 마을로 들어서자 몇몇의 인간들이 우리들의 모습에 놀라며 주위를 돌아다니면서 소리를 지르고 있었다. 소리를 지르는 인간을 향해 도끼를 던지기 위해 행동을 취하려다 문득 드는 생각에 그만두었다.

저런 인간들의 행동 하나하나에 상관하다간 우리 전사들이 이곳에서 잡힐지도 모른다. 이곳에는 아직 기사단 한 부대가 남아 있다. 그들이 오기 전에 어서 이 마을로부터 빠져나가 안전한 곳에 정착해야 한다. 악마 같은 인간들. 나도 인간의 마음을 가졌지만 진작 인간이 악마인지 깨닫지 못하다니.

나는 인간의 마음을 가졌지만 몸은 오크이다. 나는 정말로 오크가 되기를 원하고 있는가? 아니면 한순간 오크의 자유에 빠져 이렇게 오크들의 적 인간을 부정하고 있는 건가. 나 자신 오크로서의 육체를 정당화시키기 위해 인간들을 부정하고 있는 건 아닌가? 독일의 철학자 피히테는 '인간은 인간 사이에서만 인간이다'라고 말했다. 인간은 다른 사람들과 더불어 존재함으로써 인간다울 수 있다라는 말로 인간(人間)이라는 한자의 뜻도 이런 내용을 담고 있다.

정확히 말하자면 나는 지금 인간이 아니다. 단지 인간의 마음을 가진 오크에 불과하다. 나는 인간의 마음을 가진 존재로 오크의 사회화라는 과정을 거치고 있다. 개인이 타인과의 사회적 관계를 통해 사회나 문화에 적절하고 바람직한 가치 규범을 내면화하여, 자신이 속한 사회, 문화, 또는 조직, 집단에 알맞은 행동 양식을 취할 수 있게 되는 과정인데 나는 오크의 사회에서 살아가면서 오크에 알맞는 행동 양식을 취해가고 있는 과정, 즉 사회화를 겪고 있다.

나는 인간의 마음만 가졌을 뿐, 오크이다. 그렇지만 나는 정말로 오크가 되기를 바라고 있는 걸까? 정말로, 나의 내심 끝에는 오크가 되길 바라고 있는 걸까? 아니면 인간이길 바라면서 인간을 비판하는 존재로, 인간들보다 우수하다는 우월감에 빠져 있는 존재로 남아 있길 바라는 건 아닐까?

수십 명의 전사들의 도끼에 마을 사람들이 고함을 지르면서 돌아다니고 그 소리를 들은 주위의 경비대들이 하나둘씩 모이기 시작했다. 경비대원들은 수십 명의 전사들을 훑어본 후론 덤빌 생각을 하지 않고 멀리서만 우리들을 보고 있는 중이다.

신경 쓰지 말자! 어서 이곳에서 탈출하자!

"형제들이여! 더욱더 발에 힘을 주어라! 달려라! 바람을 가르고 공간을 가르자! 달리자! 형제들이여, 이곳에서 앞으로만 나아가자! 나의 뒤를 따르라! 크르르."

내가 소리를 지르자 전사들 역시 나의 소리에 맞춰 한껏 크게 웃으면서 앞으로 돌진만 하였다. 수십 개의 가옥을 지나고 상점을 지난 후에야 내가 톰슨을 처음 보았던 성문에 도착할 수가 있었다.

그대로 성문을 뚫고 지나가려 하자 성문을 맡고 있던 한 사내가 나의 앞을 가로막았다. 그자는 톰슨과 같이 경비를 보고 있던 플론슨이라는 자였다.

왜 가로막는 거지? 오크인 내가 무섭지 않은 건가? 오호라, 너는 네 실력에 자신이 있는가 보군. 왜 아무 말 안 하고 나의 갑옷만 보는 건가? 알아차린 건가, 이것이 네 친구 톰슨의 갑옷이란걸?

"넌… 넌, 오크인가, 인간인가?"

나는 인간인가? 아니다. 나는 오크의 몸을 가진 오크 사회에서 살아가고 있는 오크이다. 악마성이 깊이 잠재된 채 아닌 척 위선을 떠는 인간이 아니다.

"오크라면… 어떻게 인간의 갑옷을 입을 수 있는 거지? 어떻게 그런 몸을 가지고 있는 거지? 오크가 아니군. 너는 어떤 존재냐!"

그의 말에 나는 나의 몸을 훑어봤다. 역시 오크라고 보기엔 무리인, 오크라기보단 근육질의 인간에 가깝다고 해야 할 정도의 몸이었다.

나는 이 톰슨의 친구 플론슨에게 대답을 해줄 만큼의 시간이 없다. 어서 이곳에서 빠져나가야 한다. 기사단이 우리를 추격하여 따라잡히기 전에 이곳에서 보다 멀리 도망쳐야 한다.

대답을 하지 않은 채 한 손으로 플론슨의 가슴을 밀어버리자 플론슨은 나의 힘에 밀려 뒤로 벌러덩 넘어져 버렸다. 나는 플론슨에게 눈길 하나 돌리지 않고 그대로 모래 벌판으로 뛰어갔다.

"이… 이…! 이 오크 자식! 어디 가느냐! 너는 뭐냐 말이다! 그 갑옷은 톰슨의 갑옷이 아니냐? 네가 왜 입고 있는 거냐! 대답이나 해주고 가란 말이다!"

소리를 지르는 플론슨의 소리도 나의 뒤를 따르는 수십 명의 전사들의 뜀박질 소리에 묻혀 사라지게 되었다. 어느 정도 달렸다고 생각한 나는 휑한 모래벌판을 달리다가 문득 서서 뒤를 돌아보았다.

"자랑스러운 하라만도 전사여, 나머지 형제들을 피신시켜 놓은 장소는 어디요?"

수십 명 전사들의 리더에게 몸을 돌려 물어보았다.

"저희 마을 왼쪽에 커다란 산이 있습니다. 그곳 동굴에 피신시켜 놓았습니다. 샤크로움 하크여, 그곳으로 제가 모실까요?"

원래의 하라만도 마을로 돌아가기 위해선 내가 이곳을 오면서 거쳤던 마을을 지나야 하는데 그러면 그곳에 있는 인간들과 마주치고, 그들은 우리들을 추적하는 기사단들과 마주칠 시간을 만들어놓겠지. 정석대로 가면 안 된다.

"아니요, 그럼 이렇게 북쪽으로만 올라가는 게 아니라 다른 길로 가는 법은 없소?"

전사의 리더는 곰곰히 생각하는 듯하더니 생각이 났는지 나를 향해 고개를 쳐 올렸다.

"이쪽에서 서쪽으로 가면 다리가 하나 나오는데, 그곳을 지나 산맥을 따라 올라가면 형제들을 피신시켜 놓은 장소로 갈 수 있을 겁니다."

나는 전사 리더의 말을 듣자마자 서쪽으로 발걸음을 옮겨 달리기 시작했다. 내가 갑자기 달리자 하라만도 전사들 역시 몸을 돌려 고함을 지르며 나의 뒤를 따랐다. 칠흑 같은 어둠의 밤은 어느 순간부터인가 우리들을 덮쳤고, 밤에 활동하는 우리 전사들은 더욱더 활기가 넘쳐 피곤을 모르는 듯하였다. 하지만 아무리 강인한 체력의 오크라지만 이렇게 3시간을 달리니 피곤이 오지 않을 수 없었다. 나는 조금씩 피곤이 몰려왔지만 그때마다 뒤를 따르는 전사들을 바라보면서 힘을 얻었다.

갑자기 어디선가 이상한 소리가 들려온다. 우리 전사들의 소리가 아닌 다른 커다란 소리들. 짐승의 울음소리도 아니고 무언가 부딪치는 소리인데 이렇게 커다란 소리가 나는 거지?

어떤 소리인가? 혹시…….

제 9 장

요크! 추적 기사단과의 전투

제9장

오크! 추적 기사단과의 전투

　우리들은 달리다가 문득 멈춰 소리가 나는 곳을 향해 돌아보았다. 비록 칠흑같이 어두운 밤이었지만 오크의 신체상 밤이라는 이점 아래 더욱더 잘 보였다. 흰색, 갈색, 검정색 세 가지 색이 모여서 우리들을 향해 달려오고 있었다. 정말 익숙한 소리가 귀에 들리면서 그 세 가지 색의 모습이 우리들의 눈에 보이기 시작했다.

　수십 마리의 흰 말, 갈색 말, 검정색 말이 땅을 박차며 우리들을 향해 달려오고 있는 것이었다. 작은 점같이 보이긴 했지만 확실히 형태는 알아볼 수는 있었다. 그 말들 위에는 갑옷을 차려 입은 인간들이 기다란 검을 손에 쥐고 있었다.

　입에서 '아' 하는 음성이 새어 나왔다. 악마 같은 인간들의 모습이지만 수십 명의 인간들이 갑옷을 입은 채 말을 타고 달려오는 모습을 보니 마치 영화에서, 꿈에서 본 듯한 웅장한 모습에 나의 온몸이 전율

했다.

'웅장하다. 이 장면은 영화에서만 봤던… 정말이지 멋있구나. 앗! 이럴 때가 아니다! 어서 도망가야 되지. 이렇게 있다간 바로 죽고 말겠어. 시간이 없어. 우린 잡히는 건가? 싸운다고 해도 나에겐 수십 명의 하라만도 전사들이 있어!'

저 악마 같은 인간들 정도야… 그렇지만 과연 저런 거대한 말을 타고 기다란 검을 들고 내려쳐도 뚫리지 않을 듯한 철로 된 갑옷을 입고 있는 훈련된 기사들과 얇은 천 하나만 달랑 걸치고 날이 무딘 도끼를 들고 있는 우리 전사들이 상대가 될까?

약한 생각은 하지 마라! 난 샤코로움 하크다! 저딴 인간들, 다 죽여 버릴 수 있어. 하지만 그것보단 어서 이곳에서 도망쳐야 한다. 저들에게 잡히기 전에. 도망 치다가 실패해 그때 전투를 해도 늦진 않아.

"어서! 인간들이 왔다! 우린 도망 치는 게 아니다! 더욱더 커다란 승리를 얻기 위한 하나의 과정일 뿐이다. 나 샤코로움을 따르라! 전사들이여, 형제들이여!"

될까? 이렇게 거의 2파얌, 즉 60명 정도의 전사들에게 Fast Step 마법이 시행이 될까? 이곳에서 도망 치기 위한 방법은 Fast Step 마법밖에 없다. 힘은 세지만 속도가 느린 형제들의 발을 빠르게 할 수 있는 건 마법! 마법밖에 없다! 어차피 저 기사단에게 잡히면 죽을지도 모른다. 어떻게든 상대는 해보겠지만 결국엔 죽을 수밖에 없는 거겠지. 클레스의 마법 법칙을 생각하면서 온몸의 마나를 뇌로 흘려 보냈다. 한번에 많은 양의 마나가 뇌의 한계 용량치를 넘도록 들어오자 뇌에서 반대 반응이 일어나 갑자기 추워지기 시작했다.

하지만 전부 살려면 어쩔 수가 없는 법. 추위에 이빨을 덜덜거리면서 온몸을 부르르 떨자 주위의 전사들은 나를 가만히 쳐다보고 있었다.

"샤코로움 하크여, 괜찮으십니까?"

마법을 운용하느라 오크 리더의 말에 대답을 할 수가 없었다. 대답을 생각해서도 안 되고 오로지 운용의 법칙만 떠올려야 했다. 비록 2클레스의 마법이지만 이렇게 많은 인원들의 한 사람 한 사람에 마법을 걸기 위해선 엄청난 머리 회전과 마나가 필요했다. 마나가 좀 더 있었으면, 좀 더 강력한 존재가 되었으면……

오크 한 명 한 명의 모습을 떠올리며 온몸의 마나를 전부 공기의 흐름으로 옮겼다.

"High Fast Step!"

나의 주위에서 밝은 푸른빛이 번쩍이더니 60조각으로 나눠져서 전사들의 발을 향해 날아갔다. 오크들에게 닿은 빛들은 발에서부터 허리까지 푸른빛을 만들며 감싸 돌았다. 전사들은 갑자기 푸른빛들이 자신의 하반부를 덮자 신기해하면서도 빛을 없애기 위해 손을 이리저리 빛을 향해 해저었다.

"그, 그만 하시오, 형제들이여. 내가 한 것이오."

다행히 마법의 운용이 되었구나. 어쩌면 나는 정말로 마법에 대해서 소질이 있는지도 모른 일이다. 60명의 인원에게 한 번에 2클레스의 마법을 걸다니 말이다. 클레이스가 이 모습을 봤으면 좋을 텐데. 나의 스승이자 친구인 클레이스. 그대가 보고 싶구려.

클레이스 당신은 인간이었지. 하지만 이 세계에서 물질과 탐욕에 온몸이 사로 잡혀 악마성을 온몸에 숨기며 위선을 떠는 인간들과는 전혀 다른 존재였소. 클레이스, 당신은 인간이 아니었소. 저렇게 나를 죽이기 위해 칼을 들고 오는, 저렇게 나의 형제들을 죽이기 위해 칼을 들고 오는 인간이 아니었소. 그대는 순수한 존재. 나의 절친한 친구였소. 보고 싶구려.

갑자기 생각이나 클레이스의 모습에 나의 두 눈에 눈물이 맺혀 글썽거렸다. 하지만 클레이스의 생각에 눈물을 흘릴 때가 아니다. 나의 생명, 우리의 생명이 바로 몇 초를 앞다투고 있다.

"달리시오, 전사들이여! 그대들은 질풍보다 빠른 존재! 공간을 가르는 존재가 되었소! 그대들을 막을 것은 없소! 우선은 앞으로 나아갑시다! 전사들이여! 달리시오! 그보다 하라만도 형제여, 나를 잠시 업어줄 수 없겠소? 명상이 끝날 때까지 말이오."

"옛? 샤코로움이여, 갑자기 왜 움직이지 못하시오?"

"나의 힘을 썼기 때문이오. 어서! 급하오!"

나를 업기 위해 다가온 오크 리더는 갑자기 빨라진 자신의 다리를 보고 놀라면서 나를 업진 않고 자신의 다리만을 매만지고 있었다.

"형제여, 놀라지 마오! 나의 힘이오. 어서! 정말 급하오! 저 인간들이 다가오기 전에!"

"샤코로움, 그대는 정말 샤코로움이군요! 샤코로움 하크여, 그대는 우리들의 신입니다! 샤코로움! 하크! 샤코로움! 샤코로움!"

다른 하라만도 전사들 역시 자신의 다리가 빨라졌음에 이상해하고 있었는데 나의 힘에 놀랐다는 듯이 멍하니 쳐다보고 있다가 오크 리더의 말을 따라서 전부 샤코로움이라고 외쳤다. 샤코로움이시여, 존경합니다! 라고 외치는 듯한 저 눈들을 보니 기분이 묘하면서 좋아졌지만, 이럴 때가 아니었다.

"형제들이여! 저기 뒤를 보오! 악마 같은 인간들이 우리를 잡기 위해 다가 오고 있소. 우리는 어서 저 인간들로부터 벗어나야 하오! 우리들은 비겁한 게 아니고 도망치는 게 아니오! 더욱더 위대한 승리를 얻기 위한 것뿐이오! 어서 달리시오, 형제들이여!"

나의 말이 끝나자마자 오크 리더는 나를 자신의 등에 업고서는 하라만도 전사들보다 앞장서서 서쪽을 향해 뛰기 시작했다. 아무리 우리의 다리가 빨라졌다고는 하지만 말의 속도에는 뒤쳐질 수밖에 없었다. 우리를 추적하고 있는 기사단들과의 거리도 거의 200미터 정도로 조금씩조금씩 가까워지고 있었다.

뭐라고 큰 소리로 외치면서 우리들을 추적하고는 있지만 저들의 소리가 웅얼거리는 소리로만 들리지, 뭐라고 하는지는 들리지 않고 단지 고함을 지르고 있구나! 라는 생각만 들었다.

이 상태로 가다간 잡히고 말겠어. 어떡하지…….

초조한 마음에 명상을 하려던 나의 계획도 물거품이 되고 주위를 두리번거리고 있을 때 나를 부르는 오크 리더의 소리가 들렸다.

"샤코로움! 저곳에 다리가 있습니다. 저곳을 건널까요?"

확실히 저기 저곳에 다리 하나가 있긴 하다. 자세히 보이지는 않지만 우선 그곳에 가봐야 확실히 알 수 있을 것 같았다.

"그러시오! 어서 갑시다! 형제들이여! 모두들 힘을 내시오!"

땀에 흠뻑 젖은 옷의 냄새가 가끔씩 부딪치는 오크 리더의 등에서 풍겨져 나왔다. 뒤를 돌아보니 어느새 추격 기사단은 100미터도 안되는 곳에서 우리를 뒤쫓고 있었다.

"오크들! 이 추악한 오크들! 어딜 도망가느냐! 하하하!"

확실히 거리가 가까워짐에 따라 인간들이 외치는 소리 하나하나 정확히 들려왔다. 하지만 기사단장이라고 여겨지는 사람의 웃음소리가 나의 고막을 때리자 나는 그 웃음소리가 나의 감정 역시 때리고 있다는 것을 느낄 수가 있었다. 그렇게 웃기는가, 인간들이여? 뭐가 그렇게 웃기지? 왜 너희들보다 기사단보다 약한 존재인 우리 오크들을 뒤쫓는 게 그렇게 즐거운가?

"헤루누 단장님! 오크들이 이상합니다. 오크들의 다리를 보십시오! 혹시나 했지만 가까이서 보니 확실히 마법이 분명합니다."

"나도 알고 있다! 정말 신기하지. 어떤 하릴없는 마법사가 오크들에게 속도 촉진 마법을 썼을까? 하하. 하지만 곧 우리에게 잡히고 말 것이야. 어떻게 도망을 갔는지는 몰라도 쉽게 우리의 손에서 벗어날 순 없지!"

"하지만 헤루누 단장님! 오크들에게 마법이 걸려져 있다는 것은 마법사가 주위에 있다는 뜻인데, 조심해야 하지 않겠습니까?"

"자네도 괜한 걱정을 하는군. 어떤 미치광이 마법사가 했는지는 몰라도 저 오크들을 도울까, 우리들을 도울까? 더욱이 마법사라면 우리 파스톤 왕정 마법사님의 제자일 텐데 우리에게 해로운 일은 하지 않을 거다!"

"······."

"그럼 걱정할 것 없다! 어서 저 오크들을 잡자! 오크들! 어딜 도망가냐! 꼭 쥐새끼같이 잘도 도망가는구나. 돼지 새끼들 주제에!"

주위의 커다란 함성 소리 때문에 대화를 커다란 소리로 주고 받음으로써 나의 귀에 그들의 대화가 전부 들렸다.

돼지 새끼들이라니. 너희들 인간은 악마의 자식들 아니냐?

"샤코로움 하크여, 다리에 도착했습니다."

앞에서 들려오는 오크 리더의 음성에 다리를 쳐다보기 위해 목을 길게 빼었다. 나는 오크 리더의 등에서 내려 다리를 쳐다보았다. 구름 다리 밑으론 끝이 보이지 않는 낭떠러지였다. 내가 서 있는 곳과 저 반대 편 낭떠러지를 잇고 있는 것은 이 구름다리뿐이었다. 밧줄은 무척이나 낡아 60명의 오크들이 건넜다가는 그대로 끊어져 이 끝이 보이지 않는 암흑의 구렁텅이에 빠져 더 이상 이 세상의 존재가 아니게 될지도 모를 것이다.

다시 한 번 밑을 내려다보니 끝이 보이지 않아서 보는 것 자체로도 몸이 굳을 지경이었다. 이 절벽에서 저쪽의 땅으로 넘어가기 위해선 이 구름다리밖에 없는 것일까? 하지만 이 다리만 건넌다면! 이 다리만 건넌다면 저 인간들의 추격 따위야 쉽게 따돌릴 수도 있을지도…….

"나의 뒤를 따르시오, 형제들이여!"

생각을 마치자마자 천천히 구름다리를 향해 걸어갔다. 발을 다리 위로 올리자 나무판자가 삐끄덕거리면서 흔들거렸지만 건너는 데에는 별로 문제가 없는 것 같았다.

"오크들을 잡아라! 오크들이 눈앞에 있다! 사로잡지 못하면 전부 죽여라! 오크들의 얼굴이라도 가져가자!"

우리 오크 전사들 뒤로 어느새 그들이 바싹 다가와 있었다. 더 이상 지체할 순 없어! 빨리 이 다리를 건너야 해!

나는 더 이상 생각하지 않고 아무것도 신경 쓰지 않고 앞을 향해 달렸다. 나의 뒤를 따르는 수십 명의 오크들이 어느새 다리를 다같이 건너자 다리에선 삐끄덕거리는 소리가 이곳저곳에서 들리면서 심하게 흔들거리기 시작했다. 시야에는 아무것도 보이지 않았다. 나를 기다리는 반대 편 땅만 보일 뿐 주위는 어둠으로 깔리어 나의 시야를 가리고 있었다. 나의 발 밑에는 끝이 보이지 않는 낭떠러지지만 이상하게

도 신경 쓰이지 않았다. 신경이 쓰이지 않았기보단 아무 생각도 없이 반대 편 땅을 향해 달리고만 있었다.

낡은 구름다리를 건너 반대 편 땅에 도착하자마자 나의 뒤를 따르는 수십 명의 오크들도 몇 초 안 되어 전부 반대 편 땅으로 도착할 수가 있었다. 다행히 낡은 구름다리는 우리 하라만도 전사를 한 명도 죽음의 낭떠러지로 끌고 가지 않았던 모양이다.

"오크들이 다리를 건넜다! 어서 다리를 건너라!"

우리가 다리를 건너기 전의 땅에 있는 인간들은 우리 뒤를 따라 다리를 건너려 하고 있었다. 하지만 수십 마리의 말을 일렬로 통제하기가 힘들어서인지 여기저기서 말이 울어대면서 뒤엉키기 시작했다. 나는 가만히 서서 그런 그들의 기사단을 쳐다보기만 할 뿐이었다.

"샤코로움이여, 더 이상 앞으로 나아가지 않습니까?"

"아니요, 잠시만 기다리시오. 저들을 잠깐만 구경합시다. 저 악마들을 말이오."

나의 웃음을 보고선 의아한 표정을 짓고 있는 하라만도 전사들은 그저 나의 뒤에서 함께 인간들을 바라만 볼 뿐 어느 행동도, 어떠한 소리도 내지 않았다.

"앞으로 돌격하라! 이따위 절벽 따위가 우리를 막을쏘냐!"

기사단 뒤쪽에 위치해 있는 헤루누 기사단장은 다리를 건너기를 약간 주춤하고 있는 기사들에게 소리를 치며 외쳤다. 기사들은 말 고삐를 꼭 잡고 한 명씩 한 명씩 다리에 들어서기 시작했다. 말들 역시 끝이 보이지 않는 절벽이 두려운지 조심조심 건너며 행여나 소리를 내면 떨어질까 봐 숨소리조차 내지 않았다.

"헤루누 단장님, 저기 오크가 이상합니다. 오크들 무리 중에 가장 앞에서 우리를 보고 있는 저 오크 말입니다. 얼굴은 오크인데 몸은 사람으로, 플레이트 메일을 착용하고 있습니다. 그리고 그렇게 개같이 도망가던 추한 오크들도 이제는 도망치지 않고 우리가 다리 건너기를 바라보고 있습니다. 어떤 이유에서가 아닐까요?"

"오크들이 무슨 이유가 있겠느냐! 우리들의 모습에 넋이 나간 거겠지. 크하하. 오크들을 잡아라! 목을 베거나 사로 잡아라!"

기사단장 헤루누. 당신은 실수하였소. 단장이라는 사람이 방심을 하니 그 단장이 이끄는 기사단은 보아도 뻔하오! 곧 이루어질 일들을 지켜보시오. 당신의 부하가 저 끝이 보이지 않는 절벽 밑으로 사라지는 모습을 말이오.

다리 중간 정도를 가고 있는 첫 번째 기사는 말의 머리를 쓰다듬으며 말을 진정시키고 있었고 뒤로 기사들이 차례로 다리 위에 오르기 시작했다. 하지만 저 기사단장이라는 사람은 말에서 내려 다리를 건너려는 말들을 진정시키느라 아직까지도 다리를 건너려 하지 않고 있었다.

다리를 첫 번째로 건너고 있는 기사가 거의 이쪽 땅에 도착하려 하고 있어서 더 이상 저 기사단장 헤루누가 다리에 발을 올려놓기를 기다리기엔 시간이 너무 오래 걸려 나는 내가 계획했던 대로 시행했다.

내가 오른손에 들고 있는 도끼를 크게 하늘 높이 치솟도록 들어올리자 나를 향하고 있던 기사의 투구 안에서 보이는 눈동자는 커지면서 천천히 걷고 있던 말의 움직임을 정지시켰다.

기사여! 늦었다! 죽음의 암흑 구렁텅이에 떨어지는 기분을 나도 느껴보지 못해서 미안하게 느낀다! 그대로 떨어지면서 이 세계의 마지막 순간을 느껴 보거라.

나는 쳐들었던 도끼를 다리의 줄을 향해 그대로 내리치자 구름다리는 흔들리면서 한쪽으로 기울어졌다. 다리가 기울이자 말을 타고 다리를 건너던 기사들은 소리를 내며 하나둘씩 끝이 보이지 않는 암흑으로 떨어지기 시작했다. 간혹 가다가 반사 신경을 이용하여 다리가 기울어지자 말에서 내린 기사들은 다리를 꼭 잡고서는 밑으로 떨어지지 않으려고 발버둥을 치기도 했다. 하지만 기울어진 다리의 한쪽 끝을 잡고 있는 기사들은 조금씩 힘이 떨어졌는지 소리를 지르며 하나둘씩 떨어졌다.

"이, 이게! 무슨 일이냐! 저 오크는 뭐냐! 뒤로 물러서라! 뒤로!"

기사단장 혜루누는 떨어지고 있는 자신들의 부하를 보면서 뒤의 기사들을 향해 명을 하고 있었다.

혜루누! 지금 물러선다고 암흑의 구렁텅이에 떨어지고 있는 부하들을 구할 수 있겠는가? 나는 이 다리를 끊어놓아 인간들이 다리를 복구하는 동안에 우리 전사들이 안전하게 후퇴할 수 있도록 해야만 했다. 그것이 우리들이 사는 방법이었고, 이 다리를 이용한 최대한의 방법이었다.

잘려지지 않은 줄 쪽으로 가서 다시 힘차게 줄을 내려치자 다리는 완전히 끊어져 버렸다. 이쪽에서 끊어버린 다리는 반대 편 절벽 쪽의 땅에서 대롱대롱 흔들리고 있었고, 그 흔들리는 다리에서 떨어지지 않으려고 아직까지 떨어지지 않은 기사들은 필사의 노력을 하고 있었다.

"이, 이게 지금 무슨… 무슨 일이 일어난 것이냐! 오크가 다리를 끊다니! 오크가… 오크가… 저기 보이는 인간의 갑옷을 입은 오크는 오크가 아닌가?"

기사단장 헤루누는 줄에 매달려 있는 기사들의 손을 잡아 끌어올리면서 소리를 질렀다. 나는 그런 헤루누를 보면서 한껏 비웃음을 짓고는 안전해진 하라만도 전사들을 향해 입을 크게 벌렸다.

"샤코로움 하크여, 지금 이곳에서 저 인간들을 기다린 이유가 이 다리 때문이었습니까?"

오크 리더가 왼손 검지로 반대 편 절벽에 대롱대롱 매달려 있는 다리를 가리키며 말했다.

"그렇습니다, 자랑스러운 하라만도 전사여. 인간들에게 약간의 맛만 보여줬을 뿐입니다. 어서 갑시다. 아무리 다리가 끊겼다지만 인간이란 게 워낙 꾀가 많은 종족인지라 안심을 해서는 안 될 듯싶습니다. 갑시다, 전사들이여."

"샤코로움 하크여, 당신은 정말로 알 수 없는 존재입니다. 죄송합니다. 당신은 정말 우리들의 신이십니다, 샤코로움이시여."

내가 몸을 돌리자 몸의 갑옷이 서로 마찰하면서 철커덩 소리와 함께 수십 명의 전사들의 이목이 집중되었다. 천천히 걸어가면서 나를 쳐다보고 있는 오크들에게 입을 벌려 회답의 뜻을 전했고 쭉 가던 대로 가자는 뜻으로 주먹을 꽉 쥐어 모두에게 보여줬다.

"갑시다! 전사들이여. 아직은 승리를 맛본 게 아닙니다! 아무리 많은 인간들이 죽었다 해도. 우리에겐 더욱더 커다란 영광의 승리가 기다리고 있습니다. 어서 갑시다!"

우리에게 고함을 지르고 있는 기사들에게 커다랗게 오크 특유의 웃음소리로 비웃어준 다음 수십 명의 오크들 앞에 앞장서 모래를 밟으며 걸었다. 어느새 아침이 되어 있었다. 끝없이 펼쳐질 것 같은 모래도 없어지고 넓은 초원이 눈앞에 펼쳐졌다. 동쪽 하늘 밑에서 떠오르고 있는 태양은 산을 더욱더 밝게 비추고 있었고 산 중간에는 구름이 머물러 있어 나의 눈을 더욱더 즐겁게 만들었다. 자연스럽게 나의 입 가엔 미소가 떠올랐고 주위 전사들을 향해 밝게 미소를 짓기도 했다.

"형제들이여, 걱정하지 마시오."

"하지만……."

인간의 추적대는 어찌 됐을까? 지금쯤이면 다리를 새로 놓고도 남을 시간인데. 어서 서둘러야겠다. 밤 동안 너무 편안함을 추구하며 걸어왔기에 금방 따라 잡힐지도 모른다. 어서 서두르자!

"자랑스러운 하라만도 전사들이여, 인간들이 오고 있소! 어서 갑시다."

하지만 인간 기사들이 이 상태로 우리의 뒤를 밟는다면 우리 하라만도 형제들이 피신하고 있는 장소가 발각되어 더 많은 기사들을 이끌고 와 또다시 자유스러운 마을을 파괴하고 짓밟을 것이다. 이 상태론 안 된다. 이렇게 도망만 가서는 안 된다. 어떻게든 해야 할 텐데……. 나는 기사들의 추적을 완전히 저지할 수 있는 방법을 생각하면서 초원에 약간씩 나타나 있는 길을 따라 걸었다. 인간들의 추적을 저지할 수 있는 방법은 아무리 생각해도 그들을 전멸시키는 방법 이상으론 생각할 수가 없었다.

인간 기사들을 전멸시킨다는 게 지금의 이 상황에서는 정말 기적 같은 꿈같은 이야기에 불과하다. 어떻게 해야 할까? 이 상태로는 안 되는데. 내가 직접 나서서 협상에 나서 볼까? 안 된다. 그랬다가는 저들의 실험 쥐로 잡히고 말 것이 분명하다.

'어떻게 해야 하나…….'

고민에 고민은 꼬리를 물고 가서 내가 지금 걷고 있는지 뛰고 있는

지, 얼마나 오랜 시간이 지났는지 아니면 한순간의 고민에 불과한지 생각조차 나지 않았다.

"샤코로움이시여, 이곳들을 보십시오!"

뭐지? 나의 고민에 끼어든 오크 리더의 말에 정신이 번뜩 들어 주위를 살펴보니 입이 딱 벌어져 주위를 두리번거릴 수밖에 없었다. 좁은 골짜기 양 옆으로 커다란 암벽이 쭉 이어져 있었는데 그 높이가 얼마나 높은지 고개를 위로 빳빳이 쳐들어야 암벽의 끝을 볼 수가 있었다. 대략 200미터 정도 이어져 있는 이 좌우의 암벽 꼭대기에 올라가서 내가 지금 서 있는 이곳을 본다면 그 엄청난 높이에 아찔하여 다리가 후들거릴 것은 직접 가보지 않아도 예측할 수 있었다. 동쪽과 서쪽의 골짜기 입구는 암벽과 산천 사이에 끼어져 있으며 주위에 나무와 수풀이 빽빽이 들어차 있는 이곳의 장관은 소설 삼국지에서 읽었던 박망파(博望坡)라는 곳을 떠올리게 만들었다.

유비 진영에서 군사 서서가 떠난 다음에 빈 자리를 삼고초려의 예를 올리며 모신 제갈공명이라는 훌륭한 인재를 등용했다. 장비와 관우는 제갈공명의 거만한 태도에 내심 언짢아하고 있어 제갈공명을 신뢰하지 못하고 있지만 제갈공명은 박망파라는 지역의 특징을 이용하여 10만 대군을 이끌고 신야로 진격하고 있는 하후돈이란 장수를 혼이 나가도록 만들어 버렸다.

고등 학교 때 나는 삼국지에 빠져들어 삼국지를 몇 번이나 읽었었던가. 아마 7번 이상은 족히 읽어 삼국지의 내용을 대충 이상으론 알고 있다. 박망파에서 제갈공명은 주위의 암벽 정상에 병사들을 매복시켜 놓고 조운을 시켜 하후돈의 10만 대군을 박망파 중간까지 유인하여 주위의 암벽에 둘러싸인 하후돈의 군사들에게 화공(火攻)을 사용하여 거의 전멸에 이르다시피 만들었다.

지금 내가 서 있는 이곳은 소설 삼국지에 나오는 박망파의 지형과 매우 비슷하여 제갈공명이 썼던 전법을 이용한다면 우리를 추격하고 있는 인간 기사단을 모조리 전멸시켜 버릴 수가 있을 것이다.

하후돈의 군사 10만이 불에 타서 죽어가는 모습과 인간 기사단 백여명이 불에 타서 죽어가는 모습이 머리 속에서 회돌아치면서 나의 입가엔 미소가 떠올랐다. 우리를 추적하는 기사단을 모조리 전멸시킬 수 있다! 오크들이 화공을 쓴다는 말은 들어본 적이 없겠지! 하지만 이번에 오크들의 화공을 보여주겠다, 인간들이여! 마침 바람도 동풍으로 불고 있어서 그대 인간들을 맞이할 준비를 하고 있구나. 그대들이 이곳 중간 지점에 도착할 때쯤이면 앞뒤로 불이 그대, 인간들을 덮치겠지.

"자랑스런 하라만도 전사들이여! 잠시 걸음을 멈추고 내 말을 들어보시오. 나는 이곳에서 우리 하라만도 전사들에게 정해진 커다란 영광의 승리를 행할 것이다."

모두들 '영광의 승리' 라는 말에 귀가 솔깃하여 나를 향해 오크 리더가 무릎을 꿇고 진지한 어투로 말했다.

"하라만도 하크여, 정말이십니까? 우리들에게 정해진 영광의 승리가 이곳에서 행해진다는 말이십니까? 어떻게 말입니까? 이곳은 수풀이 빽빽한 골짜기에 불과합니다."

"나에게 다 생각이 있소. 모두들 내 말을 잘 들으시오. 우선 모두들 한 가슴에 안을 수 있을 정도의 풀을 베어다가 이 골짜기 입구와 끝에 모아놓도록 하시오!"

오크 리더는 나의 말에 바닥을 쳐다보고 있던 눈을 바로 쳐들어 나의 눈을 쳐다보았다.

"샤코로움이여, 당신의 행동은 언제든지 예측이 되지 않습니다만 모든 것이 샤코로움, 우리들의 신, 당신의 뜻입니다. 우리에게 정해진 커다란 영광의 승리를 생각하기만 할 뿐입니다. 풀을 모으겠습니다."

"모두들 풀을 모으시오!"

나의 말이 떨어지기 무섭게 수십 명의 전사들은 주위로 흩어져 자신들의 도끼를 이용해 풀을 베었다. 나도 허리를 굽혀 나의 밑에 있는 풀을 왼손으로 잡고 오른손의 도끼날로 베었다. 그렇게 10번 정도를 반복하자 한 가슴 정도의 풀이 모아졌다. 다른 전사들도 한 웅큼의 풀을 가슴에 안고서는 나를 향해 돌아오고 있었다.

전사들이 가져온 풀을 모으니 나의 키를 넘고도 남을 정도의 엄청난 양이 모아졌다. 나는 그것을 둘로 나눈 다음 한 묶음씩 골짜기의 앞과 뒤에 눈치 채지 못하도록 깔아놓았다.

이제 남은 것은 우리 하라만도 전사들을 암벽 위에 매복시켜 놓은 다음 인간 기사단이 오기를 기다리는 것뿐이다. 그들은 우리 오크들이 화공이라는 전법을 쓸 줄은 생각도 못하고 방심하여 이 골짜기 깊이 들어올 것이다.

나는 전사들과 함께 암벽 정상에 오르기 위해 골짜기를 빠져나왔다.

"자랑스러운 하라만도 전사여, 1파얌의 인원을 데리고 골짜기 입구의 암벽 정상에서 나의 신호를 기다리시오. 아마 나의 신호가 떨어진 후 조금 뒤면 인간들은 죽어가면서 우리 전사들이 매복해 놓은 곳에 후퇴를 하거나, 아니면 내가 맡을 골짜기 끝 부분으로 후퇴를 할 것이오. 그럼 골짜기 입구를 막고 퇴로를 차단한 다음 인간 기사를 상대한다면, 이미 전의도 상실하고 병력도 없는 인간 기사단 정도야 싱거운 상대가 될 것이오."

"아니… 샤코로움이시여, 인간들이 후퇴를 할지 어떻게 예측하는 겁니까? 우리를 추격하던 인간들이 갑자기 왜 후퇴를 하고 전의는 왜 상실하며 병력은 또 왜 없다는 겁니까?"

나의 말에 오크 리더는 바로 되물었다.

"분명히 인간들은 갑작스런 상황으로 인하여 병력을 대부분 상실하고 살아남은 자는 골짜기의 입구나 끝으로 후퇴를 할 것입니다. 후퇴보다는 도망 간다는 말이 맞겠지요."

"어떤 갑작스런 상황 말씀이십니까?"

"이 골짜기는 불에 의해 지옥이 될 것이오. 내가 약간의 힘만 쓴다면 말이오. 더욱이 동풍이 불고 있어서 서쪽으로 달려오는 기사들은 더욱더 동쪽으로 심하게 번지는 불에 의해 당황하여 이러지도 저러지도 못할 것이오. 불에 의해 인간들은 대부분 불에 타죽을 것이지만 그것으로 부족하다면 암벽 정상에서 골짜기를 향해 커다란 바위이나 나무를 떨어뜨려 인간들을 맞추면 될 것이오. 그럼 커다란 바위와 나무를 모으도록 합시다."

나의 말이 끝나자 60명 정도의 하라만도 전사들은 '샤코로움'을 외치면서 바닥에 엎드렸다. 오크 리더 역시 바닥에 엎드려 나를 바라보고 있었다. 나는 그때 수많은 하라만도의 전사들의 눈에 맺힌 눈물을 볼 수 있었다. 내 앞에서 엎드려 눈물을 흘리고 있는 오크 리더를 향해 다리를 구부려 그의 눈을 쳐다보았다.

"전사여, 왜 눈물을 흘리는가?"

"샤코로움이시여, 저를 전사라고만 부르시는군요. 저의 이름은 '넓

은 평원을 지키는 도끼' 라는 뜻으로 기르츠라고 합니다. 기르츠라고
불러주십시오, 샤코로움 하크시여. 나는 샤코로움, 당신의 생각을 언
제나 예측할 수가 없습니다. 샤코로움이시여, 당신의 말을 들으면 이
해는 가나 어떻게 그런 생각이 나올 수 있는지 의문만 들 뿐입니다.
어떻게 인간들에게 잡혀 있는 우리 전사를 홀로 구출할 수 있었고, 또
우리들과는 달리 인간의 갑옷을 입을 수 있을 정도의 몸을 가지고 있
으며 샤코로움, 당신이 한마디 한마디 할 때마다 저의 가슴을 뜨겁게
만들었습니다. 그대는 정녕 우리 하라만도 전사이시오?'"

바닥에 엎드린 오크 리더 기르츠의 눈물이 땅을 적셨고 나는 기르
츠의 말에 뿌듯함과 성취감 같은 감정이 끓어올라 가슴이 따뜻해지면
서 푸근해지는 걸 느낄 수가 있었다.

"나는 샤코로움이 아니오. 자랑스런 하라만도 전사의 샤코로움이
오."

"그대는 샤코로움이십니다. 샤.코.로.움."

또다시 엎드린 수십 명의 전사들이 눈물을 흘리며 샤코로움이라고
외치면서 나를 쳐다보았다. 처음에 이들이 나를 향해 엎드리고 샤코
로움이라고 외치는 것에 대해 어색한 기분이 들고 민망했으나 언제부
턴가 나는 바닥에서 엎드려 샤코로움이라고 외치는 형제들을 보면서
나의 입가에 미소가 지어져 있는 것을 알아챌 수가 있었다. 나는 그런
그들을 손수 일으키면서 '자랑스런 하라만도 전사여!' 라고 중얼거렸
다.

이제는 추앙받는 것이 적응된 것일까? 나는 이들에게 추앙받고 있
는 사이에 미소를 짓고 있었다. 왠지 그런 나를 보면서 이기적이단
생각이 들었다. 나는 이기적인가? 같은 형제들에게 추앙을 받으면서

미소를 짓고 있다니. 겉으로는 이러면 안 된다 하면서도 속으로는 뿌듯한 감정을 느끼고 있나? 이 위선 덩어리! 나는 위선 덩어리다.

아니야, 나는 적응이라는 사회화 과정을 겪고 있는 것뿐이다. 나는 이성과 지성을 가진 동물로서 사회 생활을 영위해 나가는 데 있어서 단지 자연 환경에 적응할 뿐만 아니라, 집단, 사회 시스템, 인간 관계 등의 사회적 환경, 나아가서는 그 산물(産物)로서의 문화 환경에도 적응해 나가지 않으면 안 되는 것이다. 나는 단지 적응이라는 사회화 과정을 통해서 추앙을 받는 것에 적응할 뿐이다. 솔직히 이 오크들이 할 수 없는 3클레스나 되는 마법도 사용할 수 있고, 지능도 더욱더 우수하다. 나는 이런 나에게 적응할 뿐 위선 덩어리는 아니다.

언제나 나는 이런 식이다. 스스로를 정당화시키려고 애써 변명만 할 뿐이다.

"자랑스러운 하라만도 전사들이여, 이제 1파얌의 인원으로 나눠 활동을 할 것이오. 여기 반절은 나를 따르고 반절은 이 기르츠 형제를 따라나서길 바라오."

"샤코로움 하크여, 나는 이제 어떻게 해야 하겠소. 확실히 말해 주시오."

"간단히 말해서 그대가 할 것은 두 가지요. 우선 그대가 이끄는 1파얌의 전사를 둘로 나눠 좌우로 입구의 암벽 정상에서 매복하시오. 어느 정도 시간이 지나면 우리를 추적하고 있는 기사들이 이 골짜기에 들어설 거요. 그때는 모두 조용히 하였다가 기사가 골짜기의 중간 지점에 들어섰을 때 내 신호가 나타나면 그대로 인간들에게 바위와 나무를 떨어뜨려 퇴로를 차단하면서 동시에 죽이면 되는 거요. 물론 인간들이 오기 전에 그대들은 바위와 나무를 모아야 할 것이오. 그리고 전의를 상실한 인간들과 좌우의 1파얌의 인원과 전투를 한다면 백이면 백 전부 우리들의 승리일 테요."

"그렇다면 신호는 무엇입니까?"

"내가 이끄는 1파얌의 인원들이 커다란 웃음소리를 낼 것이오. 인간들이 불에 타 죽으면서 내는 소리 때문에 안 들릴 수도 있으니 내가 하늘 높이 빛을 쏘아 올리겠소."

"빛을 말이오? 샤코로움이시여, 가능합니까?"

기르츠는 믿기지 않는 듯 하늘을 쳐다보면서 나를 향해 물었다.

"그렇소. 불을 만들 수 있는데 빛 정도야 간단하지 않소?"

나는 기본이라는 듯이 기르츠를 향해 밝게 웃어준 후 하늘 높이 떠 있는 별들을 바라봤다. 셀 수 없을 정도로 많은 별들이 보였다. 은하수도 보이고 둥그런 달도 보이고, 내가 살던 세계와 같은 우주를 가지고 있는 모양이다. 내가 원래 살던 세계의 하늘엔 별들이 없었다.

별이 없다는 게 아니라 보이지 않는다는 것이다. 기계 문명이 발달해서 물질 만능주의가 팽배하면서 이기주의에 찌들어 서로를 신뢰하지 못하고 삭막한 대인 관계를 만들었다. 이 모든 건 별이 없는 하늘 아래 산 이후에 일어났다. 이 별들을 서울의 하늘에 조금이라도 옮긴다면 별들을 보고 사람들의 마음이 조금이라도 따뜻해질 수 있을 것 같았다. 한국의 시민들이 불쌍하구나. 별이 없는 하늘 아래 살고 있다니.

"그럼 하라만도 전사 기르츠여, 내가 계획한 대로 1파얌을 이끌고 바위와 나무를 모은 다음 입구의 좌우로 매복하시오. 어느 정도 시간이 지난 후에야 인간 기사단을 볼 수가 있을 것이오. 이 계획은 분명히 성공할 것이오."

"샤코로움이시여, 감사합니다. 그저 감사할 뿐입니다. 그럼, 예측 된 영광의 승리를 맛본 후 다시 만납시다. 감사합니다, 샤코로움이시 여. 그럼……."

기르츠의 말이 끝나자 기르츠 뒤에 있는 1파얌의 전사들이 입을 크 게 벌리며 나의 뒤에 남은 1파얌의 인원과 나를 향해 인사를 한 후 기 르츠 뒤를 따라 반대 편으로 걷기 시작했다.

기르츠가 이끄는 1파얌의 인원이 시야에서 보이지 않게 되었을 때 나는 내 뒤에 있는 1파얌의 인원들을 향해 몸을 돌렸다. 모두들 하나 같이 신뢰와 존경의 눈빛을 내뿜고 있었다.

1파얌의 인원을 15명씩 반절로 나눠 좌우를 맡을 대장을 뽑기 위해 하라만도 전사들을 하나하나 쳐다보았다. 겉으로 나타난 근육과 덩치 보다는 수많은 전투로 인해 얻은 경험을 많이 가진 이를 좌대장, 우대 장으로 맡기는 게 좋겠군.

"하라만도 전사들이여, 여기서 가장 많은 전투를 했던 두 분은 내 앞으로 나오시오."

나의 말이 끝나기 무섭게 전사 두 명이 나의 앞으로 나왔다.

"전사들이여, 그대들은 어떤 분들이신가?"

"저는 이히리라고 하는 하라만도의 전사입니다. 5번의 전투에서 승 리를 이끌었습니다. 마지막 전투에서 인간에게 사로잡힌 순간에 저는 그때 죽었습니다. 지금의 저의 삶은 샤코로움, 당신의 것입니다."

"저도 그렇습니다, 샤코로움이시여. 저는 사아오라고 하는 하라만 도 전사입니다. 저도 이히리와 같이 5번의 전투를 승리로 이끌었습니 다. 저의 목숨도 샤코로움, 당신의 것입니다. 이히리와 저뿐만 아니라 모두들 그렇게 생각하고 있을 겁니다. 우리는 인간에게 잡힌 순간에 죽었습니다. 지금의 삶은 당신 샤코로움의 것, 우리들의 신의 것입니다."

나를 향해 자신의 목숨이 내 것이라고 말하는 이히리와 샤아오를 쳐다보았다. 이히리는 밝고 커다란 눈의 소유자였고, 그의 또박또박하고 시원스러운 말에 나의 가슴이 확 트이는 듯하였다.

샤아오는 주먹을 꽉 쥐고 있었는데 주먹에는 무수한 상처가 있었고 다른 오크들에 비해 주먹이 커다랗고 단단해 보였다. 이상하게도 샤아오의 등에는 손도끼가 매여 있지 않았다.

"샤아오여, 그대는 무기를 가지고 다니지 않소?"

"아, 무기 말씀이십니까? 전 무기보단 이 두 주먹이 더 믿음직스럽고 훨씬 자유롭고 편합니다."

"특이하구려……."

나는 이히리와 샤아오의 어깨에 두 손을 하나씩 올렸다.

"이히리 그대는 좌측의 14명이 인원을 맡으시오. 샤아오 그대는 우측의 14명을 맡으시오. 이제 나의 계획을 말하겠소. 좌측을 맡는 이히리는 14명의 인원을 이끌고 커다란 바위를 모아 저 좌측 암벽의 정상에 오르시오. 그리고 내 신호가 나타나기 전까지 일체의 소리를 내지 말고 숨어 있으시오. 우측을 맡는 샤아오 역시 14명의 인원을 이끌고 이히리 형제와는 달리 나무를 베어 모은 다음 우측의 정상에서 역시 나의 신호가 나타나기 전까지 소리를 내지말고 숨어 있으시오."

"알겠습니다. 저희는 샤코로움 당신의 뜻을 잘 모르겠으나 뭔가 저희들이 알 수 없는 뜻이 있겠지요. 신호는 무엇입니까?"

"내가 밝은 빛을 하늘로 쏘아 올릴 것이오. 그게 신호요."

"옛? 빛 말씀이십니까?"

"내가 기르츠에게 말할 때 듣지 않았소?"

"죄송합니다, 샤코로움이시여. 그때는 다른 곳에 정신이 팔려 있었습니다."

"괜찮소, 자랑스러운 하라만도 형제들이여."

나는 기르츠에게 말했던 화공과 인간의 후퇴와 영광의 승리를 다시 한 번 자세하게 말해 준 후 천천히 힘내라는 의미로 이히리와 샤아오의 어깨를 토닥여 주었다.

"그럼 계획대로 움직이기로 합시다. 나는 이곳에 그대로 있을 테니. 이히리, 샤아오, 그대는 나의 말대로 좌우에 매복해 있다가 신호가 오면 돌과 바위를 떨어뜨린 후 도망치는 인간 기사들의 뒤를 치면 됩니다. 자, 가세요, 자랑스러운 하라만도 형제들이여. 크르르르."

이히리와 샤아오는 입을 크게 벌리면서 알았다는 뜻을 나에게 전한 다음 각각 14명의 인원을 이끌고 좌우로 흩어졌다.

이제 남은 것은 인간들을 기다리는 일뿐이구나. 추적 기사단, 너희들의 하늘 같은 웅장한 기세는 여기서 마지막으로 꺾이겠지. 내가 다리를 끊음으로 인해 인간들 너희들의 기세가 약간은 꺾였겠지만 오만하면서 언제나 스스로를 정당화시키는 인간, 너희들은 그것을 부정하면서 이곳으로 오겠지. 너희들은 끝이야! 기사들이여. 나는 골짜기 한가운데에 앉아 인간 기사단이 오기만을 기다렸다. 시간이 오래 지나도록 오지 않길래 그 지루함에 눈이 스르르 감기기 시작했다.

눈꺼풀이 무거워져 눈을 이기지 못하고 잠에 들었는데 내 쪽으로 향하는 커다란 소리에 잠을 깨고 눈을 떴다. 골짜기 입구 뒤쪽에서 뿌연 먼지를 일으키며 말발굽 소리가 함께 들려왔다.

인간의 기사단이 분명하다. 이제 계획을 진행해야 할 때가 왔군. 기다렸다, 인간들이여. 불의 축제를 맛보게 해주마.

"Fast Step and Hearing Extension."

우선 인간의 말들만큼 빠른 발을 만들고 주위의 소리를 잘 듣기 위해 마법을 운용한 후 인간들이 골짜기 입구에 들어오기를 기다렸다. 기사들은 골짜기 입구에 도착했을 때 다행히도 우리 전사들이 매복해 있는지도 알아채지 못했다.

아마 저들의 인간은 오크들은 매복도 못하고 오로지 인원수를 앞세워 달려드는 무식한 더러운 종족이라는 고정 관념이 박혀 있겠지.

"워워… 저기 서 있는 갑옷을 입은 놈은 뭐지?"

형태만 보일 듯한 거리에 들어선 골짜기 입구엔 헤루누라는 추격 기사단의 단장이 있었다. 그 기사단 단장은 나를 바라보며 손가락질을 했다

"단장님, 다리를 끊은 그놈입니다. 왜 저놈이 저기 있지요? 홀로 말입니다. 뭔가 수상쩍은 놈입니다. 얼굴은 오크인데 플레이트 메일을 착용하고 있으니 말입니다. 뭔가 조심을 해야 하지 않겠습니까?"

"아니다. 저놈은 별종이겠지. 오크 중에서 잘못 태어난 별종이야. 어떻게 플레이트 메일을 구했는지 모르지만 정말 별종 같은 놈이지. 저기에 저렇게 혼자 서 있는 게 애처롭게만 보이는군. 가서 내가 같이 놀아줘야 하지 않겠나? 하하하, 가자!"

기사단장 헤루누는 말의 고삐를 힘차게 내려쳤다. 헤루누가 타고 있는 말은 나를 향해 모래 바람을 일으키며 달려들고 있었다. 그 말의 뒤를 기사단의 말들 역시 따르고 있었다. 아무리 내가 다리를 끊어 기사들을 절벽 밑으로 떨어뜨렸다 했지만 인간 기사들은 지금도 대단한 병력으로 나의 몸을 약간 위축되게 만들었다.

수십 마리의 말의 콧바람과 모래 먼지에 계곡의 입구 쪽은 뿌옇게 보이지도 않게 되었다. 나는 계획대로 그런 말들로부터 도망치는 듯이 허둥대며 급히 골짜기 끝으로 도망치기 시작했다. 발에 착용된 갑옷 때문에 철끄리 부딪치는 마찰음이 끝도 없이 나의 귀를 간지럽혔다.

"단장님, 저놈이 도망가기 시작합니다. 마법을 사용하고 있는 모양입니다. 저렇게 빠르게 도망가니 말입니다. 정말 이상한 놈이군요. 오크 주제에 갑옷도 입고, 설마 저놈이 마법도 사용하는 건 아닌지?"

"오크가 어떻게 마법을 쓰겠나? 내가 말하지 않았나? 어떤 미치광이 마법사가 저들에게 발을 빠르게 하는 마법을 걸었을 거라고. 우선 저놈이나 죽이고 나머지 놈들을 추격하기로 하지."

나를 추격하는 놈들을 유인하기 위해 조금씩 속도를 늦추기도 하고 빠르게 하기도 하였다. 혼자 Fast Step 마법을 운용하고 있어서 속도는 내 마음대로 조절할 수 있었다.

"단장님 저놈이 골짜기를 빠져나갔습니다!"

"알고 있다. 어서 추격해라!"

나는 골짜기 끝에 도착하자마자 나를 향해 달려오는 헤루누를 향해 몸을 돌렸다. 지금이 중요하다! 조금도 지체할 수가 없다!

"High Fire Arrow."

지난 번 나의 딸 은희를 죽였던 인간들을 무차별 살인을 하고 기사들로부터 도망치기 위해 만들었던 Fire Arrow와 같은 20개의 불화살이 내 손 위에 나타났다.

"이런! 저놈은 뭔가? 저놈이 마법을 쓴다! 저놈은 오크가 아니다! 모두 행동을 중지해라! 대열을 유지해라! 곧 저 마법 공격이 있을 것이다. 거기에 대해 모두 대응하도록. 대열 정렬, 대열 정렬! 저놈은 뭐지? 오크가 마법을 쓰다니! 말도 안 돼!"

나를 뒤쫓았던 헤루누의 추격 기사단은 내 손에 둥둥 떠서 그들을 노려보고 있는 듯한 불화살을 보고서는 골짜기의 중간 지점에서 대열을 정렬하기 시작했다.

"가라! 나의 분신들이여! 모든 것을 불태워라! 불태워!"

하늘 높이 치솟은 나의 불화살은 골짜기의 입구 쪽과 중간 지점 끝을 향해 이곳저곳 떨어졌다. 떨어진 불화살의 자리에는 불로 인해 주위의 풀들이 불이 붙어 옆으로 점점 불타 들어갔다.

나의 마법이 기사단 자신들에게 떨어지지 않은 것을 보고 안도의 한숨을 쉬면서 각각 말로 다시 올라탔다.

"크크, 역시 오크가 마법을 쓴다는 것은 말이 안 되지. 자, 봐라. 우리를 맞춰보시지! 추한 오크! 우리를 맞춰보란 말이다. 크크크. 그렇게 많은 불화살을 만들면 뭣 하나? 맞춰야 할 게 아니냐! 맞춰야 되지 않느냐고. 크하하하하!"

헤루누는 자신의 기사단에게 불화살이 떨어지지 않고 주위에만 떨어지자 고개를 뒤로 젖히며 큰 소리로 웃어 젖혔다. 한데 그때.

"단장님, 주위를 보십시오! 불이 붙고 있습니다! 큰일입니다! 불이 붙고 있어요! 어서 이곳에서 빠져나가야 합니다! 어쩌면 저자는 이것을 노리고 있었는지도 모릅니다!"

헤루누 단장은 어쩌나 크게 웃었던지 갑자기 솟구치는 불까지 보진 못했다. 그러나 한순간 옆에서 들려오는 부하의 말 때문인가. 그의 표정이 점점 변하기 시작했다. 결국 그의 입술이 바르르 떨리고 쥐고 있던 말고삐까지 떨리기 시작했다.

"나, 나도 알고 있다! 감히! 네가 나를 가르치려 드느냐! 모두 후퇴하라! 모두 후퇴하라! 불이… 불이 온다! 으악!"

골짜기 곳곳에서 시작한 불은 주위로 번져 커다란 불의 화신으로 변해가고 있었다. 말들은 주위에 불이 번지자 놀라면서 커다란 울음 소리를 내며 인간 기사들을 떨어뜨리고 알지 못하는 곳으로 뛰어다니기 시작했다. 하지만 이곳으로부터 피신하려는 말들은 가는 곳마다 불길로 막혀 있자 어쩌지 못하고 주위를 왔다 갔다 하며 히이잉 하면서 울어만 댈 뿐이었다.

말 위에서 낙마한 기사들 역시 말들과 마찬가지였다. 헤루누는 우왕좌왕하는 기사단을 통제하지 못하고 주위의 불들을 피하기 위해 이곳저곳을 뛰어다니기만 하였다. 그 단장에 그 기사라고 모두 다 소리를 지르며 주위를 뛰어다녔지만 가는 곳마다 불로 휩싸여 있자 어쩔 줄 모르고 고함만 질러댔다.

불은 드디어 모든 것을 삼켜 버릴 듯이 골짜기 전부를 자신의 밑에 두기 시작했다. 나는 골짜기가 불에 휩싸이면서 곳곳에서 들리는 고함 소리에 '성공이다' 외치며 암벽의 정상으로 마법을 사용하여 올라갔다.

"샤코로움이시여! 저… 불들은… 계획은 성공한 것입니까?"

"그렇소, 형제들이여. 조금 후면 이들은 전부 죽거나 살아남은 자들은 앞뒤로 흩어질 겁니다. 그때 바위와 나무를 굴린 다음 내려가서 도끼로 그들의 목을……."

암벽의 정상에서 내려다보는 골짜기는 불에 휩싸여 모든 것을 태우고 있었다. 파삭파삭 하며 풀이 타는 소리 하며 인간들의 고통의 소리가 합쳐져 골짜기 안에 메아리치고 있었다.

인간 한 명 한 명 머리끝부터 발끝까지 불에 휩싸여 타 들어가고 있어 인간이 얼굴을 찡그리는지, 환하게 웃고 있는지, 울고 있는지 알아볼 수도 없었다.

"으아아아아아악!"

빨갛게 달궈진 플레이트 메일을 벗고 불로부터 뛰어다니는 인간들도 있었지만 곧 그를 삼켜 버리는 불을 어찌하지는 못하고 죽을 수밖에 없었다.

단백질 타는 냄새가 나의 코를 자극하였다. 얼굴을 찡그리면서 불에 타 고통에 신음하는 인간들로부터 고개를 돌렸다. 아무리 나의 딸 은희를 죽인 인간들이지만 지금의 상황은 지옥 그 자체였다.

불들은 지옥의 고문 기구가 되어 인간들을 고문하며 죽이고 있었다. 내가 원했던 것은 이게 아니야! 비록 악마 같은 인간들에게 매서운 맛을 보여줄 지옥을 원했지만 이런 고통의 지옥을 원한 게 아니라고! 이건 내가 원했던 게 아니야! 이런 지옥을 내가 만들다니… 이 냄새는 인간들이 타 들어가는 냄새 아닌가. 지독한 냄새야. 구역질이 날 지경이라고! 아니야! 아니야! 내가 원한 지옥이 아니라고! 나는 골짜기가 고통의 지옥으로 변한 것을 외면하기 위해 고개를 세차게 좌우로 흔들었다.

"샤코로움이시여! 왜 그러십니까?"

왜 그렇다니! 너희들은 지금 밑에서 일어나고 있는 상황이 보이지 않는가! 왜 그렇다니! 저렇게 불에 타 들어가 역겨운 냄새를 풍기며 고통의 신음을 지르며 죽어가는 인간을 보며 왜라니? 아무렇지도 않단 말인가? 나는 정말 왜 이러는가? 정신 차려! 나는 오크란 말이다!

인간의 적! 오크란 말이다! 나는 밑의 죽어가는 인간들을 보면서 얼굴에 미소가 띠어져야 한단 말이다! 나는 인간의 적 오크! 인간이 아니야 오크. 오크. 오크. 나는 오크야. 자유의 종족 오크라고. 애써 외면했던 지옥의 광경을 향해 다시 살며시 고개를 돌렸다.

수십 명의 인간들이 불에 타면서 몸을 휘저으면서 암벽을 오르기 위해 시도를 하고 있지만 불에 타는 고통을 이기지 못하고 그 자리에서 쓰러져 불의 먹이가 되고 말았다. 기사단장 헤루누는 보이지 않았다. 이미 죽어서 쓰러진 저 시체들 사이에 끼어져 있는 걸까?

인간들은 악마 같은 존재란 말이다. 오크인 나의 적이기도 하고! 저들을 동정할 필요 없어! 저들은 나의 딸 은희를 죽인 놈들이야! 은희를 죽였다고! 이런 지옥은 필요한 거야! 저 악마 같은 인간들에게 죽음을 선사하기 위해 말이다! 악마 같은 인간들은 나의 딸 은희를 죽였다고!

사실상 은희가 죽은 일을 돌이켜 생각해 보면 여러 측면으로 보아 그날 죽은 소녀는 나의 딸 은희가 아닐지도 모른다. 그렇지만 지금의 상황에선 내 딸이 아닐지도 모르는 소녀의 죽음을 이용하여 골짜기를 지옥으로 만든 나에게 끝없이 변명하고 있다.

나의 딸을 닮은 소녀일 수도 있겠지. 저들은 나의 딸 은희를 죽인 게 아니라 무기상의 딸을 죽인 것일 거야. 그렇다면 지금의 지옥을 만든 내가 악마란 말인가? 아니야. 저들은 무고한 무기상을 자신들의 이익을 위해 배신하고 멸시했으며 죽이면서 쾌락을 느꼈어! 악한 건 저 인간들이라고. 또 무기상의 가족도 잔인하도록 죽였단 말이다. 나는 악마가 아니야! 저들이 악마야! 저 잔인한 인간들이 악마야!

"으아아아아~!"

나의 머리 속에는 나와 인간 둘 중에 어느 존재가 악마이냐는 주제를 놓고 전쟁을 하고 있었다. 전쟁으로 인해 나의 머리가 복잡해지고 가슴까지 갑갑한 느낌이 들었다. 내가 악마라는 생각이 들 때마다 고개를 좌우로 흔들며 소리를 내질렀다.

"샤코로움이시여! 왜 그러십니까……."

고함을 지르는 나의 옆에는 어느새 샤아오가 다가와 있었다.

"벼… 별일 아니오… 아니오……."

더 이상 고민하지 말자! 나는 악한 인간도 아니고 나는 오크야! 나는 빛을 떠올리며 손을 하늘로 향해 올렸다.

"Light Line."

시동어가 나의 입에서 나옴과 동시에 나의 손 중앙에서 뻗은 빛이 주위의 오크들을 커다란 소리를 내며 바위와 나무를 굴리게 만들었다. 바위와 나무를 굴리자마자 곧바로 골짜기로 뛰어 내려가면서 고함 소리를 내질렀다.

"인간들을 죽이자! 영광의 승리가 우리를 기다린다. 크르르~"

저 골짜기 입구에서도 오크들의 웃음소리와 고함 소리가 들려왔다. 바위와 나무가 굴러가는 소리와 함께 인간의 고통의 소리도 더욱더 크게 들려온다.

골짜기 밑으로 내려간 하라만도 전사들은 피에 굶주린 듯 불에 타서 죽어가는 사람들을 향해 도끼로 내리찍고 있었다. 도끼와 갑옷이 부딪치는 소리도 여기저기서 들려오고 전사들의 도끼에 목이 베어져 나가면서 마지막 신음 소리를 지르며 죽어가는 소리도 들려왔다.

전사들의 도끼에는 시뻘건 피가 흐르고 있었다. 전사들의 발에 밟혀 있는 인간들은 모두 불에 타서 형체도 못 알아볼 정도였고 갑옷 역시 검정 그을음에 뒤덮여 있었다. 이곳은 지옥이야. 지옥이라고! 내가 지옥을 만들었어!

아니야! 아니야! 나는 인간의 적 오크로서 마땅히 해야 할 일을 했던 거야. 어쩔 도리가 없었어. 우리 하라만도 형제들을 살리기 위한 일인 거야. 저 악마 같은 인간은 죽어도 상관이… 모르겠어! 나는 지금 뭐 한 거야!

"샤코로움이시여, 왜 그러십니까? 밑을 보십시오. 우리 전사들이 인간들을 모조리 전멸시켰습니다. 왜 그렇게 고민이 가득한 얼굴을 하고 계십니까?"

나를 쳐다보면서 샤아오가 물었다.

"모르겠소. 내가 잘한 일이오?"

"샤코로움이시여? 그게 무슨 말씀이십니까?"

"내가 잘했냔 말이오!"

갑자기 감정이 치솟아오르면서 샤아오를 향해 격한 목소리로 화를 냈다.

"샤코로움이시여, 그대는 우리들의 신이시오. 밑을 보시오. 우리 형제 전우를 죽이려는 인간들이 죽어가고 있소. 우리들은 우리를 죽이려는 인간을 죽인 거요."

맞아. 나는 나를 죽이려고 쫓아오는 인간을 죽인 거야. 나는 정당방위한 거야. 맞아!

"그렇군요, 샤아오. 내가 잠시 이상했나 보오."

맞아! 나는 정당 방위였어! 정당 방위였다고. 더욱이 지금은 난세가 아닌가? 난세라면 이런 일은 허다하다고!

"샤아오, 그럼 이만 형제들과 하라만도 형제들을 피신시켜 놓은 장소에 갑시다. 이제 우리를 추적하는 기사들은 없소. 우리들은 안전해 졌소."

"이 모든 게 샤코로움, 당신 덕분입니다."

나는 천천히 골짜기 밑으로 내려가 하라만도 전사들을 모았다. 역시 하라만도 전사들은 승리의 기쁨에 취해 있어 모두들 들뜬 듯 고함을 지르느라 정신이 없었다. 주위의 검정 재들로 뒤덮여 타서 죽은 인간 시체들은 눈에 보이진 않고 오로지 고함을 지르는 전사들만 눈에 들어왔다. 나는 이들을 보호했어. 크하하하.

"하라만도 형제들이여, 우리는 승리의 부족이오! 이제 피신시켜 놓은 형제들에게 찾아갑시다."

언제 고민했냐는 듯이 나는 큰 소리로 웃으면서 주위의 전사들에게 말했다. 기르츠는 알았다는 듯이 고개를 끄덕이더니 앞장을 서며 나아가기 시작했다.

우리 하라만도 전사들을 막을 것은 아무것도 없어! 막는 게 있다면 전부 죽여 버리면 되는 건가? 지금은 난세가 아닌가? 나의 생명을 지키기 위해 아직까지도 하라만도의 전사들은 승리의 기쁨을 잊지 못하고 연신 싱글벙글이다. 그들은 이번 전투로 인해 나에 대한 신뢰와 존경심이 한층 높아진 듯하다.

다행히 불길은 주위로 퍼져 나가지 않고 골짜기 안에서만 맴돌았기 때문에 초원에 불이 휩싸이는 일은 일어나지 않았다. 피신시켜 놓은 하라만도 형제들을 찾기 위해 산맥을 따라 걷기 시작했다.

초원을 걸은 지는 오래되었고, 산을 따라 걷기 시작한 지 꽤 오래되었다. 주위에 보이는 것은 나무와 꽃, 풀들뿐. 아무리 좋은 것들이라도 오래 보면 질리기 마련이었다.

"기르츠, 얼마 정도 가면 피신시켜 놓은 장소가 나오겠는가?"

"한, 두 번 밤을 지샌 후에는 도착할 것입니다, 샤코로움이시여."

두 번의 밤이라. 이렇게 이틀 동안 꼬박 걸어야 한단 말인가? 태양이 떠오르면서 주위는 환해졌고 태양은 중간으로 올라가면서 우리들의 몸에는 땀이 맺혀 태양이 지면서 우리들의 몸은 시원해졌다. 하루 종일 걷고 먹고 쉬고만 반복하여 몸이 지칠 대로 지쳐 있었다.

이제 하루만 걸으면 된다는 거지? 조금만 참자.

조금만 참자며 걸은 지 벌써 이틀이 약간 넘어간다. 풀을 밟으면서 느꼈던 신선함도 이제는 지긋함으로 바뀌어졌다. 하라만도 전사들을 이끌고 산을 오르락내리락하며 산맥을 걷고 있는데 도중에 무척 반가운 것을 발견할 수가 있었다.

산 중턱에 커다란 동굴처럼 구멍이 뚫려 있었는데 동굴에 나무가 기둥 노릇을 하며 동굴이 무너지지 않도록 받치고 있었다. 이상한 존재들이 옮기고 있는 철광석이 눈에 들어오면서 이곳은 광산이 분명하구나 하는 생각이 머리를 울렸다.

내가 예전에 철을 만들기 위해 광산을 가졌어야 했는데 이곳에서 발견을 하니, 이제 이곳을 쓰면 되겠구나.

하지만 이 광산은 어느 존재가 차지하고 있었다. 키가 허리 정도밖에 오지 않는 자들이었는데 하나같이 두꺼운 팔뚝과 발을 가지고 있고 그들의 허리 정도에 닿을 정도의 수염을 기르고 있었다. 무척이나 무뚝뚝하게 생긴 늙은 인간의 얼굴이 떠오르면서 그들이 한 손으로 무거운 철광석을 옮기는 것을 보면서 경악을 금치 못하였다.

"기르츠, 저자들은 누구인가요?"

"샤코로움이시여, 그대가 모르시는 것도 있군요. 저들은 드워프라고 하는 땅의 종족이지요. 저도 저자들을 저번에 한 번 보고서는 한 번도 마주친 적도 없고 대화를 해본 적도 없습니다."

"그런가? 저들은 광산을 가지고 있군."

"광산? 그게 무엇이지요?"

"형제여, 저기 커다랗게 산을 뚫어놓은 장소가 보이는가? 그곳이 바로 광산이라네. 거기서 무기와 방어구, 생필수품을 만드는 철광석이라는 것을 캘 수가 있지. 또 금과 다이아몬드 등 보석도 캘 수가 있고."

"산에서 말입니까? 산에서 무기와 방어구가 나온단 말씀이십니까?"

기르츠는 나의 말을 이해하지 못하고 있었다. 하기사 이들처럼 신석기 수준의 문명을 가진 자들이 광산이 무엇인지, 철광석이 무엇인지 알지 못하는 게 당연하다.

나는 광산을 보면서 한 손으로 턱을 짚으면서 자연스럽게 '약탈' 이라는 단어를 떠올렸다. 이곳을 우리 하라만도 전사들이 차지하여 철광석을 캘 수 있다면 강인한 체력에 더욱더 강한 무기와 견고한 방어구를 얻을 수 있을 것이다. 이 광산을 우리의 소유로 만들어야 하는데 저 드워프라는 존재들은 어떤 자들인지. 이 세계는 참으로 이상한 세계다. 나 같은 오크라는 이종족도 있고 저렇게 드워프라는 난쟁이 종족도 있고 마법도 존재하고 있다. 그것 빼고는 내가 살던 세계와 같이 별도, 해도, 달도 뜨고 반복되었다.

"자랑스러운 전사들이여, 저곳을 한번 가보는 게 어떻겠소? 가까이서 구경하고 싶구려."

나는 주위의 2파얌의 하라만도 전사들을 이끌고 차분하게 저 난쟁이 존재들이 놀라지 않도록 광산에 접근하였다.

나의 노력이 헛되었나? 우리가 접근하는 모습을 본 난쟁이들은 굵은 목소리로 뭐라고 자기들끼리 대화를 하다만 우리 오크들의 손도끼보다 더 커다란 양날 도끼를 든 채 우리를 맞이하고 있었다. 드워프 하나하나 인상을 쓰면서 우리를 반길 뿐 누구 하나 우리를 미소로 반기는 이들은 없었다. 대략 20명 정도가 커다란 양날 도끼를 들고 뭐라고 우리를 향해 고함을 지르는 것으로 보아 결코 좋은 의도의 말은 아닌 듯싶다. 이젠 어떻게 해야 할까? 이 광산이 과연 얼마나 좋은 상태이고 이곳을 차지할 가치가 있는 곳인지 알아봐야 하는데.

내가 가까이 가자 드워프들은 내가 알아들을 수 없는 언어로 뭐라고 화를 내면서 자신들의 옷을 턱턱 털며 뒤로 물러서기 시작했다. 왜 물러서는 거지? 난쟁이 드워프 종족과 대화를 해보기 위해 손짓 발짓 전부 다 해보았지만 그때마다 대답해 오는 건 나의 갑옷에서 나는 철컹거리는 소리일 뿐 드워프들은 나의 행동을 보며 웃고 있었다.

도저히 말이 통하지 않음에 할 수 없이 마법을 쓸 수밖에 없다고 생각되었다. 마나를 머리에 모으자 머리에서 마나가 회돌아 치면서 온몸이 뜨거워지기 시작했다

"Interpret(통역)."

머리에서 푸른빛이 돌기 시작하더니 곧 노란빛으로 바뀌어 귀와 입으로 퍼져 나갔다. 갑자기 나의 얼굴에서 푸르고 노란빛이 맴돌자 드워프들은 놀라면서 뒤로 물러섰다.

"이 오크 자식이 뭐 한 거지? 저 푸른빛은 마법인가?"

"말도 되지 않아! 오크가 어떻게 마법을 쓰는가?"

"뭐라고? 그럼 여기 오크가 인간의 갑옷을 입고 있는데 그건 어떻

게 해석할 건가?"

드워프들의 말의 뜻이 확실히 전달되어 그들이 대화 내용을 전부 알아들을 수 있었다. 그들은 고개를 들어 갑옷을 입은 나의 모습을 훑어보면서 서로 대화를 하느라 정신이 없었다.

"드워프여, 잠시 말 좀 여쭙겠습니다."

나의 입에서 자연스럽게 내가 전하고자 생각했던 뜻이 드워프 언어로 튀어나왔다.

드워프들은 오크인 나의 입에서 자신들의 언어가 튀어나오자 더욱더 놀라며 아무 말도 하지 않고 나만 멀뚱히 쳐다보고 있었다.

"드워프여, 말 좀 여쭙겠습니다."

그들이 대답을 하지 않아 할 수 없이 다시 말할 수밖에 없었다. 아직 이들 종족이 나를 어떻게 생각하고 있는지 알 수 없어서 무시하지 않는 태도로 예법에 맞춰 그들을 향해 입을 열었다

"오, 오크가 우리 말을 한다! 오크가 우리 말을 해!"

"이게 어떻게 된 거지? 오크가 우리 말을 할 수 있다니!"

"모두들 진정하시게. 내가 말을 해보겠네."

가장 수염이 길고 덩치가 좋은 드워프 한 명이 커다란 양날 도끼로 땅을 받치고 몸을 기대면서 나를 올려다보았다.

"이 오크! 방금 대지의 자식인 우리들의 언어로 말했느냐?"

드워프는 눈을 부라리며 나를 무시하는 듯한 어투로 말하면서 양날 도끼를 한번 들었다가 땅에 콩 찍었다. 저자들이 이렇게 나온다면 나도 더 이상 저들에게 존대할 필요가 없다.

"그렇다. 너는 왜 처음 보는 나에게 화를 내느냐?"

"훗, 당연한 게 아닌가. 더럽고 추한 동물이 와서 우리 땅의 자식들

의 언어를 하는데 화가 나지 않게 생겼는가? 또 우리들의 신성한 작업장에서 이렇게 떼로 몰려들어 대지를 더럽히고 있으니 화가 나지 않느냔 말이다! 네가 우리 땅의 자식의 언어를 할 수 있다는 것이 신기하지만 그리 신경이 쓰이지 않으니 더 이상 땅을 더럽히지 말고 너희들의 땅으로 돌아가거라! 땅을 밟지 마라! 더럽다!"

지금 내 앞의 드워프라는 이종족이 나를 향해 더럽다고 하고 있는가? 이 광산을 차지하고 싶다는 욕심이 들었지만 나는 아직 이 드워프에게 어떠한 행동도 하지 않았다. 그런데 드워프는 이렇게 나에게 화를 내고 있는가?

더럽고 추한 동물이라니. 오크라는 종족이 인간에게만 천대받고 경멸당하고 있는 줄 알았더니 이 드워프라는 이종족도 오크라는 종족을 경멸하고 더러워하고 있다. 왜 우리들이 어떠한 행동을 했다고 이러는 건가?

우리가 더럽고 추하다고 취급당한 이유는 무엇이지? 우리는 결코 더럽고 추한 행동을 한 적이 없다. 다만 외모가 추하다면 추할 뿐이지 그 이상 그 이하도 아니다.

"크크큭. 드워프, 난쟁이 종족! 왜 우리들이 추한가?"

"뭐라고? 우리 땅의 자식들에게 난쟁이라고 하였는가? 죽고 싶나!"

"크크… 난쟁이! 나의 말에 대답을 해야 하지 않겠나? 죽기 전에 듣고 싶군. 우리 승리의 종족 오크들이 왜 더럽고 추한지 말일세."

"너희들 오크는 무척이나 더럽게 생활을 하지 않나? 문명도 뒤떨어지고 생긴 것도 추하며 둔하지 않느냐? 또 자기 손으로 양식을 얻을 생각도 하지 않고 약탈을 일삼으며 추한 문화로 살아가지 않는가?"

"난쟁이! 너의 말은 참으로 모순점이 많군. 문명이 뒤떨어진다는 것은 추하고 더러운 게 아니라 단지 역사의 문제일세. 그리고 너희들의 미적 기준으로 우리를 추하다 했지만 내가 보기엔 너희 땅딸보 난쟁이들이 더 못생겼군. 둔하다는 것 역시 오크인 내가 드워프인 너보다 더 영리하다고 생각하는데. 또 너희 드워프는 상대성이란 걸 모르는가 보군. 모르는 것 같아 설명해 주겠네. 절대적으로 올바른 진리란 있을 수 없고 올바른 것은 그것을 정하는 기준에 의해 정해진다는 것이 상대성이라고 하지. 즉, 너희들은 너희 드워프들이 정한 기준에 의해 우리 승리의 종족을 보았기 때문에 더럽고 추하다고 느끼겠지. 하지만 역으로 생각해 우리들의 기준에 의한다면 너희 드워프들이 더럽고 추하네. 서로 다른 종족이라 하여 다른 종족의 문화를 자신들의 기준에 맞춰 멸시하고 추하다고 여긴다면 그렇게 여기는 종족이 더욱더 무식하고 추한 종족임을 생각해야 할 것이야."

나의 말에 드워프는 골똘히 생각하는 듯하더니 이해를 못하겠다는 표정이 얼굴에 절실히 나타났다.

"……."

긴 수염의 드워프는 말이 없이 고개를 떨구고 밑을 쳐다볼 뿐이었다. 하긴 그렇겠지. 도저히 반박하려 해도 떠오르는 말이 없을 테니까.

"어디 난쟁이! 내 말이 틀리는가? 우리 오크들이 더럽고 추한 종족인가?"

"뭐라? 난쟁이! 이 더러운 오크 자식! 더럽게 어디서 입을 놀리냐! 이 자리에서 죽여 버리겠다!"

드워프들은 도저히 나와의 입씨름에는 상대가 안 된다는 것을 깨달았는지, 아니면 자신들을 욕하는 소리만 들리는 옹졸한 종족인지 나의 말에 반박을 하지 못하고, 나의 앞에 있는 드워프가 커다란 양날 도끼를 수직으로 세우자 뒤의 20여 명의 드워프들도 금방이라도 나를 칠 것처럼 양날 도끼를 들었다. 나의 뒤의 2파얌의 전사들도 그런 드워프를 보며 자신들의 무기를 양손에 꼭 쥐어 금방이라도 달려들 태세였다.

그들의 번쩍이는 도끼가 곧바로 나의 목을 칠 것 같아 약간은 두려운 마음이 드는 것도 사실이다. 하지만 나의 뒤에는 나를 보고 있는 2파얌의 오크들도 있고, 더욱이 이들이 여차하면 나부터 손을 쓰면 되는 게 아닌가?

"크큭, 왜 반박하지 못하겠는가? 귀에 너희들을 욕하는 것만 들리고 나의 말을 들리지 않는가 보지? 자신들을 욕하는 소리만 듣는 옹졸한 종족이 드워프인가? 왜 그러는가? 왜 도끼를 드는가? 나의 목을 베려 하는가? 크크, 야만적이군, 드워프란 존재는."

나의 말이 끝나자 모두 짠 것같이 도끼를 원래대로 밑으로 내려놓았다.

"이 오크야! 너는 누구냐! 내가 비록 200년밖에 살지 않아 많은 오크들을 만나보지 않아 잘 모르겠으나 너 같은 오크가 있다는 것은 처음 듣는다. 오크가 인간의 갑옷을 입고 마법도 쓰며 우리 대지의 자식의 언어를 쓰다니. 너는 오크가 아니지?"

"드워프! 그럼 너의 앞에 보이는 나는 누구인가? 드워프인가? 인간인가? 나는 승리의 부족, 자유의 의지에 자유를 집행하는 종족, 오크이다."

"아니야! 너는 오크가 아니야. 너는… 왠지 다른 느낌이 나. 너는 인간이 아닌가? 왠지 인간의 느낌이 나."

인간? 나한테서 왜 인간의 냄새가 난다는 것이지? 내가 비록 인간의 마음을 가졌다지만 오크의 육체로 살아가고 있다. 나도 오크로서 7년 동안 살아서인지 한 생물이 있으면 그 생물이 오크인지 인간인지 느낌으로 알 수 있을 정도이다. 하지만 나는 잔인하고 악마 같은 인간이 아니다. 나는 자유의 오크이다.

"크르르르, 드워프! 어디서 그런 욕지거리를 하느냐! 인간이라니! 내가 그렇게 잔인하고 더러우며 악마 같은 동물인 줄 아느냐? 나는 오크! 자랑스러운 하라만도의 전사다!"

"그래, 아니라고 해주지. 솔직히 나도 인간이 무척이나 경멸스럽다. 자신들만을 알고, 언제나 안절부절못하고, 겉과 속이 다르고, 말과 행동이 다른 인간. 그런 인간이 싫다! 하지만! 네가 오크라도 너는 우리들의 신성한 작업장을 더럽힌 침입자이다! 그 대가는 죽음으로 갚아야겠지?"

"드워프, 네가 지금 나에게 죽음을 논하는가? 훗. 드워프, 지금 너는 분노하고 있나? 자고로 분노는 자존심과 비례하지. 자신의 자존심을 짓밟은 나에게 분노하고 있을 테지. 그러기 전에 너를 한번 쳐다봐라. 나는 우선 너에게 전혀 적대적으로 대하지도 않았고, 이곳에 온 이유는 너의 작업장이 훌륭해서였다. 그러나 너희 드워프들은 우리에게 적대심을 품고 공격하려 하였다. 공격성. 나를 너에게 내심 복종하게 하게 하려는 강한 지배욕과 자기 주장성, 적극성 등을 포함하는 게 이 공격성이라는 거지. 드워프! 너는 인간인가?"

"뭐라? 왜 내가 인간이란 말인가?"

내 앞의 드워프를 보기 위해 한동안 고개를 내렸더니 목 뒤쪽이 뻐근해지기 시작했다. 드워프도 나를 계속 올려다봐서 목이 뻐근했나 목을 좌우로 풀면서 나에게 화를 냈다.

"드워프, 나는 인간만 공격성이란 것을 본능으로 가지고 있는 줄 알았는데 너희 드워프들도 그렇군. 인간은 분노를 이 공격성이란 본능으로 표현하면서 자신들의 강함을 표현하지. 물론 능력이 없는 인간은 토라짐이라는 방법을 쓰기도 하지. 다시 말하지만 드워프! 나는 너희들에게 해를 입힌 것도 없고 너희가 우리를 추하게 여기지만 그것은 문화의 차이일 뿐이다. 문화의 차이는 문화의 상대성으로 극복해야 하지만 너희 드워프들은 우리를 신체적으로나 정신적으로 공격하려 하고 있다. 마치 인간처럼 말이지. 귀도 눈도 막힌 인간처럼 무조건 자신들의 생각만 내세우며 다른 이종족은 생각도 하지 않는 인간! 자신이 최고이며 나보다 높은 위치에 있는 다른 사람을 보면 시기와 질투를 하면서 자신이 그 높은 위치에 올라가려 생각은 하지 않고 높은 위치의 사람을 나보다 낮은 위치로 끌어내리기 위해 노력하는 자신만을 아는 이기적인 인간! 네가 나에게 그랬지? 나보고 인간의 느낌이 난다고. 하지만 나 역시 드워프 너를 보니 인간이 생각난다!"

"뭐, 뭐야?! 우린 인간이 아니다! 감히 인간이 생각난다니!"

드워프의 눈을 보니 조금씩 흐려지기 시작했다. 확실히 나의 말에 동요를 하며 고민하고 있는 눈치였다. 주위의 드워프들도 나의 말이 끝나자 웅성거리면서 나를 쳐다보았다.

"그렇다면 너희 땅의 종족 드워프는 무엇인가?"

"우리는 땅의 기운을 받고 태어난 대지의 자식들이다. 긍지와 명예를 위해 살아가는 종족이지."

"그런데 왜 너희 대지의 자식은 명예를 위해 산다면서 지금 명예롭지 못한 행동을 하고 있나?"

나는 깔보는 듯이 눈꼬리를 흐리면서 드워프의 얼굴을 쳐다봤다.

"뭐라? 명예롭지 못하다니! 무엇을 말인가!"

"이젠 반복해 말하는 것도 지겹군. 나는 너희들에게 전혀 적대심없이, 그저 이 광산, 너희들의 작업장이 무척이나 훌륭해 보여 감탄으로 한번 직접 보고자 온 것이다. 너희들의 작업장에 감탄을 하여 찾아온 손님을 이렇게 적대감으로 대하니 말이다. 이런 게 드워프였나? 너희들 종족의 하는 일을 보고 감탄을 하면서 온 손님에게 이유없이 미와 추의 잣대질로 인해 적대감을 내뿜고 인신 공격을 하는 게 드워프였나? 그렇다면 실망이로군."

나의 입에서 자신들의 작업장을 칭찬하는 말이 나오자 인상을 썼던 고약한 얼굴은 조금이나마 풀어지면서 손에 꽉 쥐었던 양날 도끼도 천천히 풀면서 그것에 몸을 받치고 섰다.

한번의 칭찬으로 이렇게 행동이 바뀔 수가 있을까? 어쩌면 이 드워프들은 명예와 긍지, 이들이 만한 대로 자존심을 내세우며 살아가는 종족일 수도 있겠다.

"너희 드워프들의 작업장은 무척이나 훌륭하다. 인간들보다 나았으면 나았지 결코 뒤처지지 않고 견고한 작업장과 너희들의 기술과 재능으로 인해 이렇게 많은 양의 철광석을 캘 수가 있겠지. 드워프란 존재는 대단하군. 또 너희들의 엄청난 힘에도 놀랐었지. 저렇게 많은 양의 철광석을 한 손으로 옮기더군. 대단하군, 대단해."

연신 나의 입에서 나오는 칭찬에 드워프들은 가슴을 펴면서 자랑스러워했다. 그들의 눈빛엔 어느새 적대감이란 게 없어지고 있었고 인상을 쓰고 있던 그들의 표정 역시 다시 무덤덤한 표정으로 돌아갔다.

"당연하지. 우리와 그까짓 인간과 비교하다니! 말이 될 소린가? 우리는 대지의 자식! 이 정도야 당연한 일이지. 껄껄껄."

이제는 기분까지 좋아서 고개를 뒤로 젖히고 웃기까지 하니 이거야말로 장관이 아닌가? 화를 낼 때는 언제고 이제는 약간의 칭찬으로 저렇게 좋아하고 있으니…….

"오크, 너희들은 우리 작업장에 감탄을 하고 왔다고? 그럼 구경할 수 있는 기회를 주겠다. 하지만 어느 것도 만지지 말고 단지 구경만 해라! 알았냐? 이 정도면 우리도 양보한 것이지. 껄껄껄. 역사상 우리 대지의 자식의 작업장을 오크가 구경한다는 것은 처음이야. 잘 봐라! 우리 대지의 자식의 작업장을. 인간 따위는 상대도 되지 않지."

한순간에 감정이 뒤바뀌면서 상황은 역으로 바뀌었다. 나도 이 드워프들이 우리 전사들을 무시할 때 이 드워프의 목을 찍어버리고 싶었던 건 사실이지만 우리들은 어서 우리 형제들을 피신시켜 놓은 장소로 가서 다시 마을을 일으켜 세워야 하므로 이곳에서 쓸데없이 전투를 하지 않아야 했다.

엄청난 힘과 저 커다란 양날 도끼를 보니 적어도 반절 이상은 상처를 입거나 이 세상과 이별을 할 것이라 생각된다. 이 드워프에 대해서는 잘 모르겠지만 자고로 자존심이란 것은 능력이 뒷받침될 때 나타나는 것으로 이들 역시 자신들의 힘을 믿고 있는 게 분명하다.

그래서 저렇게 자신들보다 3배나 많은 2파암의 인원이 있지만 우리들을 무시했던 것이겠지.

"드워프, 고맙다. 그럼 축복받은 너희들의 작업장을 잠시 둘러보겠다."

드워프들, 너희들이 우리를 이곳에 들여놓은 것은 실수다. 비록 지금은 상황이 급해 어쩔 수 없지만 우리들이 안정된다면 이곳은 우리들의 차지가 될 것이다. 할 수 없지. 약육강식의 자연의 섭리가 그대로 실행되는 곳에서 너희들이 강하다면 이곳은 너희들의 것이 되고 너희들이 약하다면 이곳은 우리들의 것이 되겠지. 광산이라… 예전부터 생각한 거지만 우선 오크들이 안정된 방어 체계를 갖추기 위해선 철이 필요하다. 지금은 난세, 나는 오크. 오크의 몸을 가진 존재.

당연히 오크의 문화대로 오크의 생각대로 살아가는 게 나의 일이다.

드워프들의 작업장은 정말 감탄을 하지 않을 수가 없었다. 드워프들은 모든 점에서 안전하게 채굴을 할 수 있는 환경을 만들었다. 멀리서 보았을 때도 대충은 견고하게 생겼군 할 정도였지만 가까이 와서 보니 광산을 받치고 있는 기둥들과 광산 속의 공기를 원활하게 통기시킬 수 있는 물건들이 가득 있었다. 광산 안을 환하게 비추는 수십 개의 램프 때문에 광산 안도 잘 볼 수가 있었고, 길을 잊어버리지 않도록 곳곳에 표시도 해놓았고, 운반을 할 수 있도록 우리의 광차와 비슷한 것이 있다는 것에 더욱 놀랐다. 적어도 이곳은 낙반, 출수, 가스 폭발의 사고는 막을 수 있을 것 같았다.

광산 안의 구경을 마치고 밖으로 빠져나와 뻐근한 고개를 좌우로 돌리면서 풀고 있을 때 어떤 장소가 눈에 들어왔다.

"저곳은?"

가까이 가서 보니 선광, 제련 등의 공작소였다. 역시 이렇게 발달된 광산 옆에는 공작소가 있기 마련이었다. 선광과 제련은 수십 년의 경험과 노하우로 해야 하는 작업이기 때문에 그리 대단한 작업 도구는 없었지만 일반 대장간에 있는 것들은 다 갖춘 듯하였다.

공작소 곳곳에 눈에 익숙한 금 공예품들이 있었는데 하나하나 수공예로 만들어진 듯하나 엄청나게 정교하고 작은 조각 하나하나 혼이 담겨 있는 듯한 느낌을 받았다. 공예품들은 화려함과 은은한 우아함을 같이 가지고 있었다. 공예품들이라기보단 하나의 예술이라고 해야 알맞은 표현일 것이다. 한번 만져 보고 싶다. 어떻게 이렇게 정교할 수가. 대단하다, 대단해.

이것이 내 앞의 존재들이 만든 것인가. 정말인가? 신이 만든 것이 아닐까? 드워프들의 공예품들은 하나같이 지상의 존재가 아닌 신이 만든 작품 같았다.

가지고 싶다. 이것들을 가지고 싶어. 내가 지금 무슨 생각을 하고 있는 거야? 나는 오크야. 이런 것들은 필요가 없다고. 이런 물질에 연연하지 말라고! 나는 샤코로움 하크!

인간이 아닌 오크란 말이다. 이런 공예품은 필요도 없어. 필요없다고 속으로 외치고는 있지만 이 공예품들에게 눈길이 집중되고 손이 간지러운 것은 어쩔 수 없었다.

솔직히 이번 광산 탐사를 끝내고 드워프들이 다시 보이기 시작했다. 자존심만 내세우는 난쟁이 종족이라고 생각하였으나. 인간보다는 몇 배나 나은 금속 문화를 가지고 있었다.

"대, 대단하군. 드워프여! 이것은… 이것은……?"

"왜 그러나, 오크? 이 공예품들 말인가? 우리들이 만든 것이네. 어떤가?"

"엄청나다! 엄청 대단해! 이 작품들이 과연 네 손에서 만들어졌는가? 이것은 신의 작품이 아닌가? 이것은 지상의 존재가 만들 수 없는 작품들이다. 정말인가?"

　주위에 있는 드워프들은 내가 말을 마치자 무척이나 흡족하다는 듯한 표정을 짓고 껄껄껄 웃기 시작했다.

　"훗, 오크! 너희 같은 오크도 작품을 볼 줄 아는군. 이것은 대지의 종족인 우리가 만든 것이네. 껄껄껄~"

　나는 이곳의 광산이 무척이나 마음에 들었다. 안정된 채굴, 선광과 제련을 할 수 있는 작업소. 이론만 있고 어느 것 하나 준비되어 있지 않은 상태지만 이 광산만 있다면! 이곳만 차지한다면 갑옷을 생산하는 것은 꿈이 아니다.

　그리고 이곳을 차지한다면 이 작업소에 있는 공예품들도 다 우리 차지가 되겠지. 갖고 싶다. 이 공예품들을… 이 신의 예술품들은 다 내 것이 되겠지.

　"아니야, 아니야!"

　더 이상 물질에 집착하는 생각을 하고 싶진 않았다. 하지만 연신 생각나는 것을 어떻게 막겠는가?

　"왜. 오크! 뭐가 잘못됐나?"

　갑작스런 나의 행동에 놀란 드워프들이 말했다

　"아니네, 드워프! 단지 이곳이 우리 오크들, 인간들보다 훨씬 좋은 문명을 가지고 있어서 그것을 부정하고 싶어서였네. 부정하고 싶지만 엄청 대단하군, 드워프란 존재는."

　"껄껄껄. 오크, 나도 너를 다시 봤다. 오크란 존재가 더럽고 추하기만 한 줄 알았더니 모든 면에서 인간보다는 낫군. 우리 대지의 종족들의 작품을 볼 줄 아는 것만 봐도 그렇다! 인간들은 우리의 작품을 빼앗아 가려고만 하지 구경은 하지 않는다. 한 50년 전인가 어떤 인간 집단이 우리들의 공작소를 들른 적이 있다네. 한동안 그들의 눈빛이 이상해지더니 갑자기 칼을 빼 들고 우리에게 덤볐다네. 당연히 인간 정도야 우리들의 상대가 되지 않았지. 패한 인간들에게 왜 덤볐는지 알아보니 말도 되지 않는 말을 하더군. 이 공예품이 탐이 났다고 말이야. 그게 말이 될 소린가? 비록 작은 것이지만 이것들은 우리들의 혼! 우리들의 일생일세. 이것이 탐이 나다니! 우리들은 그 자리에서 바로 그 인간을 죽였지. 껄껄껄."

드워프의 말을 듣는 순간 나는 온몸에 소름이 돋았다. 인간들도 이 공예품들을 보면서 갖고 싶다는 탐욕이 들었다는 건가? 하기사 인간들이 이것을 본다면 어찌 참지 않고 가만히 있겠어. 나도 역시 이 공예품을 보고 탐욕을 느꼈어. 나도 그 인간들을 비판할 처지가 아니지. 어쩌면 나는 인간일지도. 아니! 오크가 되고 싶어하는 인간일지도. 아니야, 나는 더럽고 탐욕에 찌든 추한 인간이 아니야.

"나는 오크인가?"

내 앞의 있는 드워프에게 물었다.

"오크지 그럼 뭔가?"

그래, 나는 오크야. 인간이 아니지. 크르르르……

"드워프! 너희들의 작업장을 잘 구경했네. 너희들이 맨 처음에 말했던 우리들이 작업장을 더럽힌다는 말이 이해가 되네. 이곳은 신의 영역 같은 곳이네. 우리 오크들뿐만 아니라 그 어느 존재가 와도 이곳은 더럽혀질 것이네. 신의 아들, 너희 드워프만 빼고 말이지."

"크하하하! 껄껄껄. 당연하지. 껄껄껄."

나의 마지막 칭찬에 드워프들은 스스로 자랑스럽고 만족한 나머지 미친 듯이 웃어대기 시작했다. 그들의 웃음소리에 나의 뒤에 있는 2

파얌의 인원의 전사들은 귀를 막고 그들이 신기하듯 멀뚱히 쳐다보고 만 있었다. 웃느라 뻘게진 얼굴이 다시 원래의 피부색으로 돌아올 때까지 기다렸다가 그들의 얼굴이 다시 피부색으로 돌아오자 그들의 눈동자를 보면서 말했다.

"드워프! 우리들은 이만 가겠네. 좋은 작품 만들게나."

"껄껄껄, 잘 가라. 껄껄껄, 너 같은 오크는 처음 본다."

드워프들은 또다시 미친 듯 웃어대기 시작했다. 그 무뚝뚝한 수염 난 할아버지 얼굴에서 어떻게 저런 표정이 나오는지. 아마 평생에 웃을 것을 오늘 다 웃는 것 같다. 미친 듯 웃는 드워프들에게 '그럼 간다'는 말을 툭 뱉고는 자랑스런 하라만도 전사들과 함께 우리 형제들을 피신시켜 놓은 장소를 가기 위해 숲 속의 오솔길로 들어섰다.

드워프의 광산. 정말 좋은 곳이야. 꼭 이곳을 우리 것으로 만들어야겠어. 악마 같은 추한 인간들에게 패하지 않을 정도로 강하게 만들기 위해선 이 광산이 꼭 필요하단 말이야. 오크들을 위해서도 나를 위해서도.

이 광산이 필요해! 크르르르~ 나를 위해서도 말이지.

제10장

오크! 마음을 복원시켜라!

제**10**장

오크! 마법을 배우겠는가?

나무에서 떨어진 나뭇잎들을 밟을 때 그 푸석거리는 소리에 홍미를 느꼈다. 이제 조금만 더 가면 피신하고 있는 형제들에게 갈 수가 있다. 지금 어떤 상황에 처해 있는지……

나의 오른쪽에는 기르츠가 나무에서 떨어지는 잎들을 향해 놀이를 하듯 도끼로 치는 행동을 하고 있었고 왼쪽의 사아오 역시 커다란 주먹을 연신 휘두르면서 걸어갔다. 나무들 사이에서 불어오는 공기에 가슴을 확 펴고 숨을 들이마셨다. 시원스런 공기가 '이제 다 왔어! 조금만 더 가면 돼!' 라는 듯 나의 가슴속에서 메아리쳤다.

어딘가 익숙한 느낌이 들어 주위를 자세히 살피니 이곳은 클레이스와 내가 처음 만났던 곳이었다. 산 위에 있는 널찍한 분지 위에 군데군데 커다란 나무가 시원스럽게 흔들리면서 나를 반겼다. 이곳에서 클레이스를 처음 만났었지. 그때는 클레이스의 마법이 어찌나 신기하게 느껴지던지. 클레이스도 벌써 죽고 나를 떠났지.

클레이스와 하루 종일 밤낮으로 밥도 먹지 않고 연구에 몰두하면서 서로 자신의 주장을 하며 이런 연구, 저런 연구, 많은 연구 결과를 보고 흡족해하던 모습들이 시원한 바람과 함께 다가왔다.

클레이스, 보고 싶구나. 클레이스…… 이제 그만 생각하자. 나중에 내가 이곳에서 사명을 다하고 죽는다면 후세에 만날 수 있겠지. 맑은 시냇물을 따라 걸어간 지 꽤 되었다. 산을 오르락내리락… 마지막으로 산을 오를 때가 되었다.

"전사들이여, 이제 거의 다 왔소?"

"예, 샤코로움이시여. 바로 저기 중턱에 위치해 있습니다."

기르츠가 검지손가락으로 산 중턱을 가리키면서 말했다. 산을 오르는 것에 대해 전혀 피곤을 느끼지 못했다. 피신하고 있는 형제들을 만난다는 기쁨인가? 아니면 나의 몸이 어느새 단련되어 있는 것일까? 번개같이 산의 중턱에 오르고 나니 커다란 동굴이 하나 있었다. 피신시켜 놓은 곳이 이곳이 확실한가? 시끌벅적한 소리는커녕 나의 귀를 자극하는 약간의 소리조차 없었다. 나무도 잘 타고 잘 뛰어다니며 장난도 잘 치던 오크 아이들도 보이지 않았다.

"이곳이 확실한가?"

"그렇습니다, 샤코로움이시여. 그렇지만 이상하군요. 이렇게 소리가 없는 걸 보니 혹시 이곳을 떠난 게 아닐까요?"

"한번 안에 들어가 보기로 하지."

2파얌의 인원을 이끌고 천천히 동굴 안으로 들어갔다. 동굴 안으로 들어갈수록 우리를 반기는 건 우리들의 발걸음이 만들어내는 메아리와 코를 찌르는 악취였다. 악취가 얼마나 심한지 머리가 어지러워지고 도저히 코로는 숨을 쉴 수 없는 상황이었다. 또 동굴은 앞이 보이지 않고 오로지 보이는 것은 암흑뿐이었다. 형제들이 이렇게 악취가 나고 빛이 통하지 않는 이런 곳에서 생활을 하고 있는가?

"Light(빛)."

주위를 환하게 비추는 빛의 구가 나의 오른손에서 둥둥 떠다녔다. 언제나 내가 마법을 보이면 그랬듯이 2파얌의 전사들은 '오, 샤코로움이시여' 라고 한마디씩 감탄을 했다. 그리 대단한 일도 아닌데 말이다.

"으… 으……."

이게 무슨 소리지? 확실히 동굴 깊숙한 곳에서 이상한 신음 소리가 나오고 있다. 나는 그 신음 소리를 따라 급히 뛰어 들어갔다. 계속 나의 몸에서 나는 플레이트 갑옷의 마찰음과 갑옷의 딱딱한 촉감 때문에 몸이 근질거렸다. 3일 동안 이 플레이트 갑옷을 입고 생활해서 이제는 나의 몸의 일부가 되었나? 하고 생각했었는데 나의 헛된 생각이었나 보다. 견갑, 겨드랑이 막, 팔꿈치 받이 요갑, 대퇴갑, 흉갑, 완갑, 수갑, 정강이 받이, 경갑, 철화 이렇게 많은 종류의 갑옷을 착용하고 있으니 이것들을 다듬는 일이란 시간이 날 때마다 조금씩 해주어야 하는데 나는 그동안 무척이나 바빠서 이것들을 다듬을 시간이 없었다. 덕분에 흉갑의 끝부분이 갈색 빛깔로 조금은 녹이 슬어 있었다. 녹이 슨 것도 당연하지. 그동안 한 번도 닦지를 않았으니까. 하지만 3일 만에 녹이 슬다니, 좀 당황스럽군. 어서 안으로 들어가자!

동굴 깊숙이 들어갔을 때 나와 2파얌의 전사들은 입을 맞추거나 한 듯 동굴 속에서 본 상황 때문에 눈이 커지면서 '켁!' 이라는 소리를 냈다. 동굴 깊숙한 곳에는 대략 20명 정도의 여자 오크들과 30명 정도의 아이 오크들이 죽은 것같이 한군데에 뭉쳐 쓰러져 있었다. 그들은 일체의 소리도 내지 않았다. 숨소리까지 말이다.

"샤아오… 이것이 어찌 된 상황이오?"

"샤코로움이시여, 한번 샤코로움께서 알아보십시오. 저희들도 모르겠습니다."

나의 10발자국 앞에서 서로 부둥켜안고 쓰러져 있는 여자 오크에게 다가갔다. 이렇게 죽은 듯 쓰러져 있지만 몸에는 피 한 방울 흘리지 않고 있었다. 무슨 일이지? 병이라도 걸린 것일까? 다른 부족이나 인간들에게 침입을 받은 흔적은 전혀 없는데.

"…배… 배고… 파요. 배고… 파요… 머리… 도 아프고요……."

바로 내 눈앞에 있는 여자 오크는 내가 가까이 다가온 소리를 들었나 간신히 바싹 말라 버린 입을 열었다.

배가 고프다니? 그럼 지금 누워 있는 이유도 영양실조 때문인가?

영양실조는 어떤 특수한 하나의 증세가 아니라 여러 증세가 함께 나타나는 것이 보통이다. 확실히 여자 오크는 체중 감소, 피로, 쇠약, 무기력, 의욕 상실, 정신 기능 저하로 시작하여 빈혈, 저혈압, 체온 저하, 맥박 저하가 함께 이루어지고 있었다.

내 앞의 여자 오크가 입을 열자 죽은 것만 같던 주위의 여자 오크와 아이 오크들도 연신히 조그만 신음 소리와 함께 소리를 내면서 동굴 안을 소리로 꽉 메우기 시작했다. 나의 뒤에 있던 2파얌의 인원들 중 가족이 있는 전사들은 자신의 쓰러진 아이와 부인을 잡고서는 이곳저곳을 살펴보기 시작하고 있었다.

"샤코로움이시여, 이들은 왜 이렇습니까?"

나의 옆에서 형제들을 이렇게 만든 이들을 이 주먹으로 죽여 버리겠다는 듯이 주먹을 꽉 쥔 채 샤아오가 말했다.

"한마디로 굶어 죽어가고 있는 중이지요. 어서 식량을 찾으러 나섭시다. 이들은 굶은 지 꽤 된 것 같군요. 또 주위에 너무나 악취가 심합니다. 그동안 배설물 처리를 잘못한 것 같군요."

"샤코로움이시여! 어서 식량을 구하러 갑시다!"

쓰러진 가족들을 부둥켜안고 있었던 전사들은 어느새 나의 곁에 와서 자신들의 가족을 살리기 위해 밖으로 나가자고 말했다. 내가 대충 이들을 살펴보니 이들은 영양실조뿐 그 이상의 증세는 없는 것 같았다. 하지만 영양실조가 여러 증세와 함께 나타나니 오크들이 죽은 듯이 쓰러져 있었던 것이다.

지금 이곳에서 가장 구하기 쉬운 식량은 강의 물고기, 산의 동물, 분지의 열매 이렇게 세 가지다. 영양실조에 걸린 이들에겐 배를 채우는 것뿐만 아니라 결핍된 영양소를 채우는 게 급선무이다. 물고기에선 단백질과 칼슘을, 과일에선 비타민과 탄수화물을, 동물에선 단백질과 지방을. 나는 한 가지만을 많이 구하는 것보다는 이렇게 영양소를 각각 가지고 있는 3가지를 전부 구하는 게 상책이라 생각했다.

"기르츠여! 20명의 인원을 이끌고 저 분지로 가서 과일을 채집하지 않겠소?"

"옛! 샤코로움 하크시여."

기르츠는 입을 쫙 벌려 긍정을 표한 후 나름대로 20명을 모아서 분지를 향해 걸어갔다. 언제나 말이 없고 주먹을 꽉 쥐고 있는 행동과 샤아오를 향해 몸을 돌렸다.

"샤아오여, 그대의 승리의 두 주먹으로 동물들을 잡아오지 않겠소? 20명의 인원을 이끌고 말이오."

"샤코로움 하크시여, 그렇게 많은 인원은 필요없습니다. 5명의 자랑스러운 하라만도 전사만 있으면 됩니다."

"그러시지요."

나는 3일 동안 걸어오면서 샤아오의 성격을 나름대로 파악했기 때문에 더 이상 데리고 가라고는 하지 않았다. 샤아오는 나의 말이 끝나자 기르츠와 마찬가지로 긍정을 표한 후 두 주먹을 불끈 쥐고 5명의 전사들과 함께 숲으로 뛰어 들어갔다.

나의 뒤에는 기르츠와 샤아오가 데려간 인원을 뺀 35명의 인원이 나의 입이 열리기를 기다리고 있었다. 이렇게 많은 인원을 데려갈 수는 없는데. 10명이면 충분해. 고기를 잡는 데 말이야. 이렇게는… 아!

"이히리여!"

"옛!"

이히리가 기다렸다는듯이 힘차게 대답해 왔다.

"25명의 인원을 이끌고 동굴 속에 쓰러져 있는 우리 형제들을 밖으로 모시고 나오시지 않겠소? 그 동굴 속에 있다가는 오히려 없던 병도 생길 것이오. 이히리 형제도 그 악취를 맡아보지 않았소? 또 햇빛이 전혀 들어오지 않는 그 동굴을 말이오."

"그렇다면 샤코로움이시여, 어디로 옮겨야 할까요?"

"우선 제가 마을을 다시 형성할 곳을 찾아보긴 할 것이지만 그전에 어디론가 옮겨야 할 것입니다. 이제 우리 2파얌의 자랑스러운 전사들도 이곳에 있으니 두려울 게 없습니다. 저기 기르츠 형제가 과일을 채집하러 간 분지가 보이지요? 저곳으로 옮겨주십시오. 제가 곧 그곳으로 가겠습니다."

"옛! 샤코로움 하크시여."

25명의 전사들은 이히리의 뒤를 따라 동굴 안으로 들어갔다. 나의 뒤에 있는 10명의 전사들이 자신을 불러줄 것을 기대하는 듯한 눈빛을 보내면서 자연스럽게 한 손에 도끼를 든 자도 있고 등을 긁고 있는 자도 있었다.

"형제들이여, 나를 따르시지 않겠소? 우리는 낚시를 하러 갈 것이외다."

"나아악씨? 샤코로움이시여, 나아악씨가 뭡니까?"

"일종의 물고기를 잡는 법이오. 나의 뒤를 따르시오. 곧 우리들은 물고기를 잡을 것이오."

"물고기를 말입니까? 땅을 뛰어다니는 동물들이 아니고 강을 헤엄쳐 다니는 물고기를 말입니까? 샤코로움이시여, 뭔가 잘못 아신 게 아닌지요."

물고기를 잡는다는 말에 10명의 전사들은 나를 믿지 못하겠다는 듯이 서로 수군거렸다. 절대 믿음인 샤코로움인 나의 말을 믿지 못할 정도이니 물을 자유롭게 헤엄쳐 다니는 물고기를 잡는다는 게 이들에게 얼마나 어려운 일인지 생각할 수 있었다. 물고기를 잡는 것이 그렇게 대단한 일인가. 하기사 과거 신석기 농업 혁명이 일어나기도 전에 여러 부족들이 정착 생활을 했었지.

그 부족들은 주위의 동물들을 사냥하였고, 또 물고기를 잡으면서 굶주린 배를 채웠었지. 아직 우리 형제들은 낚시하는 것을 터득하지 못한 모양이다. 중석기 초반 정도의 문화를 가진 정도인가.

"아닙니다. 제가 가르쳐 드리지요. 저의 뒤를 따르십시오."

갸우뚱거리면서 전사들이 나의 뒤를 따랐다. 산에서 약간 내려가니 오면서 보았던 맑은 강물이 흐르고 있었다. 맑은 강물 속에는 커다란

물고기들이 헤엄쳐 다니고 있었고 심지어는 물고기들이 물위로 튀어
나오기도 했다.

    속이 훤히 내다보이는 맑은 강물에 햇빛이 반사되어 반짝거렸다.
흐르는 강물에 새로운 태양이 하나 생겼고 그 위를 어디선가 떨어진
분홍색 꽃잎이 잔잔히 따라 흘러 내려가고 있다. 나는 흐르는 꽃잎을
주워 들어 그 생명력이 넘치는 꽃잎을 자세히 바라다보고서는 다시
강을 따라 바다를 향하도록 놓아주었다.
    강이란 게 인류에게 혜택을 주긴 하지만 호우(豪雨)나 융설(融雪)에
의해서 홍수를 유발하여 인류에게 많은 피해를 입히기도 하는 양면성
을 가지는 존재다. 마치 인간처럼 말이다.
    확실한 인간의 존재는 무엇일까? 현재의 나로선 인간은 중국 전국
시대 말기의 사상가 조나라 사람인 순자가 말했던 태어나면서부터 가
지고 있는 감성적(感性的)인 욕망에 주목하고, 그것을 방임해 두면 사
회적인 혼란이 일어나기 때문에 악이라고 주장하는 성악설에 대해 적
극적 찬사를 보낸다. 물론 오크라는 사회가 나를 이렇게 만들었을지
도 모른다. 지금은 나는 인간의 마음을 가진 존재라는 강박 관념 때문
일 수도 있겠다.
    '나는 오크다. 나는 악한 인간이 아니다. 하지만 난 인간의 마음을
가졌다. 인간의 본능 욕구가 내 가슴속에 잠재되어 있다' 라는 생각이
나의 머리에서 언제나 지워지지 않고 그것을 떨쳐 버리려고 하면 할
수록 더욱더 깊게 새겨지면서 나 자신을 '오크' 라는 단어로 정당화시
키려고만 했다.
    "샤코로움이시여, 왜 그러십니까? 이 강에서 물고기를 잡으신단 말

쓸이십니까?"

내가 흐르는 강물에서 꼬리에 꼬리를 물고 이어진 연상되는 생각을 한 지 시간이 꽤 되었나? 흐르는 강물만 보고 있던 나를 이상하게 보고 있던 한 전사가 물었다.

"…그렇습니다. 이 강에서 헤엄쳐 다니는 물고기를 잡을 것입니다……."

"이 강에서 말씀이십니까? 샤코로움이시여, 그대는 대체 어디까지 알고 계시며 어디까지가 한계이십니까? 저희들로서는 상상이 안 갑니다."

"아닙니다. 저는 그저 자랑스러운 하라만도 전사에 불과합니다."

나는 멋쩍게 웃으면서 그대로 강에 눈을 흘겼다. 또다시 강물에 반사되는 햇빛이 나의 눈을 한번 쪼아대고는 눈을 감는 나의 행동에 멀리 도망쳐 버렸다.

낚시. 지금 이 강물에서 낚시를 하려 한다. 무척 바쁘게만 살았던 예전의 세계에서 유일한 낙이라면 두 가지가 있었다. 첫 번째는 나의 딸 은희요, 두 번째는 이 낚시이다. 남해 무인도. 다리 밑에선 파도가 바위를 부수고 끼룩대는 갈매기 소리가 나의 귀를 간지럽히고 비리긴 했지만 정겨운 냄새가 나의 코를 자극했었다. 바다 낚시. 얼마나 짜릿하던가. 미끼를 물린 낚싯바늘을 던지고 둥둥 떠 있는 찌를 바라본 채 나의 논문에 대해서, 은희에 대해서, 이웃, 나의 학업, 오늘의 반성, 앞으로 할 일 등을 생각하였었다. 갑자기 느껴오는 묵직함과 떨림이 낚싯대를 흔들었고, 그때는 가슴이 두근거리고 정신이 집중되면서 머리 끝부터 발끝까지 온몸이 쾌감과 스릴로 인해 긴장의 땀이 나의 관자놀이를 타고 흘러내렸었다.

나와 바닷고기와의 싸움. 누가 더 끈질기고 누구의 완력이 더욱더 센가?

낚싯줄을 끊고 도망가는 바닷고기를 보며 느끼는 허무감도 잠시뿐 다시 느껴지는 정복감에 그 자리를 지키고 주위의 자연을 느끼면서 한때를 보냈다. 그게 나의 유일한 낙. 바쁜 삶에 지친 나의 도피처였다.

지금 나는 이곳에서 낚시를 하여 물고기를 잡아 쓰러져 있는 오크 형제들에게 주어야 한다. 낚시의 종류에는 장소에 따라 민물 낚시와 바다 낚시가 있는데 지금 이곳은 강물이므로 민물 낚시이다. 민물 낚시에서 잡을 수 있는 건 붕어, 잉어, 쏘가리, 은어, 향어, 송어 등인데 이 세계에 이 어류들이 똑같이 존재할지는 미지수이다. 그러나 이곳에 오면서 얼핏 보았을 때는 적어도 붕어는 사는 것 같았다.

낚시 방법에 따라 견지 낚시, 찜 낚시, 루어 낚시, 맥 낚시 등이 있는데 이 중에서도 흔히 널리 퍼져 있는 미끼를 구더기, 지렁이로 사용하는 견지(낚싯줄을 감는 얼레) 낚시법을 사용해야 했다.

물론 창을 들고 고기를 향해 찌르는 원시적인 낚시법을 생각해 보지 않은 것은 아니다. 하지만 창을 또다시 만들거니와 장기적으로 봐도 하라만도 전사들에게 낚시 방법을 알려줘야 더욱더 많은 효과와 안정된 생활을 할 수 있을 것이라 생각한 것이다.

"자, 기다란 나뭇가지를 구하도록 합시다."

"나뭇가지를 말씀이십니까?"

"이왕이면 널찍한 나무 판자를 만드는 것도 좋지요. 또 이만큼 되는 길이의 나뭇가지도 말이지요."

내가 양팔을 활짝 벌리며 그렇게 말하자 갑자기 나뭇가지를 구해오라는 말에 오크 전사들은 어리둥절하여 서로를 쳐다보면서 고개를 갸우뚱거렸다. 하지만 나의 말인지라 곧 바로 그들은 주위로 흩어졌고, 그들이 각각 흩어진 곳에선 나무를 찍는 소리가 들려왔다.

주위에서 커다란 나무가 한두 개씩 쓰러지면서 쿵! 소리를 냈다. 벌써 한 명당 한 개의 나무를 쓰러뜨린 꼴이 된 것이다. 이렇게 많은 나무는 필요없는데. 하지만 나무를 베어놓으면 땔감으로 쓸 수도 있고 여러 가지 도구를 만드는 데도 쓸모가 있기에 그들의 행동을 가만히 놔두었던 것이다.

전사들은 커다란 나무를 두 명씩 짝이 지어 가져와 나의 앞에 차곡차곡 쌓아놓았다. 곧 그들은 나무를 향해 도끼질을 하더니 낚싯대로 사용할 수십 개의 나뭇대를 만들고 한쪽에서는 나무를 널찍하게 잘라 널찍한 판자로 만들었다.

나는 그들이 가져온 나무를 하나 맡아서 견지(얼레)를 만들기 위해 노력했다. 하지만 처음으로 내가 직접 무언가를 만들어본다는 것은 처음이었고, 더욱이 그런 내가 이렇게 커다란 손도끼로 나무를 깎아 들어간다는 것은 무리였다.

아, 무리구나. 이론은 있는데 경험이 없으니 이거 원참, 어떻게 해야 하나. 형제들은 저렇게 열심인데 나 혼자 이러고 있으니. 하지만 나의 실력으론 견지는 무리다. 물론 마법을 사용한다면 나의 생각대로 깎아 들어갈 수는 있겠지만 나는 형제들에게 낚싯대, 견지 등을 만드는 법을 직접 알려주고 싶다. 할 수 없이 견지 만드는 법은 내가 연구를 해보아야겠다. 그렇지만 우리 하라만도 전사들에게는 견지(얼레)가 필요없을지도 모른다.

과거 인간들이 견지를 만든 이유가 힘이 센 물고기와의 싸움에서 더욱더 쉽게 잡기 위해서 만들었으니 선천적으로 엄청난 힘을 가진 우리 하라만도 전사들에게는 물고기와의 완력 싸움 정도야 거뜬할 것이다.

"샤코로움이시여, 다 만들었습니다."

나는 미끼인 지렁이와 구데기를 잡아놓기 위한 상자를 만들기 위해 나무 판자를 향해 몸을 일으켰다. 그러나 순간 나는 다시 자리에 주저앉아야 했다. 이런이런, 또 무식했어. 판자뿐만 아니라 못도 만들었어야 하지 않았나? 못이 있어야 판자를 이어 상자를 만들지 않나. 이보다 강도가 센 나무 못 말이다. 아니면 접착제라도 있어야 하는데. 정말 아무것도 없는 상태에서 낚시 한번 하기 힘들구나. 하지만 이 과정만 끝나고 몇 번의 반복 과정만 거친다면 우리 형제들은 낚시를 할 수 있어 손쉽게 식량을 구할 수 있다!

"형제들이 이 판자의 나무보다 좀 더 깎기 힘들었던 나무 판자 있소?"

"아! 제가 갖고 있습니다. 바로 여기 이것입니다. 보통 나무는 10번 정도의 도끼질이면 충분한데 전 이것을 향해 엄청나게 도끼질을 한 후에야 베어올 수가 있었습니다."

그렇군. 이것은 다른 나무들보다 배나 강도가 높은 것이로구나. 그렇다면 나무 못으로 만들어도 되겠군. 정말이지 인간이란 게 대단하구나. 아무것도 가진 게 없는 상태에서 땅을 달리고 하늘을 날아다니며 바다를 떠다니는 기계를 만들고 우주의 비밀을 알아내려고 노력하는 인간의 문명이란 게. 얼마나 대단한 것인지. 간단한 낚시질 한번하기 이렇게 힘이 드니 기계를 만들려면 얼마나 많은 노력이 들 것인가. 그러기에 기계 부품 하나를 만드는 데 평생을 바친 사람들도 있지 않은가?

"형제들이여, 잘 보시오. 이 판자를 모두 손에 들고 허리춤에서 단검을 꺼내시오. 그리고 나처럼 이렇게 등분을 많이 나눈 다음 세밀하고 삐쭉하게 만드시오. 이 합판의 모서리의 넓이보다는 작아야 하죠."

나는 손수 합판을 도끼로 수십 등분으로 나눈 다음 단검으로 조심스럽게 깎아 들어갔다. 다섯 번 정도의 실수가 있었으나 여섯 번째부터는 자연스럽게 못을 만들어 나갈 수 있었다

"옛!"

하라만도 전사들은 나와 같이 판자를 수십 개의 조각으로 나누고 하나씩 들어 못의 형태로 깎아 들어갔다. 하지만 이렇게 세밀한 조각은 처음 해보는 일인지라 전사들은 열 번 이상을 하고도 못을 하나도 만들 수가 없었다.

"모두들 열심히 하시오. 이것은 우리가 거쳐야 하는 하나의 과정입니다. 쓰러져 있는 부인과 아들을 생각하시오. 이것만 할 수 있다면 우리는 더욱더 많은 물고기를 잡아갈 수가 있소."

나의 격려의 말 덕분인가. 그렇게 못할 것만 같던 일도 여기저기서 한두 명씩 성공하고 있었고 곧 이어서 거의 모든 이가 나무 못을 만들었다. 오크들은 둔하지가 않다. 단지 문명이 떨어졌고 가치관이 인간들과 다를 뿐 전혀 지능 수준이 떨어지는 건 아니다. 가치관의 차이뿐. 가치관은 내가 차근차근 바꿔주면 된다!

"모두 잘들 하였소! 이제는 내가 하는 행동을 잘 보시오! 지금 상자를 만들려고 하오. 무언가를 담을 상자를 말이오."

나는 두 개의 합판을 세로로 겹친 후 못으로 박았다. 그렇게 몇 번을 거치자 미끼를 잡아둘 하나의 상자를 만들 수가 있었다. 하라만도

전사들도 자신들이 무언가를 만들고 있다는 기분을 아는 것일까?

하라만도 자신들이 깎은 나무 못으로 자신들이 베어온 판자를 박아 하나의 상자를 만들었다는 것에 모두들 입가엔 미소가 띠어져 있었다. 이렇게 무언가를 만들고 성취감을 느낄 수 있을 정도의 지능 수준을 가진 존재들인데 왜 이렇게 문명이 떨어진 것일까? 과연 그들의 가치관 차이일 뿐일까?

필요한 것은 가까운 인간의 마을에서 가져오면 된다는 그들의 머리 속에 박혀 있는 가치관의 차이. 그 가치관이 오크의 급격한 인구 성장에 따라 생겨나 허덕대는 식량난에 생겨난 것일 수도 있으나 그 가치관이 이들의 문명을 발달시키지 않고 더욱더 발달해 가는 인간에 비해 약하게 만들었던 것이 아닐까?

전사들은 땅을 파서 지렁이를 잡고 그것들을 자신이 만든 상자 안에 넣었다. 모두들 나를 쳐다보면서 입가엔 미소를 지고 있었다. 나는 하반부 갑옷을 차근차근 벗고 하반부만 간신히 가리고 있는 천을 잡았다. 끝에서 삐져 나온 부분을 잡아당기니 천은 실로 변해갔다.

그것을 질기도록 여러 개의 실을 뭉쳐 더욱더 질긴 실을 만든 후 나뭇대 끝에 묶었다. 자랑스런 하라만도 전사들도 나의 행동을 유심히 지켜보면서 그대로 따라했다. 낚시에 필요한 모든 것은 준비된 상태이나 마지막 낚싯바늘이 문제이다. 철을 생산하고 그 철로 어떤 물건을 만들 수 없는 지금으로썬 낚싯바늘은 도저히 어떻게 할지 생각이 나지 않았지만 곧 나무로 낚싯바늘과 비슷한 모양으로 깎았다.

낚싯바늘 모양을 3갈래 나눠 갈고리처럼 한 뒤 낚싯줄 아래 매다니 그야말로 낚싯대가 만들어진 것이다. 처음으로 내가 내 손으로 뭔가를 만들었다는 것에 대한 자부심으로 가슴이 뿌듯해져 왔다.

내 뒤에 있는 하라만도 전사들도 자신들이 만들어놓은 낚싯대를 좌우로 흔들며 크르르르 소리를 내며 좋아했고 하늘의 태양도 그런 그들을 반기듯 더욱 힘찬 빛을 내렸다.

"이게 물고기를 잡을 수 있는 도구입니까, 하라만도 하크여?"

"그렇소. 이것으로 잡을 수 있소. 자 내가 하는 것을 잘 보고 따라 하시오. 모두 이렇게 맨 끝에 달려 있는 것에 자신들이 잡은 지렁이를 끼우십시오. 맞습니다. 그렇게 말이오. 잘들 하시는구려."

하라만도 전사들은 낚싯대를 만들기 이전부터 낚시를 하기 바로 직전인 지금까지 나의 말을 잘 따랐다. 몇 번의 실수가 있었지만 처음부터 잘하는 존재란 없듯이 이 정도면 양호한 편이었다. 더욱이 이들은 자신들이 하나의 물건을 창조했다는 것에 대해 보람을 느끼고 있지 않은가? 이거면 된 것이다. 물건을 만들어 직접 식량을 구한다는 보람감만 전해줘도 이번 낚시는 성공한 셈이다.

비록 물고기를 잡지 못한다 하더라도 그들의 마음을 낚았으니. 낚싯대를 뒤로 한 번 젖혔다가 앞으로 크게 휘두르니 지렁이를 낀 낚싯바늘이 저 맑은 강물 속으로 나의 희망을 안고 들어갔다. 어쩌면 잡히지 않을지도 모른다는 불안감이 없는 것은 아니었지만 오히려 희망 쪽이 더욱더 컸다. 찌를 만들지 않아서 쉬운 낚시가 되지는 않겠지만 나름대로 낚시에 대해 자신감은 있었다. 바늘을 던지고 몇 분 간의 침묵이 흘렀다. 전사들은 아무 말 안 하고 낚싯바늘이 빠진 장소만 골똘히 쳐다보면서 자신들의 낚싯대를 쓰다듬었다.

차 두 잔 정도를 마실 시간이 지났을 때. 낚시를 할 때의 즐거운 기다림의 시간이 지금은 초조할 뿐이었다. 뒤에는 열 명의 전사들이 샤코로움인 나의 물고기를 낚는 법을 보고 있으니 말이다.

초조해서 식은땀이 천천히 흐르면서 난 그저 흐르는 강만 쳐다볼 뿐이었다. 아! 왔다! 왔어. 바로 이 느낌. 얼마 만에 느껴보는 감촉인가. 이 묵직한 느낌 정말 오랜만이다! 물고기들아, 좋았어!

낚싯대를 물고기가 반항을 하는 흐름에 맞춰 좌우로 약간씩 흔들면서 평소에 익혔던 느낌을 살려 뒤로 살며시 당겼다. 인간이었을 때와는 달리 오크인 지금으로썬 힘으론 붕어의 힘을 가볍게 무산시킬 수가 있었으나 언제 끊어질지 모르는 낚싯줄 때문에 조심스럽게 대했다. 물고기가 확실히 잡혔다 하는 순간에 뒤로 세게 당기니 강을 박차고 튕겨져 올라오는 물고기가 붕어임을 확인할 수가 있었다. 대충 30cm 가 되는 커다란 붕어였다. 하늘로 튕겨진 붕어는 나의 뒤에 있는 오크 전사들 사이로 풀썩 떨어졌고 전사들은 떨어진 붕어를 보면서 신기한 듯 쿡쿡 찌르며 건드렸다.

"샤코로움이시여, 대단하시군요. 정말 당신은……."

전사들은 또다시 나의 능력에 감격하였다. 팔딱팔딱 날뛰는 붕어에서 튀기는 물이 나의 볼과 다리 등 여러 곳에 튀기면서 차가운 물방울이 나의 몸에 닿았다는 것을 느낄 수가 있었다.

"형제들이여, 모두들 하실 수 있습니다. 우선 저처럼 뒤로 이 나뭇대를 젖혔다가 앞으로 내지르면서 이 실 앞에 달린 바늘을 물로 떨어뜨리십시오. 그 뒤 가만히 인내의 시간을 가져야 합니다. 이 부분을 참지 못하면 영영 물고기를 낚을 수가 없습니다. 조금만 참고 기다린다면 잠시 뒤에 낚싯대에서 묵직한 촉감이 전해져 오는데 그때 낚싯대를 잡아당기면 됩니다."

"옛!"

하라만도 전사들이 강가로 다가가 자신의 자리를 확보한 후 내가 가르쳐 준 대로 실행하기 시작했다. 전사들은 오랫동안 고기들이 미끼를 물지 않자 화를 내면서 바닥을 주먹으로 치고 있었지만 어쩌다 들려오는 환호의 소리에 자신의 차례가 오도록 기다렸다.

나도 그들을 기다리는 동안 어느새 5마리나 넘는 물고기를 잡아놓고 있었다. 8마리째 낚았을 때 전사들을 보니 모두 2마리 이상씩은 자신의 옆에 잡아두고 있었다. 물고기가 미끼를 물도록 기다리는 이들의 얼굴에는 긴장이, 낚아 올리는 이들의 얼굴에는 성취감이 절실히 드러났다.

어느덧 우리를 말라 죽이기나 하는 듯한 태양도 점점 보금자리를 찾아 서쪽으로 뉘엿뉘엿 기울고 있었다. 이만 가보는 게 좋겠구나. 더욱더 지체했다가는 쓰러져 있는 형제들이 어떻게 될지도 모른다.

"이만 가봅시다, 형제들이여."

"옛! 벌써 말입니까?"

전사들은 하나같이 낚시에 빠져서 가자는 나의 말에 놀라면서 아쉽다는 듯 차마 자리에서 일어나지 못하고 있었다.

"모두들 잊었습니까? 우리들의 형제들이 쓰러져서 우리들을 기다리고 있습니다."

"아! 맞다! 맞습니다. 어서 갑시다."

낚시 때문에 형제들조차도 잊었었나? 이제야 생각이 났다는 듯이 자신들이 잡은 고기들을 챙기고 자리에서 주섬주섬 일어섰다. 나의 뒤를 따르는 전사들의 발걸음은 형제들의 걱정 때문인가 무겁게만 느껴졌다.

"샤코로움이시여! 오셨습니까? 아니! 저것들은 물고기가 아닙니까?

강가에 사는… 그것을 잡아오셨습니까? 그리고 각자 들고 있는 나뭇대는 무엇인지……."

넓은 분지에 도착한 우리들을 반기는 건 샤아오였다. 그도 이제 사냥에서 돌아왔는지 그의 두 주먹에선 동물의 벌건 피가 뚝뚝 떨어지고 있었다. 샤아오 뒤의 전사들도 모두들 흡족하다는 미소를 짓고 있었는데 동물 사냥은 성공적으로 이루어진 모양이다. 그들의 등에 매어져 있는 사슴, 토끼, 멧돼지 등 흔히 볼 수 있는 산짐승들의 시체가 그것을 증명하고 있었다.

"그렇소. 강에서 물고기를 잡아 왔습니다. 별로 양은 되지 않지만 사냥 다음으로 우리 하라만도 전사들의 배를 채울 수는 있을 것입니다. 이 나뭇대는 고기를 잡을 수 있는 도구지요!"

"맞습니다. 우리들은 우리들의 손으로 각각 4마리 이상의 물고기를 잡았지요. 샤아오여, 당신은 모를 것입니다. 이 낚시라고 하는 것의 재미를. 딱 미끼를 물었을 때 손에서 느껴지는 묵직한 촉감! 또 물고기를 잡으면 식량도 얻으니 한 번에 두 가지 좋은 일을 하는 것이지요."

"정말 낚시란 게 얼마나 좋은지… 샤아오! 당신도 해봐야 알 거요. 정말이지, 샤코로움께선 정말 대단합니다. 이런 일도 알고 있으니……."

나와 같이 낚시를 하고 왔던 전사들은 모두들 잡은 물고기를 앞으로 내밀면서 낚시의 재미에 대해서 침이 튀기도록 말했다. 모두들 낚시에 대해서 이야기하면서 흥분을 하는 정도까지 이르러서 나는 그 말을 끊었다.

"샤아오여, 기르츠와 이히리는 어디 있습니까? 우리들의 형제들 말입니다."

"이히리는 쓰러져 있던 우리 가족들을 데리고 저기 넓은 분지로 갔습니다. 또 기르츠 역시 그런 그들을 돌본다고 그곳으로 향했지요. 아마 우선 기르츠 형제가 채집해 온 과일들을 먹이려는 것이겠지요. 형제들이 배가 고파 굶어 죽어가고 있으니 말입니다."

"그렇군요. 우리들도 그리로 갑시다."

조금 가파른 내리막길을 지나 수풀을 헤치면서 앞으로 나아갔다. 가끔 가다 나무들의 나뭇가지가 나의 앞을 막고 있었는데 그 나뭇가지를 도끼로 찍어내려고 하니 주위의 전사들의 눈길이 심상치 않아서 도끼로 살짝 나뭇가지만 치우는 시늉을 하였다. 오크들은 자연을 중시한다. 눈앞에서 걸리적거리는 나뭇가지를 친다는 것은 사소한 일이지만 어쩌면 이들에게는 큰일일 수도 있다.

나는 몸만 오크이지 생각은 아직 오크가 되지 못하고 있다. 오크들의 생각을 알 수 없으니······.

나의 코를 스친 나뭇잎에서 짙은 향기가 배어 나왔다. 솔 냄새 같은 짙은 향기였지만 은근히 끌리는 매력에 나뭇잎을 따서 코에 가져다 댔다. 향긋한 자연의 냄새. '나는 살아 있소'라고 말하는 듯한 냄새가 이끄는 대로 걸었다.

"샤코로움이시여, 다 왔습니다."

향기에 취해 있어서 그런지 샤아오의 굵은 목소리까지 연인처럼 부드럽게 들려왔다.

"앗! 샤코로움이십니까?"

내가 온 것을 본 기르츠와 이히리는 나를 향해 뛰어왔다. 뛰어온 그들의 모습 뒤로는 수십 명의 전사들이 쓰러져 있는 형제들에게 과일을 먹이고 있었다. 겨우겨우 없는 힘 있는 힘 다 짜내서 과일을 씹는 그들도 이제 곧 예전처럼 활발히 움직일 것이다.

상당히 넓은 분지였다. 주위가 산으로 둘러싸여 있어 적의 침입을 막을 때도 유용하고 앞에 흐르는 강을 교통로로 이용할 수도 있고 식용수로도 사용할 수 있다. 겨울때 추위 바람들은 주위의 둘러싸인 산들에 의해 막히게 될 테다. 이곳은 청룡, 주작, 백호, 현무 이렇게 네 산이 주위를 둘러싸고 앞으로는 이 산의 정기를 이어 받는 물이 흐르고 있으니 이곳이야말로 풍수지리설의 가장 살기 좋은 배산 임수에 속하는 곳이었다. 기히리와 이히리는 이곳에 도착하여 우선 아쉬운 대로 움막부터 짓기 시작했었나 보다. 대략 10개 정도의 움막이 눈에 보이는데 바삐 만들었다는 것을 나타내듯 대충대충 만들어 있었다. 하지만 이 정도만 해도 악취가 풍기고 햇빛이 들어오지 않는 동굴보다는 몇 배나 편안한 쉼터이다.

"기르츠, 이히리 모두들 잘하고 있습니다."

"샤코로움이시여, 형제들이 그동안 4일 정도나 굶었던 모양입니다. 어쩌면 이쪽 역시 그들의 세력 아래 있을 수도 있습니다."

"그들이라뇨?"

그들이라니, 누구란 말인가. 역시 또 인간이란 말인가?

"치르크의 전사들 말입니다. 그들의 광포한 성격이 우리 형제들이 이곳까지 식량을 구하러 오지 못하게 한 모양입니다. 아래로는 인간의 마을이 있으니 잘못하면 걸리고 말 테니 안 되고, 서쪽으로는 식량이라곤 찾아볼 수 없으니……. 아무튼 그 치르크의 전사들은 용서를 할 수가 없습니다!"

"저는 치르크의 전사들을 잘 모르겠습니다. 전 7년 전에 이곳에서 떠났으니 말입니다. 우리 하라만도 부족 말고도 많은 부족들이 존재합니까?"

"예, 그렇습니다. 이 산 너머로 치르크의 전사들이 있고 다른 곳에도 많은 부족들이 존재하지만 저희들로선 치르크의 전사들밖에는 만나보질 못했습니다. 한때 인간들과 전투를 벌이기 이전에 넓은 평원을 차지했던 우리 하라만도 전사들의 세력이 강했을 땐 그들은 우리에게 덤빌 생각도 못하는 약골 부족이었습니다만, 인간과의 전투에서 진 결과 결국 그들이 우리를 억압하기 시작했나 봅니다. 억울합니다! 이… 치르크의 전사들!"

나는 아직 이 세계가 넓은지 좁은지도 모른다. 또 얼마나 많은 오크 종족들이 존재하는지도 모른다. 단지 아는 것이라곤 내 주위에 약간의 장소들뿐. 나는 우물 안의 개구리에 불과하다. 우리 하라만도 전사들을 예전만큼 다시 세력을 키우고 철을 생산하여 갑옷을 만들고 나서 해야 할 일은 지도 만드는 일이 아닐까? 우선 인간들로부터 안전한 오크들의 국가를 만들기로 한 이상 지도는 필수적인 것이다.

하지만 치르크라는 부족이 무척이나 신경이 쓰인다. 그들을 어떤 방식으로 우리에게 접근을 하지 못하도록 할까? 억울하지만 지금 우리는 그들보다 약한 세력의 부족이다. 하지만 인간과의 전투 때문에 결국 전멸의 위기를 맞긴 했었지만 내가 다시 세울 테다!

오크 국가를 건설하겠다는 나에겐 이 하라만도 전사들을 위한 마을을 다시 복원하는 것은 간단한 일이 아니겠는가? 하지만 어쩌면 그렇지 않을지도. 세상일이란 예상치 못한 일들이 벌어질 수도 있으니 말이다. 마을의 세력이 다시 복구될 때까지는 우선 지금 우리들은 안전하게 쉬쉬하면서 조용히 지내는 게 상책이다.

"형제들이여, 하지만 우선 우리들은 조용히 지내야 합니다. 당분간은 말입니다. 우리들의 세력이 그들과 비등해질 정도로. 그들의 세력은 어느 정도입니까?"

"예전 우리 하라만도 전사들의 반에도 미치지 못하는 세력이었습니다. 자세한 것은 잘 모르겠습니다. 죄송합니다, 샤코로움이시여."

"괜찮소. 내가 다시 알아볼 테니 걱정 마오. 하지만 모두들 조용히 지내시길 바랍니다. 부탁입니다. 권토중래라 하지 않소? 힘을 길러서 우리를 이렇게 만든 인간들에게 다시 승리를 얻어내고 치르크 부족도 꼼짝 못하게 합시다."

"권… 언… 토.우.주.웅래에가 무엇인지요, 샤코로움이시여."

"그러니까 '힘을 길러서 다시 승리를 얻다' . 그런 뜻이지요."

해는 부끄러운지 붉은 하늘을 만들면서 산 끝에 숨고 있었다. 해가 서쪽 산 뒤로 숨자 주위는 어둑어둑해지면서 해가 다시 돌아오기만을 기다렸다. 그렇지만 어제부턴가 나타난 수천 개의 별들과 그 별들의 아버지 보름달이 우리 전사들을 비추니 전사들 나름대로 무언가를 생각하는지 주먹을 꽉 쥐고 있었다.

그래, 우선 하라만도 마을부터 복원시키자. 이 세계가 얼마나 많은 부족들이 존재하고 얼마나 커다란 세계인지는 모르겠다. 하지만 우선 현재에 충실하자. 나는 하라만도 부족의 전사로서 부족의 긍지와 명예를 위해 승리를 얻어야 한다.

우리 전사들이 가져온 식량 덕분에 하라만도 형제들은 이틀 정도 푹 쉬고 나자 조금씩 활동을 할 수 있을 정도로 건강해졌다. 얼굴이 야위고 눈에 힘이 풀려 죽은 것만 같던 하라만도 형제들의 얼굴은 갈색 피부색으로 조금씩 제자리를 찾더니 눈에는 다시 생기가 돌기 시작했다. 이렇게 하루가 더 지나자 형제들은 예전에 봤던 모습 그대로 돌아오더니 나를 알아보는 형제들이 나의 곁으로 모여들었다. 길거리에 버려져 있는 거리의 아이들 같던 하라만도 오크의 아이들은 나의 주위에서 시끄럽게 뛰어다니며 주위를 소란스럽게 만들었지만 그런 소란에 모두들 은은한 미소를 지으며 지켜보기만 했다.

"그대는… 샤코로움 하크가 아니신가요?"

"맞소, 하라만도 형제여."

"샤코로움이시여, 그대가 우리들을 구하신 건가요? 우리들의 가족을 구하신 건가요? 치르크 부족 때문에 식량을 구하지 못하고 굶어서 죽어가던 우리의 아이들과 인간들에게 승리를 빼앗긴 우리 남편들을 구해주신 건가요?"

"아니오. 내가 한 게 아니라오. 당신과 당신들의 아이는 당신들의 남편들이 물고기, 동물, 과일 등의 식량을 직접 구해왔기 때문에 살아날 수가 있었고 그대들의 남편을 구한 건 내가 아니라 그들의 긍지와 승리를 위한 신념이었습니다."

'그렇습니다. 제가 그대와 그대들의 남편을 구했습니다' 라고 말하기에는 왠지 그들의 눈빛이 마음에 걸렸다. 모든 승리와 긍지는 그들의 가족에게 돌려주면서 나에 대한 신뢰와 존경심은 한층 더 높아진 듯하였다. 이제는 완치된 여자 오크의 앞에서 일어나 나무 밑에서 뭔가 열심히 대화를 하고 있는 샤아오와 기르츠를 향해 걸어갔다.

"아! 샤코로움, 오셨습니까? 이제 우리는 어떡해야 할지요?"

"그렇습니다, 샤코로움이시여. 이상하게 당분간은 치르크 부족들이 이곳에 오지 않아 식량을 구할 수 있었지만 그들이 언제 우리들을 공격할지 모르는 일입니다."

기르치와 샤아오가 열심히 대화를 하고 있었던 내용은 바로 우리 마을의 안위였다. 사실 나도 우리 하라만도 마을을 어떻게 일으켜 세울까에 대해 지난 3일 간 끊임없이 생각하였다.

가장 좋은 방법은 적이 없는 곳으로 가 조용히 살아가는 것이었다. 하지만 치르크 부족의 일 때문에 진정한 오크의 자유가 무엇인지에 대해 괴리감이 들었다. 오크들의 자유는 어디에서 나오는 것일까?

지금 우리들이 처한 상황 중 약한 문명 때문에 우리들의 자유는 일그러지고 밟히며 주위의 적들과 자연을 의식해야 하고 조심해야 했다. 왜 이렇게 약한 상황에서는 이리저리 끌려다녀야 할 뿐인가? 진정한 자유란 게 무엇일까? 영원히 지속되고 영원히 평온한 진정한 자유 말이다.

치르크 부족! 그들이 문제이다. 그들 때문에 우리 하라만도 전사들이 이렇게 자유를 억압당하고 주위의 눈치를 보아야 하는 게 아닌가? 오크란 존재는 이런 존재가 아니다. 언제나 자유의 의지로 자유를 집행하는 존재이다. 이들을 이렇게 만든 건 나다. 내가 이들에게서 7년 간 떨어져 있어서 일어난 일이다. 내가 있었다면 이렇게까지는 쉽게 무너지지는 않았을 것이다. 이들에게서 자유를 뺏아간 건 나다.

우선 하라만도 형제들의 안전을 위해선 목숨을 위협하는 그들 치르크 부족의 행동을 저지시켜야 한다.

"기르츠여, 치르크 부족의 확실한 위치는 어디요?"

"이 산 너머 강 옆에 위치해 있다고 합니다. 저도 그들과 이 산 쪽에서 가끔씩 전투를 했을 뿐 정확한 위치는 모릅니다. 하지만 샤코로움이시여, 그들을 만날 생각이시라면 그들을 조심해야 할 겁니다. 그들은 무척이나 광포하고 또 미친 존재들입니다. 승리를 느끼는 우리들과는 달리 그들은 동물의 피를 느끼는 존재이지요. 그동안 우리들이 그들을 억누르고 살았던 이유는 인정하기 싫지만 순전히 많은 수의 우리 전사들 때문이었겠지요."

"광포하다느니, 피에 굶주렸다느니. 그들은 정말 어떤 자들이오?"

"우리들은 인간과 전투를 하는 이유는 우리들이 필요한 물품을 가져올 때나 우리들의 승리를 가로챘을 때입니다. 하지만 그 치르크 부족은 물품, 승리 그런 건 없습니다. 오로지 피. 피만을 위한 전투를 할 뿐이지요. 광포 그 자체입니다. 다행스러운 건 치르크 부족의 인원이 얼마 되지 않는다는 것이지요."

"기르츠여, 그들의 인원이 얼마 되지 않은 것은 아마 그들이 피에 굶주렸다는, 그 피를 보기 위한 전투 때문일 수도 있겠군요. 하지만 그들이 원하는 피들은 그들을 죽음에 몰아넣는 원인이 될 것이오."

어쩔 수 없다, 우리들이 살기 위해서라면. 우리 하라만도 전사들을 위해서라면. 물론 오크들을 위해 국가를 세워 주위의 적들로부터 보호하겠다는 게 나의 생각이었다. 하지만 지금은 다르다. 정확히 말하라면 오크들을 위해 국가를 세우겠다는 것이 아니라 하라만도 전사들을 위해 나라를 세우겠다는 것이었다. 그들의 안전과 영원한 자유를 위해서.

하지만! 하지만! 지금은 우리 하라만도 전사들이 생명과 자유를 억압당하고 있다. 우리들의 적 인간뿐만 아니라 같은 동족인 치르크라는 부족으로 인해서 말이다. 동족? 과연 치르크가 우리 하라만도의 동족이라 불릴 수 있을까? 아직 나는 그들을 만나보지 않아서 모르겠다. 우선 그들을 만나봐야겠다. 그들이 우리들의 동족이라고 불릴 수 있는 자들인지. 우리들의 자유를 억압할 존재의 가치가 있는 자들인지?

"기르츠여, 하라만도 전사들을 잘 보호하고 있으시오. 나는 잠시 다녀오겠소."

"샤코로움이시여, 갑자기 무슨 일이십니까? 샤코로움이시여, 또 우리들의 곁을 떠나시렵니까?"

"아니오. 나는 치르크 부족을 찾아가겠소. 그들의 크샴과 만나보겠소. 우리들의 아내와 가족은 그 치르크의 부족 때문에 식량도 구하지 못하고 그대로 아사할 뻔했소. 인간과 같은 악한 존재가 아닌 같은 동족의 오크들에게 굶어 죽을 뻔한 위기를 겪었소. 이것을 어떻게 보오?"

"잘 모르겠습니다. 하지만 우리들은 적어도 그들에게 이 정도로 핍박을 하지 않았습니다."

어쩌면 이번의 만남이 내가 국가를 세울 수 있는가 없는가를 결정짓는 순간일 것이다. 과거 고대 국가들은 부족 국가에서 부족 국가 연맹체로, 또 여기서 고대 국가 이런 식으로 발전했었다.

우리 하라만도 부족을 시점으로 이 주위의 오크 부족들과 연명해 인간들과 대적해 나간 후 차츰차츰 국가의 형식으로 발전해 나가는 게 가장 올바른 방법일 것이다. 이번 치르크 부족과의 만남, 그들과 우리와의 연맹을 제안해 보는 것이 그들에게 복수를 하는 것보단 훨씬 이익이겠지.

현재를 인식해야 한다. 우리 하라만도 부족은 몰락의 위기를 겪고 있는 작은 부족일 뿐이다. 과거의 커다란 부족이 아니다. 작은 소부족일 뿐이다. 그들 치르크 부족은 현재 우리들보다 훨씬 강한 부족이다.

"기르츠, 그대는 이히리와 이곳에 남아서 우리 형제들을 보호하시오. 난 샤아오와 이렇게 둘이서 갔다 오겠소. 그동안 식량도 모아놓고 움막도 잘 짓고 계시오."

"옛!"

"샤아오여, 같이 가겠는가?"

"당연하지요, 샤크로움이시여. 저도 그들 치르크 부족을 만나보고 싶습니다. 우리들의 가족을 이렇게 만든 치르크 부족을!"

샤아오는 치르크 부족을 단숨에 두 주먹으로 뭉개 버릴 듯이 큰 소리로 대답했다.

"잠시면 돼요, 기르츠여. 잠시면 됩니다. 그동안만 부탁하오."

무책임한 듯한 말을 훌쩍 던진 후 샤아오와 같이 나뭇가지 사이로 비치는 햇살 가득한 숲 속으로 들어갔다. 우리들이 떠나는 모습을 본 하라만도 형제들은 안전히, 승리를 위해 입을 크게 벌리고 함성 소리를 질러댔다.

인간 기사들은 당분간 우리 하라만도 전사들을 찾지 못할 것이다. 지금의 적은 치르크 부족. 우리 하라만도 부족의 동족 치르크 부족이다. 그들은 어떤 부족일까? 이 세계에는 얼마나 많은 부족이 존재할까?

이 세계에 존재하는 부족과 연합하거나 우리들의 힘 아래 굴복시켜야 안전한 오크들의 나라가 탄생할 수 있다. 강력한 힘! 그것이 자유의 본질인가?

이번 일만 잘되면 우리들을 괴롭히는 자들은 없다. 적이 없는 조용한 곳으로 가서 마을을 예전의 그것보다 몇 배 이상으로 복원시켜서 강력한 힘으로 자유를 찾자. 내가 오크로서 살아가는 이유는 순전히 자유! 남의 눈치를 보지 않고 살아갈 수 있는 오크들의 자유 때문이었다. 이 자유가 없으면 이렇게 흉한 오크의 몸으로 살아갈 이유는 없다. 단지 자유, 그것 하나뿐이다.

〈2권으로 이어집니다〉